MIB

MEN IN BLACK

Buch

Aus gewöhnlich gut unterrichteten Kreisen verlautet, daß insgeheim verschiedene Lebensformen aus fremden Galaxien auf der Erde heimisch geworden sein sollen. Aus diesem Anlaß wurde vor einiger Zeit ein spezieller Geheimdienst mit der Bezeichnung MIB gegründet. Unter diesem Kürzel versteht man: MEN IN BLACK.
Die Mitarbeiter dieser Behörde haben den Auftrag, außerirdisches Leben auf der Erde zu beobachten und Übergriffe auf die Menschen zu verhindern. Merken Sie sich für alle Fälle den Namen der Behörde: MIB. Vermeiden Sie panische Reaktionen. Die Situation ist vollkommen unter Kontrolle…

MEN IN BLACK, eine supercoole und aberwitzige Science-fiction-Komödie, löste wahre Begeisterungsstürme beim Publikum aus und wurde in den Medien zum Top-Ereignis des Kino-Jahres gekürt. Dieses Buch enthält den Roman zum Film.

Steve Perry im Goldmann Verlag

Aliens 1: Zum Überleben verdammt (42654)
Aliens 2: Vermächtnis des Grauens (42655)

Zusammen mit Stephani Perry:
Aliens 3: Krieg der Frauen (42656)

Steve Perry

MIB
MEN IN BLACK

Roman zum Film
Nach dem Drehbuch von
Ed Solomon

Aus dem Amerikanischen
von W. M. Riegel

GOLDMANN

Die amerikanische Originalausgabe erschien 1997
unter dem Titel »MIB. MEN IN BLACK«
bei Bantam Books, New York

Umwelthinweis:
Alle bedruckten Materialien dieses Taschenbuches
sind chlorfrei und umweltschonend.
Das Papier enthält Recycling-Anteile.

Der Goldmann Verlag
ist ein Unternehmen der Verlagsgruppe Bertelsmann

Deutsche Erstveröffentlichung 9/97

Adult novelization by Steve Perry based on the screen story
and screenplay by Ed Solomon.

Umschlaggestaltung: Design Team München
Umschlagillustration: Motion picture artwork and photography

Satz: Uhl + Massopust, Aalen
Druck: Elsnerdruck, Berlin
Verlagsnummer: 44023
Redaktion: Alexander Groß
V. B. · Herstellung: Stefan Hansen
Printed in Germany
ISBN 3-442-44023-8

1 3 5 7 9 10 8 6 4 2

Für Dianne:
die beste Freundin, die ich je hatte

DANKSAGUNG

Bücher – zumindest solche, wie ich sie schreibe – sind Gemeinschaftsarbeiten. Wenn auch ich es bin, der die Wörter in den Computer tippt und dann ausdruckt, so gibt es doch stets Helfer, ohne die so ein Buch nicht zustande kommen könnte.

Dank für ihre Hilfe geht diesmal an Tom Dupree und Cassie Goddard bei Bantam und auch an Jean Naggar und die Mitarbeiterinnen ihrer Agentur: Jessie Margolis, Peggy Lawlis, Frances Kuffel, Alice Tasman, Anne Engel, Jennifer Weltz und Joan Lilly.

Danke euch allen.

Oh, könnt ich doch die Menschen lieben,
oh, könnt ich doch ihr Antlitz lieben!
Ach, könnt ich lieben, wie sie gehen,
und könnte lieben, wie sie reden!
Und würde einer mir bekannt gemacht,
so möcht ich sagen können: wie's mich freut!

Sir Walter Raleigh

1

Mitternacht war schon vorüber, und die Staatsstraße war so still wie das Innere eines seit hundert Jahren bestatteten Sargs. Der nächtliche Sommerhimmel von Südtexas war übersät von glitzernden Sternen, einem Meer von Lichtpunkten in der samtenen mondscheinlosen Dunkelheit.

Der nächtliche Himmel von Südtexas war aber auch übersät von Myriaden Insekten – Motten, Mücken, Glühwürmchen, Junikäfern, fliegenden Rüsselkäfern, Kakerlaken, Zecken und weiß Gott was noch alles. Eine halbe Wagenladung von ihnen klebte bereits zerquetscht als unappetitliche grüngelbe Schmiere an der Windschutzscheibe des schwarzen Ford '86 LTD, der geparkt neben einem Feld stand, auf welchem, mit viel Glück, in absehbarer Zeit Steppengras wachsen würde. Er stand auf einem kleinen Hügel ein paar hundert Meter von der Straße entfernt, doch der Boden war hart und trocken, nur ein klein wenig Sand bedeckte ihn. Kein Problem also selbst für einen so ausgesprochen für asphaltierte Straßen gedachten Wagen wie einen Ford. Nicht, daß der LTD direkt ein Serienauto gewesen wäre…

Eine Mücke surrte hoch aus der Luft herab und zum offenen Fenster an der Beifahrerseite hinein.

Dee fuchtelte mit seiner Waffe nach ihr. »Verdammtes Biest!«

Hinter dem Steuer saß Kay. Er starrte in die Dunkelheit und sagte: »Ja, ja, schon gut.«

Beide Männer trugen weiße Hemden mit schwarzen Krawatten zu schwarzen Anzügen. Ihre schwarzen Schuhe glänzten poliert. Dee schüttelte den Kopf. Er war der Ältere der beiden und stand bereits kurz vor der Pensionierung. Er hatte Kay gute fünfzehn Jahre voraus. »Das ist doch keine anständige Beschäftigung für einen erwachsenen Menschen«, sagte er. Er schlug noch einmal nach der Mücke und zerquetsche sie direkt an seinem Hals. Er betrachtete angewidert den kleinen Blutfleck auf seiner Hand und wischte ihn am Scheibenrahmen ab.

»Gut, es ist Drecksarbeit«, gab Kay zu, »aber auch die muß schließlich jemand machen.« Er warf einen sehnsüchtigen Blick auf die Camel-Packung über dem Armaturenbrett. Die Arbeit wäre leichter zu ertragen, wenn man rauchen könnte. Aber nichts da. Das Risiko, sich durch die Glut zu verraten, war zu groß, das war klar. Sogar den Rauch konnten sie womöglich riechen. Hier draußen auf den brettflachen Feldern trugen Gerüche unglaublich weit. Zu dumm.

»Shit!« rief Dee. »Du und John Wayne, was? Ein Mann muß tun, was ein Mann tun muß, wie?«

»Ich bin zutiefst verletzt, Dee«, sagte Kay und legte sich dramatisch die Hand aufs Herz, als sei er tödlich getroffen. Und warf noch einen Blick auf die Zigarettenpackung.

Dee sah es und schüttelte energisch den Kopf. »Wenn du das Zeug weiterqualmst, mein Lieber«, sagte er, »dann wirst du genauso enden wie dein Duke John Wayne.« Er sinnierte vor sich hin. »Weißt du, ich werde einfach zu alt für all das.«

Sie arbeiteten schon sehr lange zusammen, und jeder wußte genau, was und wie der andere dachte.

»Ach was«, meinte Kay, »du bist doch noch nicht alt. Du bist nur schön reif wie ein guter Wein, der auch immer besser wird, je älter er ist.«

»Und dann Essig wird, meinst du wohl.«

»Warum redest du denn immer solches Zeug, Dee!« Und dann unterbrach er sich. »Hey, was haben wir denn da?« Er griff nach dem Zündschlüssel. »Schau nur. Es geht los, Leute!«

In einiger Entfernung drüben auf der Staatsstraße schimmerten die Scheinwerfer eines einzelnen einsamen Fahrzeugs und näherten sich.

»Willst du die grünen Männchen erwarten?«

»Na, ich starte nur mal vorsichtshalber den Motor. Wir müssen aber den rechten Moment abwarten. Denk an Kanada.«

Dee lächelte. »Ja, sicher. Wo ich mich halbtot gelacht habe. Mit diesem Mountie. Möchte wissen, was aus dem geworden ist.«

»Na, wahrscheinlich regiert er inzwischen das Land.«

»Würde mich gar nicht wundern«, meinte Dee.

Der Motor des Ford schnurrte mit einem Geräusch los, das eine Menge mehr Pferdestärken unter der Haube vermuten ließ als jede sonstige Blechkiste aus Detroit.

Während sie noch hinsahen, flammten mehrere Autolichter auf der Straße links von ihnen auf. Die Fahrzeuge, einige 4WD und neuere Chevrolets in einem ekligen Kotzgrün, standen nebeneinander und blockierten so die Straße. Sie waren nahe genug, daß Kay das Logo lesen konnte, das sie alle trugen. INS.

La Migra, nannte man die hier. Die Grenzpatrouille.

Sie war auf dem Posten, um sich der Flut illegaler Einwanderer entgegenzustemmen.

Kay grinste. Die Jungs lagen hinter ihren Büschen auf der Lauer. Sie hatten keine Chance. Trotzdem verspürte er eine Art von Kollegen-Solidarität. War ja auch tatsächlich so.

Das sich nähernde Auto wurde langsamer und hielt vor der Straßenbarriere an. Kay erkannte einen weißen Lieferwagen, der schon einige Jahre auf dem Buckel haben mochte, voller Staub, der wohl noch vom gleichen Morgen in Mexiko stammte.

Welcome to the Estados Unidos, Amigos. Alles raus aus der Kiste und daß keiner eine hastige Bewegung macht.

Kay legte den Gang ein. »Hi, Silver!« sagte er, sah Dee an und grinste erneut.

»Wenn du mich jetzt auch noch Tonto nennst«, grummelte Dee, »dann hau ich dir eine rein.«

Kay lachte in sich hinein und trat aufs Gas. Die Reifen des großen Ford schleuderten Erde nach hinten.

Sie fuhren hinüber zur Straße.

»Aufpassen!« sagte Kay und trat heftig auf die Bremse, schlug ein und ließ den LTD querrutschen. Er wirbelte eine Menge Staub auf, als er hinter dem weißen Lieferwagen zum Stehen kam und nun wie dieser im Lichtstrahl der Scheinwerfer der Autos der Grenzpatrouille stand.

Ein halbes Dutzend der Jungs vom INS war schon da – na, jedenfalls bildlich gesprochen, weil zwei von ihnen Frauen waren – und stand um den Weißen herum. Der herankommende Ford irritierte sie offensichtlich, weil einige sofort die Waffe zogen. Aber er irritierte unübersehbar auch das runde Dutzend vermutlich illegal einreisender Mexikaner, die bereits hinter ihrem Fahrzeug standen und warteten, daß *La Migra* ihre Karre auseinandernahm, bevor sie sie wieder zurück nach Mexiko eskortierten. Das Leben war hart. Und teuer obendrein.

Dee und Kay stiegen aus. »Abend, die Herren«, sagte Kay und zeigte seine Marke. »Von hier an machen wir weiter.«

Ein großer, gutaussehender Bursche um die Dreißig kam auf ihn zu, leuchtete ihm mit seiner Aluminiumstablampe ins Gesicht und auf seine Marke. Er prüfte sie blinzelnd. »Janus mein Name«, sagt er, »Agent Janus. Das hier ist mein Fall! Wer zum Teufel sind –«

Da erst hatte er Kays Marke genau gesehen. »Was denn, Sie sind auch vom *INS*?«

»Abteilung sechs«, sagte Kay und steckte seine Marke wieder ein.

»Habe ich noch nie gehört, von einer Abteilung sechs.«

»So? Dann müssen Sie vielleicht künftig die Mitteilungen von ganz oben genauer lesen. Wir beobachten und überprüfen Einsätze stichprobenartig.«

»Kein Mensch hat mir jemals etwas davon gesagt.«

»Um so besser, denn wenn darüber getratscht worden wäre, gäbe es für die Tratscher eins auf die Mütze. Diese kleinen Inspektionen hier sind ausdrücklich ganz überraschend und unangekündigt gedacht. Gut, treten Sie jetzt zurück. Wir haben mit diesen Leuten hier ein paar Worte zu reden.«

Das Auftreten, wußte Kay, ist schon der halbe Erfolg. Wenn man bestimmt auftritt, dann lassen sie einen in neun von zehn Fällen ohne weiteren Widerstand gewähren. Ja, und das zehnte Mal – nun, da gab es ebenfalls Auswege, die einer wie Kay gut beherrschte.

Die Mexikaner standen nervös in einer Reihe. Sie stellten einen kompletten Altersquerschnitt dar, vom Baby auf dem Arm bis zu ein paar Großmüttern.

»Was meinst du, Dee?«

Dee schritt die Reihe ab und betrachtete die Illegalen genau. »Nicht einfach. Das müssen wir wohl auf die gute altmodische Weise machen.«

Kay nickte. Er trat vor den ersten Mann in der Reihe,

einen großgewachsenen Burschen mit Jeans, T-Shirt und Sandalen. *»Que pasa, amigo, come se llama?«* Was geht hier vor, wie heißt du?

»Miguel«, sagte der Mann.

Kay lächelte, ging weiter und beruhigte eine der Großmütter. *»No se preocupe, abuela. Bienvenida a los Estados Unidas.«* Sie sollten sich keine Sorgen machen, und Willkommen in den USA!

»Gracias, Señor«, sagte die alte Frau.

Er plauderte weiter auf spanisch, lächelnd und aufmunternd nickend. Wie geht es Ihnen, wie heißen Sie, wo wollen Sie hin, willkommen in den USA.

Beim fünften Mann, der wie ein Idiot lächelte, drehte er sich um und blickte hinüber zu Dee, der nickte. Definitiv möglich. Und Kay sagte zu dem Mann, immer noch auf spanisch: »Hey du, sag mal, was hältst du davon, wenn ich dir die Fresse einschlage?«

Der Mann lächelte unentwegt weiter und nickte.

Kay und Dee wechselten einen Blick. Dee sagte: »Vielleicht ist er ja nur ein Masochist? Solche, denen Schmerzen Freude bereiten, weißt du?«

»Ja, ich weiß schon, was ein Masochist ist«, sagte Kay. Und wieder auf spanisch fuhr er, zu dem Idioten gewandt, fort: »Du verstehst nicht ein Wort von dem, was ich sage, was?«

Der Mann lächelte weiter und nickte.

Einige der anderen wurden bereits unruhig. Nach seinem Aussehen war der Mann offensichtlich ein reinrassiger Indio. Also müßte er eigentlich schon verstehen, was der *Migra* da eben gesagt hatte. Aber ganz offensichtlich verstand er es nicht.

Eine der Großmütter bekreuzigte sich bereits.

»Tja, Leute, da haben wir doch, glaube ich, einen Fisch gefangen, wie?« sagte Kay und warf Dee erneut einen Blick zu. Und wieder auf spanisch fuhr er fort: »Ihr anderen könnt gehen. Steigt in eure Kiste und haut ab.«

Janus erhob, nicht ganz unerwartet, verwundert Einspruch. »Was denn, wie denn? Das können Sie doch nicht machen!«

»Mein lieber Freund«, sagte Kay, »zu Ihrer Information: Ich kann hier alles tun, was ich nur will, verstanden? Dies hier ist ein Spezialeinsatz der Abteilung sechs, und wenn Sie versuchen sollten, mir Schwierigkeiten zu machen, dann garantiere ich Ihnen, daß Sie die nächsten fünf Jahre an die einsamste Stelle des Rio Grande versetzt werden, wo das Aufregendste, was Sie erleben können, eine pinkelnde Eidechse ist. Klar?«

Janus erbleichte, und das war selbst in der trüben Beleuchtung erkennbar.

Auftreten ist alles. Wenn du so tust, als hättest du alle Macht, dann hast du sie auch, weil dir alle glauben.

Der Fahrer der Mexikaner wartete nicht erst, bis sich herausstellte, wer hier wirklich das Sagen hatte. Er sprang in den Lieferwagen, schrie seine Passagiere an, die sich beeilten, hinten einzusteigen, kurvte um die Absperrung herum und machte, daß er nordwärts kam.

»Das ist alles überaus irregulär!« versuchte Janus noch einen zaghaften Einwand.

»Soso, Agent Janus, meinen Sie? Überaus irregulär, mein Lieber, ist einer, der vier Tage lang keinen Fang gemacht hat. Uns ist das bestens bekannt. Und jetzt verziehen Sie sich, damit wir uns mit dem Knaben da befassen können. Und reden Sie nicht von der Sache, behalten Sie sie für sich. Wir legen in der Abteilung sechs Wert darauf, daß man nicht über uns redet.«

Aber Janus blieb stehen.

»Na los, Mann! Bis jetzt ist Ihre Personalakte noch sauber. Lassen Sie es nicht darauf ankommen, daß ich eine Aktennotiz an Ihren Vorgesetzten schicke!«

Das half noch immer nicht. Aber Kay war, was dies betraf, schon mit größeren Kalibern als diesem Janus fertig geworden.

Schließlich murmelte Janus etwas in seinen Bart, vermutlich etwas Unanständiges. Kay blieb unverändert eisig.

Endlich zog sich Janus mit seinen Leuten zu den Fahrzeugen zurück.

Als sie weg waren, widmeten sich Dee und Kay ihrem Gefangenen. »Hier rüber, *amigo*«, sagte Kay. »Wir müssen ein Wörtchen miteinander reden.«

Dee zog etwas aus der Tasche, das wie eine Desert Eagle .44 aussah, und fuchtelte damit vor dem Mann herum. Eine bekannte Waffe israelischer Herkunft und eine der schwereren Kaliber, selbst in der Standardausführung; und diese sah nicht gerade aus wie eine von der Stange. Sie verfügte vielmehr über ein paar Modifizierungen.

Ziemlich ungewöhnliche Modifizierungen, genau gesagt.

Es war klar, daß der Illegale entweder Englisch verstand oder aber auch ohne Worte die Bedeutung der auf ihn gerichteten Waffe. Jedenfalls folgte er den beiden widerstandslos von der Straße weg hinter ein Gebüsch.

Dort legte ihm Kay den Arm um die Schulter. »Ich vermute stark, *amigo*, du bist an der falschen Stelle der Stadt vom Bus gesprungen. Ich wette jeden Dollar gegen jeden Peso, daß du auch nicht annähernd von irgendwoher aus der Nähe stammst.«

Und damit zog Kay seinen elektronischen Stripper heraus, betätigte ihn und fuhr damit die Kleider des Mannes ab. Das

Laserlicht leuchtete auf, und es gab ein Geräusch, das stark an einen Reißverschluß erinnerte. Von dem Mann schälten sich seine Kleider und das Fleisch ab.

Übrig blieb eine etwa einsfünfundsechzig große, mit Schuppen bedeckte Gestalt, mit schneckenartigen Fühlern und Stielaugen. Das einzige, was von der Menschentarnung noch übrig war, war der Kopf. Er saß auf einem von den Fühlern gehaltenen Stiel. Der falsche Kopf lächelte noch immer genauso idiotisch wie der vermeintliche blöde Indio und nickte, als dieser, der Außerirdische, die Kontrollsteuerungen am anderen Ende des Stiels überprüfte.

Kay wunderte sich kopfschüttelnd. »Was denn, Mikey? Wann haben sie dich denn aus dem Knast rausgelassen?«

Der Kerl antwortete. Es klang wie eine Mischung aus dem Geräusch einer Eidechse, die eine Motte frißt, und einem Glas voller aufgeregter Wespen.

Kay lächelte. »Politischer Flüchtling? Aha. Soso. Mikey: Schau ich so aus, als wäre ich von gestern?«

Dee sagte: »Ist dir klar, wie viele Vertragsparagraphen du gerade eben verletzt hast?«

Mikey gab ein lahmes Quieken von sich.

Dee sprach weiter. »Also, zählen wir mal zusammen. Unerlaubte Einreise, fehlende Impfdokumente, nicht entrichtete Landegebühren, keine ordentlichen Visa... Mikey, Mikey, das nimmt kein Ende. Du steckst tief drinnen, Junge.«

Und Kay übernahm. »Genau. Und wer auch immer dich dort im alten Me-chi-ko abgesetzt hat, ist dir eine Menge Schadenersatz schuldig. Allermindestens hättest du schließlich Anspruch auf eine Sprachenplatine gehabt oder wenigstens auf einen unserer geschmuggelten Universalübersetzer. Tja. Auf keinen kann man sich heutzutage mehr verlassen, was, Mikey?«

Mikey spukte wieder ein Geräusch aus, zerquetsche ein paar Motten und versuchte, aufgeregte Wespen loszuwerden.

»Na, aber das kannst du doch ein bißchen besser, immerhin«, ermahnte ihn Kay. »Du beleidigst uns ja geradezu damit. Tu das nicht, Mikey. Es schadet dir nur. Du möchtest doch nicht, daß zu allem anderen auch noch versuchte Bestechung kommt, oder?«

Mikey schwieg. Das war bei weitem das Intelligenteste an diesem Tag.

»Gib mir jetzt den Kopf, Mikey«, forderte Kay, »und fahr die Fühler aus. Du weißt, was Vorschrift ist.«

»Großer Gott!« stammelte plötzlich jemand hinter ihnen.

Kay und Dee fuhren, zusammen mit Mikey, verblüfft herum.

Vor ihnen stand unter dem klaren Sternenhimmel Agent Janus und schnappte nach Luft.

»Auch das noch!« sagte Kay.

2

Mikey ließ seinen elektronikanimierten Puppenkopf fallen und knurrte. Er brachte dabei eine erstaunliche Vielfalt haiähnlicher Zähne zum Vorschein, die viel zu groß für seine schmächtige Gestalt waren. Mit Fängen wie diesen konnte man einen Männerarm glatt abbeißen.

Der Gestank seines Atems war wie von tagelang in der heißen Texassonne verrottetem Fleisch. Kay war zwar allerlei Arten von Gestank gewöhnt, aber soviel war sicher, daß Mikey ein paar Liter Listerine gut bekommen wären.

Agent Janus schrie auf, als das Alien Dee buchstäblich über den Haufen rannte, um sich dann – direkt auf ihn selbst zu stürzen.

Er versuchte noch, seine Pistole zu ziehen, aber seine Hände zitterten, und er ließ sie fallen.

Mikey war über ihm, ließ einen Schrei los, der bereits hoch begann, aber sich dann bis in den Ultraschallbereich fortsetzte.

Janus stand da wie das Kaninchen vor der Schlange, gelähmt und starr und unfähig zu glauben, was seine Augen sahen: Sieh mal, da kommt ein Landhai auf dich zu und frißt dich auf; nein so was!

Kay brüllte: »Mikey, laß das! Hör auf!« Aber es half nichts. Der kleine Bastard stürmte weiter. Was war nur in ihn gefahren? Mikey war eigentlich überhaupt nicht gewalttätig, jedenfalls nicht bis zu diesem Moment. Für wen hielt er diesen Janus nur?

Dee rappelte sich auf Händen und Knien wieder hoch, schimpfte und fluchte, hob seine Pistole auf, die er hatte fallen lassen, sicherte sie und schimpfte weiter.

Kay griff seinerseits nach der Waffe, war sich aber nicht sicher, ob er wirklich noch rechtzeitig schießen konnte. Mikey hatte inzwischen eine ziemliche Aggressivität aufgebaut.

»Dee, schieß!« rief er. Aber Dee fummelte noch immer an seiner Schußsicherung herum.

Kay riß schließlich seine Waffe aus dem Halfter unter der Jacke, aber sie kam nur mit quälender Langsamkeit heraus.

Die Zeit blieb stehen, wie ein Auto, das in den Mississippischlamm hineinfährt, nicht mehr vorwärts kommt und bis zu den Achsen einsinkt. Mist, verdammter!

Mikey sprintete inzwischen das letzte Stück auf Janus zu, setzte zu einem katzenartigen Sprung an, sprang – und da hatte Kay endlich gezogen, Zeit zum Zielen blieb nicht mehr, und schoß – Mikeys Torso platzte auf, eine zischende Flüssigkeit entwich aus ihm wie ein weißer Blitz. Gewebeteilchen und Körperflüssigkeit spritzten auseinander, wie ein wassergefüllter platzender Luftballon, und verfärbten die Umgebung, Janus und den toten Mikey.

Das Alien fiel zu Boden und lag vor Janus' Füßen. Kay ließ einen schweren Seufzer hören. Verdammt, verdammt, das war knapp. Er hielt die Waffe weiter im Anschlag, machte aus schierer Gewohnheit eine doppelte Kehrtwendung, um sich zu vergewissern, ob weitere Schüsse nötig seien. Für Mikey natürlich nicht mehr, aber er sah, wie die Leute von Janus wieder aus ihren Autos sprangen. Türen wurden zugeworfen, und mit Geschrei kamen alle angerannt.

Es stank infernalisch.

»Puh!« sagte Kay und steckte seine Waffe ein.

Zumindest konnte sich Mikey jetzt nicht mehr auf den Planeten einschmuggeln.

Dee kam wieder auf die Beine. Er schüttelte den Kopf und steckte seine eigene Pistole in das Halfter zurück.

Janus war leichenblaß. Er stammelte:

»D – D – D –«

»Das? Was?« versuchte Kay nachzuhelfen.

»Wa – war – nicht –«

»Menschlich, meinen Sie?« vollendete Kay. »Ja, ich weiß. Da, Sie sind ganz schön vollgesaut.« Er nahm ein Taschentuch und wischte einige Reste des Glibbers fort, der eben noch Mikey gewesen war. »Mit ein bißchen Sodawasser geht das leicht raus, nehme ich an. Oder jedenfalls mit so einem Waschmittel bei dreißig Grad.«

Die Truppe von Janus war inzwischen da, und es hagelte Fragen, bei gezogenen Waffen.

»Was zum Teufel ist denn hier los?«

»Agent Janus, sind Sie in Ordnung?«

»– denn das da, in aller Welt?«

»Nun mal ganz ruhig und langsam«, meinte Kay und bemühte sich wieder um seine autoritärste Kommandostimme. »Die Situation ist unter Kontrolle, beruhigt euch! Wenn Sie mir zuhören, erkläre ich Ihnen das alles.«

Janus war noch immer ziemlich geschockt. Aber um ihn herum waren jetzt eine Menge Leute, die mit ihren Waffen herumfuchtelten und auf den verstorbenen und – Kay mußte es zugeben – kaum beweinten Mikey starrten. Dessen richtiger Name war übrigens für jemanden mit menschlichen Stimmbändern unaussprechlich. Jedenfalls nahm er nun niemandes Zeit mehr in Anspruch, abgesehen davon, daß man ihn noch aufwischen und wegschaffen mußte.

Kay seufzte. Da hatten sie den Salat. Und wo war das Reinigungskommando, bitte schön? Er sah sich suchend um.

Wie als Antwort kam ein Scheinwerferpaar näher, in ziemlichem Tempo und mit in der stillen Wüstennacht laut röhrendem Motor.

»Wird auch allmählich Zeit, verdammt«, brummte Kay.

Einer der Uniformierten richtete seine Pistole auf ihn, wenn auch einigermaßen zittrig. »Sie kommen lieber schnell mit ein paar Erklärungen rüber, Mister«, sagte er. »So was wie eine Abteilung sechs von INS gibt es nämlich überhaupt nicht.«

»Wenn Sie gestatten?« antwortete Kay, griff ganz langsam in die Tasche und zog, ebenfalls ganz langsam, seinen Neuralizer heraus. Er hielt ihn hoch, damit der andere ihn genau sehen konnte. Das Gerät sah allerdings nicht besonders furchterregend aus. Eher wie ein Taschenrecorder mit einer roten Diode. Kay sah kurz auf die Uhr, dann noch einmal auf den Neuralizer, rechnete schnell im Kopf nach und stellte dann den Zähler ein. Wenn die Putzkolonne sich nachher beeilen mußte, bitte, das war ihr Problem. Sollte ihr eine Lehre sein, sich immer so viel Zeit zu lassen.

Der Mann mit der Pistole fragte: »Was soll das denn sein?«

»Mikey? Ach, wissen Sie, der Artenname würde Ihnen sicher nichts sagen. Ach so, das da meinen Sie? Tja, Junge, also das da ist ein sogenannter Neuralizer. Das ist ein Geschenk von... na ja, auswärtigen Freunden. Dieses kleine rote Auge hier isoliert und mißt bioelektrische Impulse in Ihrem Gehirn. Genauer gesagt, in Ihrem Gedächtniszentrum. Sobald dort Dinge einmal abgespeichert sind, sind sie jederzeit abrufbar, nicht wahr?«

»Was reden Sie denn da?« sagte der junge Mann.

Der herbeifahrende Wagen war inzwischen angekommen, hielt, und einige der anderen Janus-Leute wandten sich ihm zu, die Waffen im Anschlag.

Das Putzkommando bestand aus sechs Mann. Sie waren identisch schwarz gekleidet. Schwarzer Anzug, schwarzer Schlips, schwarze Schuhe, aber weißes Hemd. Die blankgewienerten Schuhe reflektierten den Lichtschein ihres Fahrzeugs. Auch dieses war ein 86er LTD, ebenfalls schwarz. Und alle sechs trugen dunkle Sonnenbrillen.

Kay rief zu ihnen hinüber: »Meine Herren, da ist ein Perimeter sauberzubrennen, mit Löchern in vierzig, sechzig und achtzig. Wenn Sie so nett wären. Wir müssen es auf die gute alte Untergrund-Gasblasenweise machen.«

Janus fand schließlich seine Sprache wieder: »Wenn Sie nicht auf der Stelle erklären, was hier vorgeht, dann mache ich euch allen Feuer unterm Hintern!«

»Nur die Ruhe, ich bin ja dabei.«

»Wer *sind* Sie?«

»Tja, Junge, wissen Sie, ich fürchte, ich kann es Ihnen nur so erklären, daß ich so eine Art Projektion Ihrer Phantasie bin. Wenn auch nicht mehr lange.«

Kay holte seinerseits eine Sonnenbrille aus der Brusttasche. Dee tat sofort das gleiche. Beide setzten die Brillen auf. »Und jetzt seht mal alle her!« sagte Kay und schwenkte seinen Neuralizer.

Alle sahen aufmerksam zu. Das hätten sie auch getan, wenn er ihnen gesagt hätte, es nicht zu tun. Alles in allem waren die Menschen eine ziemlich leichtgläubige Rasse. Und leicht vorhersehbar in ihren Reaktionen. Meistens jedenfalls.

Kay drückte auf sein Gerät, aus dem ein grell leuchtender stroboskopischer Strahl kam. Er sah auf die Uhr. »Wie ich schon sagte, beeilen Sie sich ein wenig, meine Herren!«

Die sechs Männer in Schwarz liefen eilig zum Kofferraum ihres Fahrzeugs und entnahmen ihm mehrere Flammenwerfer, aus denen sie einige Feuerstöße abgaben. Ihre Brennstoff-Flammen zogen einen Kreis um Kay, Dee und die Grenzpatrouillenleute. Diese rührten sich nicht. Dann legten die Männer ihre Flammenwerfer weg und holten Feuerlöscher, mit denen sie sich in Bereitschaft stellten.

Es mußte überraschend viel Platz in dem Kofferraum eines 86er LTD sein.

Kay sah erneut auf die Uhr. Wenn sie mußten, konnten die Burschen ganz schön schnell sein, das mußte er ihnen lassen.

Nämlich genau – jetzt...

»Was soll denn das alles?« fragte Janus noch einmal.

»Scheint heute nacht die beliebteste Frage zu sein«, meinte Kay leichthin. »Ein Glück, daß wir nach dem Flammenpusten alle noch leben, was Jungs?«

Die Leute von Janus lösten sich langsam wieder aus ihrer Erstarrung. Sie sahen sich verwirrt um.

Die schwarzen Männer hatten begonnen, Feuerlöschschaum in den Feuerring zu sprühen, den sie gerade erst gelegt hatten.

»Komischer Zufall, was?« meinte Kay. »Wer kann denn annehmen, daß ausgerechnet hier in der Ödnis eine unterirdische Gasblase sitzt? Müßt vorsichtiger sein, Leute, wenn ihr hier rumballert, sobald ihr Gas riecht. Hätten alle leicht in die Luft fliegen können!«

Nachdem die Mannschaft der INS-Patrouille fort war, von nun an mit ganz neuen Erinnerungen, und auch das Putzkommando sich wieder entfernt hatte, ging Kay zurück zu ihrem eigenen LTD, auf dessen Kühlerhaube Dee saß und träge mit einer Hand nach Moskitos schlug, während in seiner anderen die abgenommene Sonnenbrille baumelte.

Kay lehnte sich an die Wagentür.

»Na, wie geht's denn so, Dee?«

»Die ganze Geschichte tut mir leid«, sagte Dee. »Das hätte Mikey nicht machen dürfen, daß er auf mich lsoging.«

»Gott, das sind so Sachen, die eben vorkommen.«

»Kam früher aber nicht vor. Vor zehn Jahren hätte ich ihn hingelegt, noch bevor er Piep hätte sagen können. Selbst vor fünf Jahren hätte ich ihm eine verpaßt, bevor er drei Schritte getan hätte.« Er hielt seine Hände hoch. »Da.« Sie zitterten. »Das ist alles nichts mehr für mich.«

Kay sagte nichts. Er konnte die Gefühle seines Kollegen nachempfinden.

Dee blickte nach oben. »Schön, nicht? Die Sterne. Wir schauen sie in letzter Zeit viel zu wenig an.«

»Sie sind hier draußen im Niemandsland leichter zu sehen«, bemerkte Kay. »Wo keine Stadt ist und kein Widerschein, kein Smog und keine Häuser, die im Weg stehen.«

»Ja.«

Sie schwiegen eine ganze Weile.

»Immerhin, wir hatten eine gute Zeit miteinander, nicht? Machten unsere Arbeit.«

»Ja.«

»Ich sag dir was, Kay. Ich weiß, es ist Zeit zu gehen, aber die tägliche Jagd wird mir fehlen.« Er machte eine Geste über die rauchenden Flecken in der Wüste.

Kay hatte bereits seinen Neuralizer herausgeholt. Er hielt ihn neben seinem Bein, wo ihn Dee nicht sehen konnte. Er spürte eine große Welle von Traurigkeit über sich hinwegrollen. Dann setzte er seine Sonnenbrille auf.

»Ach nein, Dee«, sagte er, »sie wird dir überhaupt nicht fehlen.«

3

James Ewards lief durch die New Yorker Nacht. Das silberne Schild auf seiner Marke um den Hals klatschte bei jedem Schritt heftig an seine Brust, als sei es sehr viel größer und schwerer als in Wirklichkeit.

Wäre es Gold gewesen, wäre es wahrscheinlich noch ein wenig schwerer. Aber dafür bestand auf absehbare Zeit keine Chance. Er mußte es sich selbst gegenüber zugeben, daß es bei seiner Arbeit einigermaßen schwer war, Detective zu werden. War ja auch schon die silberne Marke schwer genug.

Natürlich rannte er, was er konnte. Zwar hatte er die beiden unformierten Kollegen längst hinter sich gelassen, aber der Flüchtige vor ihm hielt seinen Vorsprung. Er war an die zwanzig Meter voran und zeigte noch keine Anzeichen von

Ermüdung. Teufel noch mal, der Kerl mußte ein trainierter Langstreckenläufer sein, obwohl er gar nicht danach aussah. Edwards kannte keinen, der schneller war als er selbst, und normalerweise hatte er zu diesem Zeitpunkt bereits neun von zehn eingeholt und kassiert, speziell, wenn er undercover arbeitete und seine Rennschuhe anhatte wie jetzt. Der Kerl da vorne mußte was gefressen haben. Schnelligkeit pur. Oder zumindest Ginseng. Oder Vitamine. Irgend so ein Zeug eben.

Ganze sechs Blocks jagte er nun schon hinter ihm her, in der verdammten Dunkelheit, und jetzt wurde es allmählich langweilig. Für so einen Scheiß war es außerdem ganz entschieden zu heiß.

Der Flüchtige rannte einen U-Bahn-Eingang hinab. Direkt in den Grand Central Terminal hinein. Sehr gut.

Jetzt war es an der Zeit für etwas anderes.

»Stehenbleiben, Polizei!« schrie er.

Half manchmal.

Half tatsächlich.

Der Bursche legte noch mal einen Zahn zu.

So kriegst du dein goldenes Schild aber nicht, lieber James, sagte Edwards zu sich selbst. Gibt's doch nicht, daß dich einer einfach abhängt!

Nur wenige Leute in der Bahnhofshalle machten sich die Mühe, den beiden hintereinander herrennenden Männern größere Aufmerksamkeit zu schenken. Man war schließlich in New York. Hier passierte eben ständig irgendwas. Jedermann hatte schon die seltsamsten Dinge gesehen, und zwar einmal jeden Tag der Woche, und sonntags vielleicht sogar zweimal. Was? Ein Bulle jagt einen Räuber? Na und? Das lockte heutzutage keinen Zehnjährigen mehr hinter dem Ofen hervor.

»Stehenbleiben, Polizei!« rief er noch einmal.

Aber der andere rannte nur um so schneller.

Verdammt noch mal, dachte Edwards. Er sollte seinen Atem lieber fürs Rennen aufsparen.

Oh, sieh mal an. Der andere rannte schon wieder auf den Ausgang zu.

Edwards hechelte, zwei Stufen auf einmal nehmend, hinter ihm her, wieder hinaus auf die Straße.

Oben kam ein Taxi gerade noch mit quietschenden Reifen Zentimeter vor ihm zum Stehen, als er über die Fahrbahn hetzen wollte. Der Fahrer stellte ihm einige Fragen, seinen IQ betreffend.

»Ja, ist schon gut«, sagte Edwards und winkte ab. Er zeigte ihm den Mittelfinger und rannte weiter.

Der Gejagte hatte inzwischen die Park-Avenue-Brücke erreicht. Er warf einen schnellen Blick zurück zu Edwards und setzte dann über das Geländer, hinunter auf die 41. Straße.

Verdammt, das waren gute zehn Meter da runter. Vorsicht, Mann. Der Kerl mußte wirklich was getankt haben!

Edwards holte soviel Luft, wie er konnte, und schwang sich ebenfalls über das Geländer. Was der konnte, konnte er schon lange.

Baff! Er landete genau auf einem dieser käsefarbenen Doppeldeckerbusse. Und der war auch noch voller Touristen. Es waren genug Kameras an Bord, daß von ihrem bloßen Gewicht eine ganze Staten-Island-Fähre untergehen konnte. Alle starrten ihn mit offenem Mund an.

»Keine Aufregung, Leute, das gehört zur Tour!«

Verflucht, wo war der andere abgelieben?

Dort war er. Schon wieder runter vom Bus und auf den Beinen. Das war doch...

Einer dieser sich im Zeitlupentempo bewegenden Lieferwagen der *New York Post* kam vorbei. Und auch noch in der richtigen Richtung. Sehr gut. Edwards sprintete, erwischte das hintere Ende, sprang auf.

Da war er, der andere, am Bordstein. Rannte noch immer wie von der Tarantel gestochen.

Der Lieferwagen holte ihn ein. Edwards lehnte sich hinaus und rief ihm zu: »Endstation, Freundchen. Die Glückssträhne ist vorbei!«

Und schon war er abgesprungen und hatte seinen Flüchtigen mit einem feinen Bodycheck am Boden.

Der andere schrie: »Er kommt, er kommt!«

Edwards meinte kopfschüttelnd: »Richtig, und wenn er da ist, versohle ich dem auch den Hintern. Also los, Hände her.«

Er zog die Handschellen heraus.

Aber der Mann sah, als er ihm sein Gesicht zuwandte, zu Tode erschrocken aus und völlig verstört.

Dann blinzelte er. Edwards drehte ihm sein Gesicht herum und starrte den Mann seinerseits an.

Heilige Scheiße!

Der Mann hatte zweifache Augenlider! Die äußeren waren normal, aber die inneren waren weiß und sahen irgendwie gummimäßig aus. Verdammt!

Irgendwas stimmte da nicht.

Und wieder rief der andere: »Er kommt, er kommt!«

»Wer kommt, wovon reden Sie denn? Machen Sie sich mal keine Sorgen. Bis er hier ist, haben Sie schon eine schöne ruhige Zelle, wo keiner reinkommt. Und dann führen wir ihn mal herum, damit er sich Sie und die anderen Sünder betrachtet –«

In diesem Moment fuhr der Gestellte abrupt herum. Und hatte etwas in der Hand.

Mist verdammter: eine Pistole!

Wenn auch eine ziemlich eigenartige. Als gehörte sie einem der Schauspieler aus den Weltraumserien. Aber es konnte keinen Zweifel geben, was der Mann damit vorhatte. Er zielte bereits auf ihn. Der untere Teil der Waffe leuchtete in einer Art pulsierendem Gelb, und das ganze Ding gab ein Geräusch wie Hundeheulen von sich.

Mußte wohl eines von diesen Laserdingern sein. Wahrscheinlich mit Infrarotvisier oder so Zeugs. Jesusmaria!

James Ewards, Angehöriger der New Yorker Polizei mit Spezial-Undercover-Auftrag, mußte notgedrungen seine ganze Aufmerksamkeit diesem seltsamen Schießeisen widmen, oder was es auch immer war, was der Mensch da auf ihn gerichtet hielt. Genau das war der zentrale Gefahrenpunkt und sehr viel mehr als diese große Waffe konnte er auch gar nicht sehen, so dicht vor ihm war sie. Er griff nach der Hand des anderen und drückte sie auf den Straßenasphalt.

Da ging dessen Waffe los, pufff! und zersprang in tausend Stücke. Einfach so, klarrklirr.

Du Sohn einer…!

Aber jetzt hatte er auch schon das Knie des anderen zwischen den Beinen.

O Mann!

Edwards stöhnte und ließ automatisch los, um sich an die schmerzende Stelle zu fassen.

Und da war der andere auch schon auf den Beinen und raste wieder davon wie von Hunden gehetzt.

Es tat zwar scheußlich weh, aber jetzt war er wirklich wütend. Keiner trat ihm in die Eier und rannte dann einfach davon! Gab's doch einfach nicht, so was!

Er verbiß sich den Schmerz und nahm die Verfolgung erneut auf. Der Knabe hatte sich inzwischen eine ordentliche Stange Tatbestände eingehandelt, das stand fest. Vielleicht reichte es sogar zu Widerstand gegen die Staatsgewalt oder Mißachtung oder unanständiges Benehmen, irgendwas jedenfalls. Der hatte sie doch nicht alle!

»Bleiben Sie jetzt endlich stehen, gottverdammt!« schrie er hinter ihm her. »Sonst werde ich wirklich böse!«

Genau in diesem Augenblick sprang der Kerl direkt über ein Auto hinweg und war auf dem Weg hinüber zum Guggenheim.

Edwards blieb der Mund offenstehen. Himmel noch mal, was war denn eigentlich los hier? Kein Mensch war zu so einem Sprung imstande!

Ein Bus rollte vor ihm vorbei, und er mußte zurückweichen.

Als der Bus weg war, war von dem Flüchtigen weit und breit nichts mehr zu sehen.

Da schnallst du doch ab, zum Teufel noch mal!

Er war ja wirklich ganz gut in Form, aber einen Marathonlauf samt Hochsprungweltrekord hatte er dann doch nicht im Sinn gehabt heute morgen, als er seine Zeitkarte einsteckte.

Er ging hinüber zum Guggenheim-Museum und lehnte sich an die Umgebungsmauer auf der Suche nach seinem Flüchtigen.

Da flog etwas an ihm vorbei. Richtig, der Kerl. Sieben Meter nach oben, auf das Dach des Guggenheim.

Mann!

Das hier konnte doch nur ein Alptraum sein, aber nicht die Realität! Trotzdem, so oder so, auf der Nase tanzte der Bursche ihm nicht herum, das wollte er doch mal sehen. Der kam ihm nicht einfach so davon.

Er rannte in das Museum und die große Spiralrampe hinauf.

Im Rennen dachte er: Mann, scheiße! Ich wußte schon, warum ich mich heute eigentlich lieber krank melden und ins Stadion gehen wollte!

Als der Flüchtige die Dachtür öffnete, um in das Innere des Museums hinabzusteigen, erwartete ihn eine Überraschung.

»Tag, Spiderman«, sagte Edwards und hielt ihm seine Pistole vor die Nase. »Ich mache Ihnen einen Vorschlag, Mann. Sie zeigen mir den Hüpftrick, und ich lege bei Gericht ein gutes Wort für Sie ein.«

Der Mann stöhnte auf und wollte rückwärts erneut flüchten.

»Nichts da, Schluß jetzt!«

Das hinderte den anderen allerdings nicht, sich weiter rückwärts zu entfernen, bis er am Dachrand angelangt war.

»Nein!« stammelte er. »Er kommt und bringt mich um! Ich habe versagt, und dafür tötet er mich!«

Edwards hatte keine Ahnung, wer »er« war, aber soviel war ihm klar: das liebe Jesulein bestimmt nicht, sofern es nicht plante, entschieden militanter zurückzukehren, als es seinerzeit aus der Welt gegangen war. »Nun mal ganz ruhig, mein Lieber. Niemand bringt Sie um. Ich weiß da einen hübschen, ganz sicheren Ort, mit ziemlich dicken, gepolsterten Wänden, wo kein Aas Sie kriegt. Hm? Nun kommen Sie schön brav mit, und ich beschütze Sie vor ihm.«

Aber der Mann bewegte sich noch immer rückwärts, bis es nicht weiterging. Er stieß gegen die niedrige Schutzmauer – sah nach unten und dann zurück zu Edwards … und fiel hintenüber.

Er schrie den ganzen Weg hinunter.

Edwards beugte sich über die Mauer und blickte hinab. Das war immer noch sein Fall.

Verdammt, verdammt, wer bist du?

Ich meine, dachte er, wer warst du?

Er lehnte sich zurück. Unten waren Sirenen zu hören, aber das konnte noch nicht ihn hier, das hier, betreffen. Die Uniformierten befanden sich irgendwo dahinten, in den endlosen Weiten der Stadt.

Er brauchte ein Telefon, um Meldung zu erstatten. Er mußte sich wirklich allmählich eines dieser Handys zulegen. Man wußte eben nie, wann man es brauchte. Aber da er es andererseits nur beruflich benutzen würde, sah er keinen Grund, warum er es selbst bezahlen sollte.

Mann, das würde wieder ein Theater auf dem Revier geben, die Geschichte hier.

Er konnte es schon vor sich sehen, die ganze Aufregung, wenn sie angefahren kamen und sein verwundertes Gesicht sahen.

Wirklich, James, Junge. Hättest lieber zu Hause im Bett bleiben sollen für diese Schicht. Mein lieber Mann!

4

James Edwards saß im Vernehmungszimmer auf einem der Plastikstühle, die alle schon bessere Tage gesehen hatten. Bisher waren seine Erwartungen über dieses Gespräch voll erfüllt worden. Aber wirklich voll.

Der Raum roch nach abgestandenem Zigarettenrauch und ungewaschenen Kriminellen, obgleich im ganzen Gebäude das Rauchen schon seit ein paar Jahren verboten war. Und Stinken konnte man nicht gesetzlich verbieten. Leider.

Dem jungen Polizisten gegenüber saß der IAD-Inspektor.

International Affairs Department. Einer von den Kameradenschindern, wie sie bei der Polizei genannt wurden. Polizisten in Zivil zur Überwachung der Kollegen und für Disziplinarfälle. Sie hatten auch noch andere Namen, von denen die wenigsten druckreif oder auch nur höflich waren.

Für Höflichkeiten übrigens war dieses triste Loch hier kein besonders geeigneter Ort.

Der Inspektor sagte: »Zweifache Augenlider, sagen Sie. Meinen Sie damit, daß er mit beiden Augen blinzelte?«

»Nein, nein, Sir. Ich meine, daß er zwei obere Augenlider hatte und zwei darunter, mit denen er blinzelte. Jeweils eines über dem anderen. Inneres und äußeres Lid, Sir.«

Der fette Sergeant sagte: »Du meinst, so 'ne Art Oberfutter und Unterfutter?«

Der Sergeant war einer von den zwei Uniformierten gewesen, die hinter ihm zurückgeblieben waren, als er begonnen hatte, den Flüchtenden zu verfolgen – wer oder was immer der war. Edwards warf ihm einen bösen Blick zu.

Der IAD-Inspektor räusperte sich. »Sehen wir zu, daß wir weiterkommen, ja?«

Er überflog den getippten Bericht, der vor ihm lag. Blätterte darin herum. Überlegte sich sorgfältig, was er als nächstes sagen würde. »War irgend etwas an dem verstorbenen Verdächtigen auffällig oder ungewöhnlich?«

»Sie meinen, außer daß er vermutlich für die Olympiade trainierte? Ich sage Ihnen, der Kerl war das Schnellste, was ich je auf zwei Beinen erlebt habe. Und dabei hatte er normale Straßenschuhe an.«

»Welche Größe?« fragte der Sergeant dazwischen.

Der Inspektor tadelte ihn scharf. »Wollt ihr zwei gefälligst dieses ständige Abschweifen sein lassen, damit wir endlich weiterkommen?«

»Jawohl, verstanden, alles klar«, sagte Edwards. »Sir.«

»Also, Officer Edwards, kamen diese, ähm, doppelten Augenlider zum Vorschein vor oder nachdem der Gesetzesbrecher seine Waffe zog, welche sich, als Sie daraufschlugen, mit einem Puff in Rauch auflöste, wie Sie sagen?«

Blöder Arsch, dachte Edwards. Braucht wirklich nicht sarkastisch zu werden. »Davor.«

Inspektor Kameradenschinder warf einen Blick auf den fetten Sergeant und auf Phillips, den anderen Uniformierten. Er sagte: »Und wie kommt es Ihrer Meinung nach, daß diese beiden Beamten da nichts von diesen... Augenlidern und dem blöden Schießeisen bemerkten?«

»Weil ihnen die Zunge aus dem Hals hing und sie nicht mehr mitkamen. Sie waren fünf Häuserblocks hinter mir. Deswegen. Sie sind dem Kerl nicht mehr näher gekommen, als ich dem goldenen Schild bin.« Lange Pause. »Sir.«

Der fette Sergeant verdrehte die Augen. »Ja, ja, der große Edwards, uns Lichtjahre voraus, uns allen, er ganz allein, ja? Du bist noch nicht mal halb der Mann, der ich bin!«

»Das stimmt natürlich. Ein paar hundert Pfund mehr als ich wiegst du allerdings.«

»Jetzt hör mal zu, Edwards, ist dir schon jemals in den Sinn gekommen, daß in der gesamten Polizei außer dir eventuell doch einer oder zwei sein könnten, die keine vollständigen Idioten sind?«

Es gab erneut eine ziemlich lange Pause.

»Edwards!«

»Ja, ja! Ich denke ja immer noch darüber nach!«

»Großmaul! Mach nur so weiter, und du wirst schon sehen, wo du damit hinkommst. Denk daran, wenn du das nächste Mal Hilfe und Unterstützung brauchst.«

»Genau bei dieser Sache habe ich stark daran gedacht,

Sarge! Meine Rückendeckung war weit hinter mir, und wahrscheinlich dachte sie an ihren nächsten Doughnut und eine Zigarette!«

Der fette Sergeant lief rot an. Das hatte offenbar gesessen, dachte Edwards.

Phillips, der andere Uniformierte, machte jetzt den Mund auf: »Ähm, Inspektor, ähm, mir fällt gerade ein, warum ich diese Augenlider von dem Mann gar nicht sehen konnte. Weil ich nämlich zu konzentriert auf die kleinen Antennen war, oder Fühler, die ihm aus dem Kopf herausfuhren. Oben. Wahrscheinlich hat er damit Signale zum Mars gesendet, daß die Invasion beginnen soll, denke ich. Ja. Wir sollten das wohl dem Präsidenten melden, oder?«

Der Sergeant lachte laut auf.

Der Inspektor zeigte ein Stirnrunzeln. »Gut, dann wären wir hier fertig.« Er klappte sein Notizbuch zu und schüttelte den Kopf. »Sergeant, ich möchte mit Ihnen und Officer Phillips draußen noch ein paar Worte reden.« Er stand auf, nickte Edwards zu und ging hinaus auf den Gang, der zum Bereitschaftsraum führte. Vor dem Spionspiegel an der Wand blieb er stehen, betrachtete sich nachdenklich darin und rückte seine Krawatte zurecht.

Der Sarge sagte im Hinausgehen zu Edwards: »Jimbo, wenn du mit uns auskommen willst, dann mußt du schon mit uns auskommen. Und dieses ganze Getue vom einsamen Cowboy sein lassen. Das schätzen wir nämlich gar nicht. Wir sind Mannschaftsspieler hier.«

»Na«, entgegnete Edwards, »wenn das unsere Mannschaft ist, dann schauen sogar die Jets noch gut gegen uns aus.«

Einen Augenblick lang schien es, als hole der Sergeant zu einem gewaltigen Schwinger aus. Aber er beherrschte sich schließlich doch. Bullen, die Bullenkollegen prügelten, das war politisch äußerst unkorrekt, heutzutage. Ganz ungeachtet der Tatsache, wie sehr man danach Verlangen hatte.

Als sie alle weg waren, rutschte Edwards etwas tiefer in seinen Stuhl. Das war doch alles total irre. Kerle mit zwei Paar Augenlidern, die Mauern raufklettern können wie Fliegen. Womöglich war das alles sowieso nur ein böser Traum. Vielleicht hatte ihm einer was in den Kaffee getan?

Also gut, schön, der Kerl war irgendein Freak oder so was. Er hatte schon einige dieser Programme auf dem Bildungs- oder Naturkanal gesehen, wo sie dauernd diese ausgefallenen Filme zeigten. Von Leuten in Spanien oder Portugal oder wo auch immer, die sechs Finger und Zehen hatten, und all so was, oder nur zwei an jeder Hand und jedem Fuß, und doppelte Zeigefinger, oder zusammengewachsene, irgend so was.

Und da gab es den Knaben mit dem Hundegesicht und menschliche Alligatoren und superfette Ladies. Es gab demnach zweifellos eine Menge noch sehr viel ausgefallenere Leute als einen, der schnell wie der Wind rennen konnte und Augen hatte wie ein Frosch oder eine Schlange, oder so.

Und wer, verdammt noch mal, hat summende Strahlenpistolen, die wie Glas zerspringen, wenn man draufhaut? Wahrscheinlich so Superleiterzeug oder Supraleiter oder wie das heißt.

Mit einem Wort, wie sollte man sich das alles erklären? Vielleicht war das so was wie eine Folge aus *Star Trek*? Oder so ein Weltraumtornado aus *Enterprise*? Zeitreise und alles, wie sie es jede Woche machten. Und der Kerl gehörte zur Mannschaft. Oder war ihr davongerannt.

Genau, das mußte es sein.

Er schloß die Augen und fühlte sich erschöpft. Solche Sachen durften doch gar nicht vorkommen. Gab's doch gar nicht. Die Dinge hatten ihre Ordnung zu haben. Die Bösen begehen Verbrechen, und er fing sie und beförderte sie in den Knast. Wie kam er dazu, seltsame Dinge zu erleben, und das ausgerechnet mitten in New York?

Mann, er war so müde! Diese Rennerei, und dann auch noch der Kerl vom IAD, der einen löcherte, schier eine Ewigkeit lang! Vielleicht sollte er einfach den Kopf auf den zerkratzten Tisch legen, nur eine Minute lang...

Und noch ehe er es richtig merkte, war er in tiefen Schlaf gefallen.

Er wachte auf, als ihn jemand an der Schulter faßte. Er fuhr hoch, wich vor der Berührung zurück – und da stand eine ziemlich gutaussehende Frau vor ihm, in einem Laborkittel, und betrachtete ihn.

Was war los? War er gestorben, und das hier war seine Belohnung? Nicht übel. Gar nicht übel.

»Officer Edwards?«

»Ja?«

»Ich bin Laurel Weaver, stellvertretende Gerichtsärztin. Sie haben uns heute nachmittag eine Leiche geschickt –«

»Nein, nein, Doktor, ich nicht. Sie hat sich selber geschickt.«

»Na! Also meinetwegen. Können Sie mir jedenfalls nähere Angaben dazu machen? Ich meine, zur Person, zum Hergang, was es ist.«

»Es?«

Sie sah sich um und beugte sich zu ihm. Auch sie sah müde aus, als hätte man sie aus dem Bett gezerrt und ihr mindestens sechs Schlafdefizite zugefügt. »Ja, eben. Sehen Sie, ich habe da eine provisorische Vorautopsie gemacht und das Ding aufgeschnitten, und glauben Sie mir, ich habe so etwas noch nie gesehen...« Sie unterbrach sich mitten im Satz, als die Tür aufging und Heroumin hereinkam, der polnische Detective. »Da ist jemand, der zu dir will, James.«

Edwards schüttelte den Kopf. Was war denn nun schon wieder? Aber Heroumin war schon wieder draußen.

Die Ärztin sagte: »Hören Sie, ich möchte nicht hier darüber reden, ich muß auch gleich wieder weg. Kommen Sie doch später bei mir im Leichenschauhaus vorbei, ja? Ich denke wirklich, wir müßten uns darüber unterhalten.« Es lag etwas Drängendes in ihrer Stimme.

»Ja... ich... also gut.« Eben, warum auch nicht? Außerdem war sie ein entschieden angenehmerer Anblick als seine Vermieterin, welche derzeit die einzige weibliche Person war, mit der er in irgendeiner Beziehung stand. Wobei die Beziehung sich ohnehin im wesentlichen darauf beschränkte, daß sie kam, um die Miete zu verlangen, oder, daß er seine blöde Musik leiser stellen sollte.

»Ich rufe Sie an, dann können wir einen Termin ausmachen, oder so.«

»Bitte. Aber machen Sie es schnellstmöglich. Mir ist gar nicht wohl bei der Geschichte.«

»Schon verstanden«, sagte er.

Sie ging, und er starrte ihr nach. Draußen auf dem Gang schien sie jemand anzuhalten, er konnte es nicht sehen, aber hören. Eine Männerstimme. »Ah, Dr. Weaver, von der Gerichtsmedizin, richtig? Sie arbeiten an diesem Fall mit diesem seltsamen Unbekannten, diesem Hüpfer, nicht?« Der Mann hatte mehr als nur einen kleinen in der Krone, seiner Stimme nach zu urteilen. »Ja, ich bin Dr. Weaver. Warum?«

»Sehen Sie mal das hier.«

»Was ist das?«

Ein greller Lichtstrahl blitzte auf. Wie ein richtiger Blitz. Was war das schon wieder? Edwards war bereits an der Tür.

Ein Mann in einem schwarzen Anzug mit weißem Hemd und dunkler Sonnenbrille trat vor ihn hin und blockierte die Tür. »'n Abend. Sie müssen Officer James Edwards sein, richtig?«

»Ja, bin ich. Und wer sind Sie?«

Der Mann in Schwarz ging zur Videoüberwachungskamera in der Ecke. Er richtete eine Art Mini-Stifttaschenlampe darauf und drückte den Knopf. Es gab ein leises Summen, und dann ging das rote Betriebslicht der Kamera aus. Er nahm seine Sonnenbrille ab und steckte sie ein.

»Setzen Sie sich, mein Sohn.«

»Ich bin nicht Ihr Sohn, und außerdem habe ich eben lange genug gesessen. Wer sind Sie?«

»Nennen Sie mich Kay«, sagte der Mann. »Das ist ein Tag, was?«

Edwards musterte ihn mißtrauisch, sagte aber nichts.

Kay lächelte. »Möchten Sie mir erzählen, was sich da draußen zugetragen hat?«

»Sind Sie vom FBI oder so?«

»Etwas in der Art.«

»Oder ich erzähle Ihnen statt dessen einen Witz? In beiden Fällen würden Sie lachen.«

»Sehe ich so aus, als hätte ich sehr viel Sinn für Humor?«

»Keine Ahnung. Sehe ich aus wie ein Verrückter? Fragen Sie mal hier herum, wen Sie wollen. Wetten, alle würden genau das behaupten?«

»Also, wollen mal sehen. Der Kerl, der da vom Dach fiel, hatte doppelte Augenlider, sagen Sie, und die inneren sahen irgendwie gummimäßig aus?«

»Woher wissen Sie denn das?«

»Es waren Kiemen, die inneren.«

»Kiemen? Wie bei Fischen?«

»So ähnlich. Aber lassen wir das vorläufig mal auf sich beruhen.«

»Was wissen Sie denn sonst noch von dem Knaben?«

»Daß er hüpfen konnte, als hätte er ein Trampolin in den Knien.«

Edwards fühlte sich schon besser. Er war also nicht übergeschnappt. Der Kerl hier war der Beweis. Nein, nein, er war da auf etwas Größeres gestoßen, das sogar die Typen vom FBI interessierte. Es kam jetzt nur noch darauf an, herauszufinden, was dieses »Es« wirklich war. Und auch, wo der Mann hier herkam.

»Also, woher sind Sie? Vom FBI?«

»Und Sie haben ihn also umgerannt und dann in den Hintern getreten? Das ist ziemlich erstaunlich, Junge, Sie wissen gar nicht, wie erstaunlich. Ich bin beeindruckt, und das passiert bei mir gar nicht so leicht.«

»Oder von der CIA? Sie wissen über diese Sache Bescheid, was?«

»Ich weiß über sehr vieles Bescheid. Hat er irgend etwas gesagt, bevor er hinunterstürzte?«

»Irgendein Gebrabbel. So wie: ›Er kommt, er kommt, ich habe versagt, er bringt mich um.‹ Schwachsinn wie diesen.«

»Und das ist alles?«

»Das ist alles.«

»Und seine Waffe, wie war es damit? Meinen Sie, Sie würden sie wiedererkennen, wenn Sie noch einmal eine zu sehen bekämen?«

»Na, als ich sie zuletzt sah, zersprang sie gerade in eine Million Splitter. Solange sie nicht zusammengesetzt sind, schauen die Puzzle eines wie das andere aus.«

»Aber Sie würden eine, die nicht zerplatzt ist, wiedererkennen?«

»Ich bin ausgebildeter Polizeibeamter. Ja, ich würde sie erkennen.«

Der Mann in Schwarz stand auf. Er lächelte, aber die Augen lächelten nicht mit. »Kommen Sie, wir machen eine kleine Fahrt. Ich habe das schon mit Ihrem Lieutenant abgeklärt. Sie sollen uns in dieser Sache helfen.

»Oder Sie sind von der National Security Agency?«

Der Mann in Schwarz lächelte wortlos.

Kay lächelte auch noch, als sie in seinem LTD saßen und der junge Polizist sich darin umsah.

»Nun sagen Sie schon, Mann, zu welchem Verein gehören Sie? Kann keiner mit Kohle sein, wenn ihr so eine Klapperkiste fahrt.«

»Es ist ein guter Wagen«, sagte Kay.

»Oh, Entschuldigung vielmals! Ich wollte Sie nicht kränken. Hätte ich doch gleich sehen müssen, daß dies ein 86er LTD ist, ein *Klassiker*, und überhaupt.« Er machte eine weitausholende Geste. »Bis hin zu den Zugkabeln und dem Speedster-Heck und alles. Was ist Ihr Zweitwagen, ein Gremlin oder ein hübscher rosa Rambler?«

»Manchmal täuscht man sich bei bestimmten Dingen«, sagte Kay. »Sie sind oft nicht das, was sie zu sein scheinen. Ich dachte, das hätten Sie heute nachmittag begriffen.«

Darauf wußte Edwards eine Weile nichts zu sagen, bis er schließlich antwortete: »Das heißt dann ja wohl, daß auch Sie nicht derjenige sind, der Sie zu sein scheinen, oder? Einer, der seinen Job schon viel zu lange macht, meine ich. Denn genauso schauen Sie aus. Irgendwie ausgebrannt, oder so, wenn Sie mir die Feststellung nicht übelnehmen.«

Kay war beeindruckt vom Scharfsinn des jungen Mannes. Er sagte allerdings nichts.

»Habe ich einen Nerv getroffen, wie? Darin bin ich ganz gut, im Leute erkennen und einschätzen.«

»Ach ja?«

»Worauf Sie sich verlassen können. Also jetzt, wer sind Sie? Kommen Sie, Mr. Mann in Schwarz, raus mit der Sprache.«

Kay sagte: »Ich bin bei einem Amt, das Alien-Aktivitäten hier auf der Erde beobachtet und kontrolliert.«

»Ach, was Sie nicht sagen? Ja, ja, ja, ganz klar. Natürlich. Ich nämlich auch, in Wirklichkeit...« Aber er unterbrach sich, als Kay den LTD rechts ranfuhr. Er sah sich um. »Die feinste Gegend ist das hier nicht zum Anhalten, wissen Sie. Das ist das Leihhaus von Jack Jeeb, der kauft sein Zeug von Taschendieben und anderem Gesindel, Diebesgut von Autoaufbrechern von Touristenwagen, was die so drin liegen lassen.«

»Weiß ich.«

»Aber mit Waffen handelt er grundsätzlich nicht, da sind Sie falsch bei dem. Das ist reine Zeitverschwendung.«

»Wer weiß. Schauen wir trotzdem mal rein, ja?«

»Von mir aus, wenn Sie meinen. Aber ich sage Ihnen gleich, verlassen Sie sich nicht darauf, daß selbst ein Luxusschlitten wie der Ihre noch ganz ist, wenn wir zurückkommen. Die nehmen hier so ein Ding im Handumdrehen auseinander, während man gerade mal nur pinkeln gegangen ist.«

»Ich habe ein Alarmsystem eingebaut.«

»Mein lieber Mann, die knacken Ihnen jedes Alarmsystem. Sie sind ganz bestimmt nicht von hier, was? Wir sind hier in New York! Hier klauen sie Ihnen die Goldzähne aus dem Mund, während Sie auf die U-Bahn warten.«

»Ich lasse es darauf ankommen.«

»Bitte«, sagte Edwards achselzuckend, »es ist Ihr Wagen. Aber sagen Sie nicht, ich hätte Sie nicht gewarnt.«

Kay lächelte wieder. Er mochte den Jungen. Er war eifrig und ehrgeizig und hatte eine große Klappe. Erinnerte ihn an sich selbst vor zwanzig Jahren. Er ging nach hinten zum Kofferraum und machte ihn auf. »Gehen Sie doch schon mal voraus und sagen Sie diesem Jeebs, daß wir gerne ein Wörtchen mit ihm reden möchten, okay?«

»Gut. Aber dann müssen Sie mir auch endlich sagen, wer Sie sind.«

»Wenn Sie das wirklich wissen wollen.«

Kays sah ihm nach, wie er breitbeinig in das Pfandhaus hineinging. Er schüttelte leicht den Kopf. Ach ja, die Arroganz der Jugend...

Er machte den Kofferraum wieder zu, holte das Gerät aus seiner Jackentasche, richtete es auf den LTD und drückte auf den Knopf. Der Ford begann zu piepen.

Er war noch nicht mal an der Tür der Pfandleihe, als bereits der erste Kerl am Ford auftauchte und das Schloß zu knacken versuchte. Aber dann gab es ein lautes *Pop!*, und im Zurückblicken sah Kay, daß von dem Autodieb nichts mehr übrig war als ein rauchender Fleck auf dem Gehsteig.

Er grinste. Je länger sie da drinnen blieben, desto sicherer würden die Autos in diesem Stadtteil werden. Er machte die Tür des Ladens auf, hörte ein zweites *Pop!* und nickte. Dann trat er ein.

Und das alles an einem einzigen Tag.

5

Jack Jeebs mochte Mitte Vierzig sein; er hatte schwere Tränensäcke unter den Augen. Seine Klamotten sahen aus, als habe er sie von Rip van Winkle geerbt, nachdem dieser schon seinen langen Schlaf darin gehalten hatte. Er trug sie ungewaschen und ohne sich die Mühe zu machen, die Knitterfalten zu glätten. Als Edwards seine Pfandleihe betrat, die ihrerseits nicht unbedingt den Höhepunkt der modernen Zivilisation darstellte, war er gerade dabei, Sachen in Kartons zu werfen, und offensichtlich in hektischer Eile.

Der Laden roch wie ein Ziegenstall. Es war die Art Räumlichkeit, in der man den sofortigen Wunsch verspürte, Lysol in großen Mengen zu versprühen, bevor man irgend etwas anfaßte, und obendrein Gummihandschuhe zu tragen und am liebsten auch noch Gummistiefel. Vorsorglich.

»Na, Jeebs, verreisen wir?«

Pfandleihenbesitzer Jeebs hielt einen Augenblick inne und sah auf, fuhr dann aber fort, seinen Pappkarton vollzuladen. Er warf einen Toaster hinein, der gegen ein Waffeleisen klirrte, das sich schon darin befand.

»Hallo, Officer Edwards. Ja, ja, ich... wissen Sie, ich habe einen tollen Laden *uptown* aufgetan. Ich bin gerade am Umziehen. Ich meine, falls Sie das überhaupt etwas angeht.«

Edwards kam näher. Der Mann stank, dachte er, als sei er auf einem Stinktierkongreß gewesen und jedes einzelne Stinktier sei vor ihm stehengeblieben und habe ihm die Reverenz erwiesen, bevor es sich entfernte. Aber schließlich, der ganze Fall hier stank zum Himmel...

»Ja, was sehe ich denn da?« Er klopfte auf eine Schachtel mit imitierten Rolex.

Jeebs hielt inne und blickte auf. »Ach das... Ja, ja, das wollte ich ordnungsgemäß abliefern bei euch. Mache ich unterwegs rauf zu meinem neuen Laden.«

Edwards sah sich weiter um und musterte dann wieder den kleinen und nervösen Jeebs. »Die Sache ist die, Jeebs, wissen Sie, ich bin auf der Suche nach etwas, das ein bißchen ausgefallener ist als eine Schachtel voller gefälschter Uhren. Können Sie sich denken, wovon ich rede?«

»Ach, kommen Sie schon, Officer! Sie wissen doch ganz genau, daß ich nichts mehr mit Porno mache.«

»Jeebs! Ich rede doch nicht von diesen Bildern, die irgendwer aus dem *Penthouse* abkupfert. Nein, ich meine mehr etwas aus dem Bereich *Hardware. Tödliche* Hardware, genauer gesagt.«

Jeebs wurde blaß, schluckte und schüttelte heftig den Kopf. »Ich weiß nicht, was Sie meinen, Officer.«

Edwards lächelte leicht. Genausogut hätte sich Jeebs auch ein großes Schild mit ganz fetten Buchstaben umhängen können: RIESENLÜGNER, HIER!

»Ach, Sie haben den Eindruck, ich bin leicht beschränkt, Jeebs? Und daß auf meiner Stirn das Wort *Blödmann* eintätowiert ist, ja? Lieber Jeebs, was verbergen Sie vor mir? Ich meine, Sie verbergen natürlich ständig etwas. Und wißbegierige Leute versuchen stets, so etwas herauszubekommen.«

Jeebs bekam große Augen, als er an Edwards vorbei zur Tür schaute.

Er sah so aus, als habe er Graf Dracula persönlich in seinen Laden hereinschlendern sehen.

Edwards blickte hinter sich. Agent oder V-Mann oder Wasauchimmer Kay war gerade hereingekommen. War das übrigens sein Vor- oder Nachname?

Jeebs sagte: »Oh... hallo, Kay!«

Edwards quittierte das mit einem Stirnrunzeln. Er ließ seinen Blick einige Male zwischen den beiden hin- und herwandern. »Was denn, Sie kennen diesen Ganoven?«

»Wir sind miteinander bekannt, ja«, sagte Kay. »Okay, Jeebs, wo sind die Importe?«

»Importe? Also, ich weiß wirklich nicht, wovon Sie da reden, Kay.«

»Jeebs, Jeebs! Warum tust du das? Warum lügst du mich an? Nach allem, was wir zusammen erlebt haben?«

»Wirklich, Kay. Nein. Das sehen Sie ganz falsch. Ich würde mich doch nicht mit Ihnen anlegen.«

»Ja, ja. Und in Kalifornien regnet es nie.« Kay zog seine Pistole heraus und richtete sie auf Jeebs. »Weißt du, was ich mit Lügnern mache, Jeebs?«

Edwards mußte sich ein Grinsen verkneifen. Die Masche war nun wirklich bekannt.

Kay spielte gerade den bösen Bullen. Aber er beherrschte diese Rolle ebenfalls.

»Nun mal mit der Ruhe, Kay. Jeebs versucht doch, uns zu helfen, nicht wahr, Jeebs?«

Jeebs sagte nichts. Er schluckte schwer und starrte, einen weiteren Toaster in der Hand, auf Kay.

Kay sagte: »Ich zähle bis drei. Wenn du dann nicht rausrückst, was ich sehen will, blase ich dir den Kopf weg, klar?« Er spannte seine Pistole und schaute todernst.

Also, sehr subtil ging er ja nicht gerade vor. Gut, es war sein Auftritt und er, Edwards, mußte wohl oder übel mitspielen. »Nun kommen Sie, Jeebs, Sie sehen doch, der Mann ist leicht verrückt, der tut das. Geben Sie lieber auf.«

»Ich habe doch gar nichts! Und wissen tu ich auch nichts!«

»Eins...«

»Wirklich, Kay, ich schwöre es!«

»Zwei ...«

»Geben Sie nach, Jeebs«, sagte Edwards. »Das Ding da geht schon vom bloßen Hinschauen los!«

»Drei.«

Und Kay drückte ab.

Der Knall war wirklich ohrenbetäubend laut und kam von den Wänden, der Decke und vom Boden zurück.

Jeebs Kopf war buchstäblich explodiert. Blut und Gehirnmasse spritzten überall herum. Der Toaster schepperte zu Boden.

Ach du Scheiße!

Jeebs sank in sich zusammen wie ein knochenloses Huhn. Sein halber Kopf war einfach weg.

Edwards' Aktionssinn verließ ihn wenigstens nicht vollständig. Irgendwie schaffte er es, selbst zu ziehen und seine Waffe gegen Kay, der die seine inzwischen mit der Mündung nach unten hatte sinken lassen, in Anschlag zu bringen. »Weg damit, sofort weg damit!«

Hehlerganove oder nicht, man konnte doch jemanden nicht einfach so mir nichts, dir nichts über den Haufen schießen! Und wenn man noch von so einem arroganten Geheimdienst war! Nicht einmal in New York. Ach was, selbst nicht in ... Brooklyn!

Na gut, vielleicht in der Bronx oder in Queens ...

»Ich habe ihn gewarnt.«

»Weg – mit – der – Waffe!«

»*Sie* haben ihn doch ebenfalls ausdrücklich gewarnt.«

»Jetzt passen Sie mal genau auf, Sie Arschloch. Sie sind festgenommen. Sie haben das Recht zu schweigen. Wenn Sie reden, kann alles, was Sie sagen, gegen Sie verwendet werden, und das wird es vor Gericht zweifellos. Sie haben das

Recht auf einen Anwalt. Wenn Sie die Mittel dafür nicht haben, dann –«

»Geschenkt, Edwards! Mit welcher Begründung wollen Sie mich denn festnehmen? Wegen Schußwaffengebrauchs innerhalb der Stadtgrenzen?«

»Sie haben sie doch nicht alle, hören Sie mal!« Edwards gestikulierte und zeigte mit seiner Pistole auf den Toten. »Schußwaffengebrauch ... ich habe Sie hier beim Abfeuern einer Schußwaffe angetroffen ...« Er unterbrach sich abrupt. Der plötzliche Kurzschluß in seinem Kopf hinderte seinen Mund am Weitersprechen. Seine Lippen bewegten sich, aber er brachte keinen Ton heraus.

Er mußte wie ein nach Luft schnappender Fisch auf dem Trockenen aussehen, dachte er.

Denn während er noch Jeebs anstarrte, erhob dieser sich – der Tote! – wieder und stand auf.

Einfach so. Mit zerplatztem Kopf und allem.

Wer spinnt hier eigentlich? dachte er.

Er merkte, daß sein Mund nicht mehr zuging und er nichts dagegen tun konnte. Sein Arm mit der Pistole sank herab, bis die Mündung auf den Boden zeigte, und auch darüber hatte er keinerlei Kontrolle mehr.

Mann!

Und dann begann sich an Jeebs Kopf alles zu bewegen und wuchs, und dann hatte Jeebs einen neuen Kopf.

Verdammte Scheiße, ich habe doch im Leben noch nie Stoff konsumiert, wie kann ich da solche Halluzinationen haben?

Der neue Kopf sah Kay an. »Müssen Sie denn immer so was machen, können Sie das nicht sein lassen?«

Kay ging zu Jeebs, packte ihn und hielt ihm die Pistole direkt unter das nagelneue Kinn. »Ich habe keine Zeit, hier rumzulabern, Jeebs. Zeig mir die Spielsachen, oder ich verbrauche noch einen Kopf! Mindestens noch einen!«

Edwards sagte: »Schluß jetzt, Mann, verdammt! Jetzt reicht es. Es reicht!«

»Schon gut, schon gut«, erklärte Jeebs mittlerweile. »Hinten.«

Er ging zu seiner Ladentheke, Kay blieb dicht bei ihm und wandte sich zu Edwards um. »Was ist, stehen wir hier einfach nur rum und drehen Däumchen?«

Edwards schüttelte nur den Kopf. Er brachte seinen Mund wieder zu und steckte seine Pistole ein. Ausgeschlossen, hier irgendwen zu verhaften und das hier zu erklären. Dafür brachten sie ihn doch in die Klapsmühle. Ein Kerl mit komischen Augen und einer Kanone aus *Star Wars*, das war eine Sache. Aber zusehen, wie Jack Jeebs die Rübe weggepustet wurde und dessen Reaktion darauf war, lediglich so zu tun, als sei er gerade beim Haareschneiden gewesen, nachdem er mit einem neuen Kopf wieder aufstand, das war noch mal was anderes. Er hatte keine Lust, die nächsten paar Jahre im Irrenhaus zuzubringen. Herzlichen Dank, nein. Den Teufel würde er tun und auch nur einer Menschenseele etwas von alldem hier erzählen.

Er folgte den beiden.

Jeebs ging nach hinten zu einem Regal, drückte auf eine geheime Stelle, und das Regal drehte sich. Es kamen weitere Fächer auf der Rückseite zum Vorschein. Zu jeder anderen Zeit wäre das ein recht eindrucksvoller Trick gewesen. Aber jetzt, nach dem neugewachsenen Kopf, war das nur noch halb so toll.

Jeebs deutete auf einen Karton. »Da haben Sie Ihre Hardware.«

»Kommen Sie, schauen Sie her«, forderte Kay Edwards

auf. Und Jeebs mahnte er: »Du bleibst schön hier. Rühr dich nicht vom Fleck. Nicht mit dem kleinsten Pseudostativbein.«

Edwards ging hin und sah hinein. Es lag allerlei in dem Karton. Es sah ein wenig aus wie Dekorationsmaterial für einen Science-fiction-Kongreß. Der Form nach schienen die meisten Sachen Waffen zu sein. Er sah hoch. Vielleicht hatte er ja doch recht gehabt. Seine Befürchtungen wuchsen, daß Captain Kirk oder Luke Skywalker jeden Augenblick zur Tür hereinkämen. Wofür er sich eigentlich nicht gerüstet fühlte. Ganz und gar nicht.

Jeebs sagte: »Wenn Sie interessiert sind, Kay, kann ich Ihnen einen guten Preis für einen elektrostatischen Deoxygenator machen. Mit vollen Zoids, ohne Aufpreis.«

»Hab ich schon. Sei still, Jeebs.«

»Das da!« sagte Edwards. Er deutete darauf, hütete sich aber, es anzufassen. »Das ist so ein Ding, wie der Typ eines hatte. Dem ich nachjagte.« Er hatte wirklich keine Lust, in den Karton hineinzugreifen. Am Ende landete er damit in einer anderen Dimension? Irre, das alles.

So eine Riesenscheiße. Das Wort reichte bei weitem nicht aus für das hier eigentlich angemessene Vokabular.

Er hatte Kopfschmerzen. Er mußte sich hinlegen. Eine Woche lang. Besser zwei. Und irgendwo weit weg. In Alaska vielleicht. Aber zumindest drüben in Staten Island.

Kay tadelte Jeebs erneut kopfschüttelnd. »Jeebs, Jeebs! Du hast wirklich einen reflektierenden Karbonizer mit Implosionskapazität an einen nicht lizenzierten, illegalen Zephlapoiden verkauft?«

Jeebs verteidigte sich achselzuckend: »Gott, er sagte, er hätte die Lizenz in seinem anderen Körper zurückgelassen. Für mich sah er voll in Ordnung aus.«

»Ach ja?«

»Er bezahlte bar, Kay!«

Kay warf einen Blick zur Decke und fixierte dann wieder Jeebs. »Du mußtest doch ganz genau wissen, daß er nur deshalb Hardware brauchte, um einen Anschlag auszuführen. Wer ist das Ziel?«

»Hat er nicht gesagt.«

Kay hob erneut seine Waffe. Edwards stand dabei und verspürte bereits eine leichte Neugierde, ob Jeebs denn tatsächlich hinterher noch einmal ein neuer Kopf wachsen würde.

»Ach, nun komm, Kay! Warum sollte er mir das denn sagen? Ich weiß es nicht. Ich habe ihm lediglich das Ding verkauft und fertig.«

Kay ließ die Waffe sinken und seufzte. »Also gut, Jeebs. Das ganze Zeug hier ist beschlagnahmt. Und du wirst beim nächsten Transport aus der Schwerkraftquelle dabeisein, andernfalls blase ich dir den Kopf an einem Ort weg, wo er nicht mehr nachwächst, verstanden?«

Jeebs versuchte ein nervöses Grinsen, aber es wurde nur eine Art krampfhaftes Zucken daraus. Vermutlich dachte er, er käme mit einem blauen Auge davon, wenn sie ihn aus dieser Schwerkraftquelle hinauskatapultierten. Oder wie das ablief.

Schwerkraftquelle. Na klar, selbstverständlich. Weiß der Geier, was das wieder war.

Edwards versuchte, zu sich zu kommen. »Genau«, sagte er. »Und die imitierten Rolex nehmen wir natürlich auch mit.«

Sie verließen den Laden. Und plötzlich erschien es Edwards als blendende Idee, sich am Randstein niederzulassen. Er setzte sich und starrte auf die Schachtel mit den falschen Rolex. Aber die wußten auch keine Antwort.

Kay kam mit dem Karton mit dem Sci-fi-Zeug nach, fummelte an seiner Box für den Autoalarm herum und lud den Karton in den Kofferraum.

Edwards sah ihm zu und ließ ihn nicht aus den Augen. Um das Auto herum sah es aus, als sei jemand gekommen und habe ein paar Aschenkübel ausgeleert. Ansonsten war der Wagen unberührt.

Daß das Auto noch völlig intakt war, erschien ihm fast ebenso überraschend wie Jeebs geplatzter und nachgewachsener Kopf. Immerhin waren sie nach wie vor in New York.

Es sei denn, dem war nicht so. Vielleicht kam ja auch jede Sekunde der gute alte Rod Serling mit einer Zigarette zwischen den Fingern aus der Pfandleihe, von oben bis unten in Schwarz-Weiß, und mit seiner Dudl-Musik und sang etwas Neues: Darf ich vorstellen, James Edwards, unauffälliger Bulle, der heute morgen noch glaubte, ganz normal zur Arbeit zu gehen wie jeden Tag, um Kriminelle zu jagen. James Edwards, der dann aber stolperte und hinfiel; und als er wieder auf den Beinen war, merkte, daß er sich nicht mehr in New York befand, sondern irgendwo anders, in der – Twilight Zone!

Dubidubi-waaah! Ja, ja, schon gut.

Kay machte den Kofferraum zu, kam zu Edwards und setzte sich neben ihm auf den Randstein.

»Na Junge, wir haben wohl ein paar Schwierigkeiten, das alles auf die Reihe zu kriegen, wie? Ist nicht gerade eines von den Dingen, für die man schnell den geeigneten Aktenordner findet, was? Wetten, Sie würden sehr gern irgendeine annähernd rationale und vernünftige Erklärung für all das hören, hab ich recht? Da, nehmen Sie eine falsche Rolex.«

Edward nahm die Uhr, starrte sie aber nur an.

»Also, wie steht's? Soll ich ein paar Antworten geben?«

»Ich bitte darum.«

Kay steckte sich eine Zigarette an, blies einen dünnen Rauchstreifen in die ohnehin schon dicke New Yorker Luft und sagte: »Ich fürchte, ich müßte Ihnen eine ganze Menge erzählen. Sie haben ja nur ein kleines Endchen von dem Tuch gesehen und was allein das schon für ein Chaos ergeben hat. Ich meine, ich könnte Ihnen alles erzählen und erklären, aber wozu? Sie könnten sich hinterher ja doch nicht daran erinnern. Wäre lediglich Zeitverschwendung.«

»Mister, keine Chance, daß ich das alles jemals vergesse. Daran würde ich noch denken, wenn sie mich ins Grab senken.«

Kay setzte seine dunkle Sonnenbrille wieder auf und holte etwas aus der Tasche, das wie ein kleines Tonbandgerät aussah. »Meinen Sie?« fragte er. »Schauen Sie mal her. Schon mal so ein Ding gesehen?«

Edwards sah hin. Was sollte das sein?

In diesem Moment fuhr ein greller Blitz aus dem Gerät –

– und das Licht reflektierte, und Kay sagte: »... und dann meinte seine Frau: Ja, Harry, weiß ich doch, aber der da ißt mein Popcorn!«

Kay lachte, und Edwards blinzelte nervös. Er sah nach unten. Auf einem Tisch standen ein halbaufgegessenes Gericht aus Broccoli und Rindfleisch, dazu einige leere Flaschen chinesischen Biers.

Er sah sich um. Richtig, ein chinesisches Restaurant. Essende, sich unterhaltende, lachende Leute.

Wie zum Teufel war er nun wieder hierhergekommen? Und von woher?

Kay sah auf die Uhr (eine ziemlich gut imitierte Rolex) und sagte: »Herrje, ich muß los! Danke für die Eggrolls und Ihre Hilfe! Bis morgen dann also, Punkt neun!«

Edwards blinzelte wieder. »Wo sind wir denn?«

»Sehen Sie«, erklärte Kay, »so ist das, wenn man zuviel Tequila trinkt. Sie müssen das wirklich ein wenig eindämmen, mein Sohn. Hoffentlich haben Sie morgen keinen Kater.«

Er stand auf, legte einige Geldscheine auf den Tisch und war weg.

Edwards starrte auf seinen Teller. Mann. Er konnte sich aber auch an absolut nichts erinnern seit – seit –

Er hielt inne und versuchte nachzudenken. Seit er das Revier verlassen hatte. Mit diesem Mann da. Um irgendwohin zu fahren.

Wohin? Hierher? Hatte er soviel Tequila getrunken, daß er einen Filmriß hatte?

Himmel noch mal, so blau war er nicht mehr seit der Abschlußfeier in der High-School gewesen.

Er erinnerte sich an überhaupt nichts. Verdammt. Das war … schlimm.

Die Kellnerin kam. »Noch ein Bier?«

»Nein, nicht doch. Kaffee.«

Während er wartete, schlug er wieder die Augen nieder und entdeckte eine Visitenkarte auf dem Tisch. Auf ihr standen handgeschrieben sein Name, das Datum von morgen, die Uhrzeit 9 Uhr und die Adresse. Am Battery Drive. Er drehte die Karte um. Aber auf der anderen Seite stand nichts weiter als drei Buchstaben in der Mitte: MiB. Er sah auf die Uhr.

Was denn, eine Rolex? Oder jedenfalls eine ziemlich gute Imitation. Wo kam die nur her?

Was hatte das alles zu bedeuten?

Er schüttelte den Kopf. Irgend etwas stimmte nicht.

Es war vielleicht keine schlechte Idee herauszufinden, was.

6

Wenn er aus alldem lebend herauskam, dachte Kerb, bezahlte dieser bularische Gebrauchtschiffverkäufer, bis er schwarz wurde, dafür, daß er mit diesem Stück garzianischem Schrott hier steckengeblieben war. Der kleine Gauner würde noch jaulen vor Reue darüber, daß das Ei seiner Ur-Ur-Ur-Großmutter je ausgebrütet wurde. Und was noch nachkam.

Zugegeben, er war in sehr großer Eile gewesen und hatte eine gründlichere Inspektion unterlassen. Sein Fehler, gut. Und, auch zugegeben, er hatte nicht übermäßig große Mittel übriggehabt, um ein Raumschiff zu kaufen, das er ohnehin nur für einmal hin und zurück zu benutzen die Absicht hatte, bevor er es gleich wieder verschrottete. Aber trotzdem, das war keine Entschuldigung für den Bularen. Der hatte das ja gar nicht gewußt.

Er seufzte. Sie mußten ihn schon ein Parsec entfernt haben kommen sehen.

Aber das war wirklich kriminell gewesen, mit dem Verkauf. Die Warp-Triebwerke des Schiffs waren der reinste Schrott, die Repelloren zerschossen, die Viralmatrizen des Computers abgenutzt und die Inosicdämpfer disharmonisch bis in die dritte Potenz. Was alles zusammen schlicht bedeutete, daß er auf diesem Dunghaufen von Planeten hinunterfiel, und obendrein viel zu schnell. Und wenn die Stasis-Staukokonliege nicht besser funktionierte als der Rest dieser Katastrophe von Schiff, dann konnten sie ihn über die ganze Gegend verstreut als feuchtglibberige Chitinschmiere aufkratzen, und das war es dann mit seinem großen kosmischen Plan.

Verdammt. Wenn er da lebend rauskam, konnte dieser Händler Gift darauf nehmen, daß er zurückkehrte und ihm die Fassade polierte, bis er nur noch organischer Brei war und sich selbst auffressen konnte.

Vorausgesetzt, er kam hier lebend raus.

Der Computer, dessen Sinn für Humor offenbar zusammen mit der viral-molekularen Matrize, welches sein Stimmprogramm steuerte, in die Binsen gegangen war, informierte ihn darüber, daß die Landung unmittelbar bevorstand: »Planetaufprall in fünfzehn Sekunden«, verkündete er. »Strukturale Integrität der Außenhülle nicht ausreichend, um Aufprallgeschwindigkeit zu widerstehen. Hi, hi, hi. Schadensschätzung für Schiff schätzungsweise achtundsiebzig Prozent, plusminus ein Prozent. Ha, ha, ha. Hi, hii, hiii!«

Kerb sagte dem Computer, er solle ihn am Arsch lecken, was freilich nicht sonderlich realistisch und also nicht übermäßig originell war. Der Computer fand es allerdings sehr witzig und lachte sich die letzten paar Sekunden seiner Existenz halb tot. Dann bohrte sich das Schiff in den Boden, und zwar so nachdrücklich, daß es mit seinem halben Durchmesser darin eindrang und die Erde ringsum hochspritzen ließ wie Wasser.

Das konnte Kerb natürlich nicht sehen, weil die Stasis-Staukokonliege sich verformte und es sein großes Glück war, daß sie als einziges Stück seiner Ausrüstung nach Plan funktionierte. Beim Aufprall verformte sie sich augenblicklich in eine gelatineartige Schale, die den Hauptschock des Aufpralls abfing und ihn dabei, nicht ganz zufällig allerdings, blind, taub und auch sonst sinnesunempfindlich für den Vorgang machte.

Als ihn die Liege entließ – eine Prozedur ungefähr von der Art, wie ein Vogel teilweise verdaute Nahrung auswürgt, um sie an seine Brut zu verfüttern –, stellte sich heraus, daß der blöde Computer leider völlig recht gehabt hatte mit seiner Prognose betreffend der Außenhülle des Schiffs. Nachtluft wehte durch die großen Risse des Rumpfs. Es herrschte eine Atmosphäre hier, die ihm zu kalt war und zu angefüllt mit stinkendem Aliengeruch, welcher einem pluvianischen Aasesser schon den Magen umdrehen konnte.

Wäh!

Irgend etwas plapperte ihn in Aliensprache an. Er fand den Knopf seines interneuralen universalen Translators, der auf die Liege heruntergefallen war, und steckte ihn in seinen Auralkanal. Das Gerät nahm die fremde Sprache auf und konvertierte sie in Omniversal. Es begann mitten im Satz: »– eine falsche Bewegung machst, dann puste ich dir deinen interstellaren Arsch heim in dein Königreich!«

Kerb drehte sich ein wenig herum, so daß er durch eines der gähnenden Löcher in der Außenhaut seines Schiffs blicken konnte. Aha. Dort war es. Ein Mensch. In der Galaxis war die Bezeichnung Terraner, kurz Terry, üblich. Sie waren wirklich häßliche Kreaturen, fleischige, untersetzte kleine Bastarde. Und der da hatte etwas auf ihn oder das Schiff gerichtet, was offensichtlich wohl eine Projektilwaffe war.

Die lernte es auch nie, dieser inferiore Art.

Kerb sagte: »Nimm die Waffe runter, du Volltrottel.«

Sein Stimmtranslator, der mit dem UT in seinem Auralkanal verbunden war, übersetzte es in eine etwas förmlichere Aussage: »Legen Sie die Projektilwaffe auf den Boden, Sie etwas weniger als optimal mit Gehirnmasse Versehener.«

Nun, das war wohl deutlich genug.

Der Terry wich einen Augenblick zurück. Dann aber zielte er mit seiner albernen Waffe wieder auf das Schiff.

»Mein Name ist Edgar Yax, und Ihr dämliches, soeben gelandetes Raumschiff ist genau auf meinen Lieferwagen runtergefallen und hat ihn zerquetscht. Den Schaden werden Sie mir gefälligst ersetzen! Und was meine Kanone angeht, so können Sie sie erst haben, wenn Sie sie mir aus meinen kalten, erstarrten Händen gewunden haben, vorher nicht. Damit das klar ist!«

»Von mir aus«, sagte Kerb zu Edgar Yax, den das in dieser Formulierung erreichte: »Ihr Vorschlag ist grundsätzlich akzeptabel.«

Kerb fuhr eine seiner Scheren aus und faßte das Edgar damit am Schopf. Das Edgar machte »Arrk!« und schoß mit seiner Projektilwaffe, konnte aber leider nicht richtig zielen und richtete deshalb keinen Schaden an, ausgenommen unter einigen bakteriellen Passanten in der Luft.

Kerb zerrte das Edgar in das kaputte Raumschiff, entleibte es durch vorsichtiges Zerbrechen des knackenden Schädels mittels seiner Zangen und begann dann, den Kadaver zu examinieren.

War der klein! Er selbst müßte sich in den N-Raum falten, um darin Platz zu haben, und selbst dann noch wäre es mühsam. Und diese unzureichende Hauthülle! Und das Skelett innen drin! Eine völlig idiotische Konstruktion! Er müßte das Innere steifsprühen, oder es zerriß wie dünnes Papier in einer steifen Brise. Und selbst dann noch konnte man sich ausrechnen, daß man sich kaum rühren durfte, damit es nicht bei jeder Bewegung, die man machte, einriß!

Immer das gleiche Theater auf diesen abgelegenen Planeten!

Er seufzte. Na gut, man mußte sich eben mit dem behelfen, was da war. Dieses Edgar gehörte der hier herrschenden Art an, und damit hatte es sich, fertig. Wenn er sich hier wie einer von ihnen bewegen wollte, mußte er notgedrungen deren Aussehen annehmen. Daran führte nun einmal kein Weg vorbei.

Er faltete sich also mühsam in den N-Raum – autsch, das tat immer so weh! – und begann mit dem höchst widerlichen Unternehmen, sich in Edgars Integument hineinzuzwängen.

Ein anderes Exemplar der Spezies Edgar, ein feminines, stand im Eingang der nahe gelegenen künstlichen Höhle. Wie nannten sie das hier? Häuser? Es sagte: »Edgar? Ist alles in Ordnung? Du siehst ein wenig betreten aus!«

Besser, man gewöhnte sich gleich an diese neue Identität. Von nun an wollte Kerb sich als Edgar betrachten, jedenfalls solange er in seiner Verkleidung herumwandelte. Edgar. Edgar. Edgar. Gut, das saß jetzt.

In den N-Raum eingefaltet zu sein war nicht nur schmerzhaft und irritierend, es machte ihn auch hungrig. Der Replikator im Schiff hatte in den letzten vier Zyklen keinen nennenswerten Dung produziert, und er war schon halb verhungert. Er hatte die Überreste des Edgar aufgegessen, wurde nach diesem hastigen Mahl aber nun sehr durstig. Er brauchte einen Drink.

Dieses Weibchen hier war offenbar das Eigentum des Edgar. Also behandelte man es am besten so.

Das Weibchen fragte: »Was war denn das, ist das Fahrzeug explodiert?«

»Zucker«, sagte Edgar.

»Wieso Zucker? Ich habe noch nie gehört, daß Zucker so eine Wirkung hat.«

»Schweig, du Nichts. Hol mir den Zucker, aber sofort!«

Das Weibchen machte eine Geste mit den Schultern und ging zu einem Gegenstand in der Nähe, der aus einer organischen Holzpflanze hergestellt zu sein schien, welche zu flachen Scheiben geschnitten worden war. Sie machte eine Tür daran auf und entnahm einen Behälter. Die Süße darin konnte er sogleich riechen.

»Tu ihn in Wasser rein.«

Das Weibchen gehorchte und gab eine kleine Menge in einen durchsichtigen Behälter.

»Mehr«, sagte Edgar. »Sei nicht so sparsam.«

Das Weibchen gab noch etwas von dem weißen Granulat in den durchsichtigen Behälter. Edgar nahm ihn ihr hastig weg und trank es auf einen Sitz aus. Ah. Das tat gut. Er spürte, wie ihm ein warmes Glühen durchdrang. Noch ein paar von der Sorte, und er war reif für eine Party.

»E-Edgar«, sagte das Weibchen, »was ist mit der Haut an deinem Hals? Die hängt da einfach rum. Hast du dich am Fahrzeug verbrannt?«

Edgar setzte den durchsichtigen Behälter ab auf eine Plattform und betrachtete seine Spiegelung in der durchsichtigen Substanz, welche die Beobachtung des Draußen aus dem Inneren des Hauses ermöglichte. Wie hießen diese Öffnungen gleich wieder? Er befragte seinen Translator. Ah ja, richtig. *Fenster.*

Das Weibchen hatte recht. Das Integument war ein wenig verrutscht. Er faßte es an, drückte es an seinen Platz zurück und stopfte das übriggebliebene hinunter durch die Öffnung des Kleidungsstücks, welches die Verkleidung bedeckte. »Besser so?« fragte er.

Das Weibchen fiel um, offenbar bewußtlos.

Hm. Sehr seltsam. Eines der hiesigen Rituale?

Nun, an die Arbeit. Noch ein wenig Nachschlag von dem Zucker und dann zurück zum Schiff. Er mußte es wegschaffen, irgendwo verbergen und dann reparieren. Im Werkzeugkasten mußte eigentlich ein Nano-Fix sein, womit er wenigstens die Außenhülle wieder herrichten und einige Basis-Triebwerkfunktionen reparieren konnte. Wahrscheinlich würde das Schiff mit diesen Behelfsreparaturen kaum mehr als ein paar Dutzend Lichtjahre schaffen, aber es müßte eigentlich reichen, um irgendwo ein Ersatzschiff aufzutreiben. Ein richtiges. Bis dahin mußte er sich eben sozusagen humpelnd behelfen, so gut es ging.

Ständig war irgendwas, verdammt. Das zumindest funktionierte immer. Die Chaosgötter langweilten sich offenbar schnell und pfuschten einem dann gleich wieder ins Handwerk.

Er ging zurück zum Schiff, duckte sich unter das Heck und paßte sorgsam auf, daß er sich sein neues Integument nicht zerriß. Er hievte das Schiff aus dem Krater und ließ es dann zu Boden fallen. Uff! Weniger schwer als umständlich. Er sah sich um. Es waren keine anderen Häuser in der Nähe, das war gut. Es lagen leere Felder ringsum und Stände mit hohen holzigen Pflanzen – richtig, Bäume, sagte ihm der Translator –, und auch einige vierbeinige mammalische Kreaturen hielten sich da und dort auf, aber es waren keine weiteren Exemplare dieser Humanterrarier zu sehen. Sehr gut.

Er überlegte kurz, ob er zu dieser Behausungsstruktur zurückkehren und das Weibchen aufessen sollte, ließ es dann aber sein. Sie sah sehnig und zäh aus, und so hungrig war er nun auch wieder nicht. Später ergab sich da sicher etwas anderes.

Er schüttelte den Kopf und begann sein Schiff davonzuschieben. Mühsame, langsame Arbeit war das. Ginge viel leichter, wenn er wieder aus dieser Verkleidung herausschlüpfte und dann das Schiff einfach Huckepack nahm. Aber dazu müßte er sich wieder ausfalten und neu einfalten und dann die Verkleidung wieder mühsam überziehen und dehnen, und das war eine Aussicht, die ihn wenig begeisterte. Lieber sich jetzt abmühen als das ganze Theater noch einmal durchmachen.

Edgar seufzte. Irgend etwas war immer.

7

James Edwards stand auf der anderen Straßenseite, gegenüber dem Gebäude, das der Adresse auf seiner Visitenkarte entsprach. Es war ein milder Tag, der Smog war nicht so schlimm, und er glaubte sogar, einen Vogel singen zu hören. Falls es nicht doch nur ein Autoalarm in der Ferne war.

Im Winter, wenn der erste Schnee fiel und die Stadt zudeckte und alles ein paar Augenblicke lang strahlend und fleckenlos weiß machte, sah New York schöner aus. Aber für den Sommer war es so gut, wie es eben sein konnte.

Er betrachtete das Gebäude; es war niedrig und langgestreckt. Vermutlich war er schon hundertmal daran vorbeigekommen, ohne es jemals richtig wahrzunehmen. Na und, schließlich hatte er sein ganzes Leben hier in New York zugebracht, und es gab Tausende Häuser, die er noch nie bewußt wahrgenommen hatte! Sofern nicht irgendwann irgendein Ganove in eines hineingerannt war, natürlich.

Ach ja. Er trommelte auf die Visitenkarte und stakste dann hinüber auf die andere Seite. Den Taxifahrer, der ihn ungehalten anhupte, ignorierte er.

Im Inneren machte das Haus einen etwas seltsamen Eindruck. Die Sicherheitstür war aus dickem Stahl mit fingerdickem Maschendraht – nun, das war noch einigermaßen normal. Aber eine ganze Wand war beherrscht von riesigen Lamellen eines Tunnelluftschachts. Ergab keinen rechten Sinn, so was in einer Eingangshalle zu installieren. Wer das geplant hatte, mußte auf Drogen gewesen sein. Zumal das Haus nicht so groß war, daß es gleich soviel Luft gebraucht hätte.

Auf der anderen Seite gab es einen einzigen Aufzug. Auf einem Metallfaltstuhl auf halbem Weg zwischen Eingang und Aufzug saß ein alter Pförtner. Er las ein Comicbuch. Meine Güte, wie billig, konnten sie dem Mann nicht wenigstens noch einen Tisch dazustellen?

Er ging auf den Mann zu. Seine Schritte hallten durch den so gut wie leeren Raum. Der Alte blickte auf.

»Kann ich was für Sie tun?«

»Ja, doch… ich habe da diese Karte hier.«

»Aufzug«, unterbrach ihn der alte Mann sogleich. »Rufknopf drücken.« Und widmete sich wieder seinem Comicbuch. Kicherte ein wenig, weil darin offenbar etwas Lustiges stand.

Edwards ging kopfschüttelnd zum Aufzug. Vornehm war dieses Haus nun nicht gerade. Wieso wollte ihn dieser Kay ausgerechnet hier treffen?

Warum sollte überhaupt irgendwer hierherkommen wollen?

Bereits, als er sich näherte, ging die Aufzugtür auf. Wie in *Star Trek*. Doch es war niemand darin. Was zum Teufel… Er trat hinein. Drückte auf den Rufknopf.

Nichts passierte. Er griff noch einmal nach dem Knopf.

»Hmhm«, räusperte sich plötzlich jemand hinter ihm.

Er fuhr herum. Die Rückwand des Aufzugs war verschwunden, und er sah vor sich einen anderen seltsamen Raum. Ein halbes Dutzend Männer saß in eiförmigen Sitzschalen, und alle blickten ihm entgegen. Ein Stuhl war leer.

Mann in schwarzem Anzug und Krawatte mit emd stand vorne. Er war genauso gekleidet wie sen war. Vielleicht hatten die da eine Discount-, wo sie die Sachen im Dutzend billiger bekamen? Mengenrabatt.

»Sie sind spät dran«, sagte der Alte. »Setzen Sie sich.«

Edwards begab sich achselzuckend zu dem einen freien Stuhl.

Die Aufzugtür ging zu.

Der Alte nickte und fing an zu sprechen: »Mein Name ist Zed. Sie sind hier, weil Sie die Besten der Besten sind. Sie rangieren unter den Besten der Ordnungskräfte der Marine, der Army Rangers und denen von New York.«

Einige der anderen sechs, alle mit kurzem Haarschnitt und steifem Hohlkreuz, beäugten ihn, als er Platz nahm.

Militärtypen, alle miteinander. Er kannte diesen Blick. Geschniegelte Affen. Er lächelte und gab ihnen die gleiche Art Blick zurück.

Der Alte sprach weiter: »Wir sind auf der Suche nach einem einzigen von Ihnen. Was nun folgen wird, ist eine Reihe einfacher Tests, mit denen Ihre motorischen Fähigkeiten quantifiziert werden sollen, ferner die Hand-Augen-Koordination, die Konzentration und die Stamina, also Ausdauer und Widerstandskraft.«

Edwards meldete sich mit erhobener Hand.

»Ja? Haben Sie eine Frage, oder müssen Sie austreten?«

»Yeah. Ich muß mein Notizbuch verloren haben. Warum genau sind wir hier versammelt?«

Einer der anderen Typen riß seinerseits die Hand in die Höhe. O Mann. In jeder Schule gab es so einen wie den da: Ich, ich, ich, Herr Lehrer! Ich will aufgerufen werden!

Zed nickte ihm zu. »Sohn?«

Der »Sohn« sagte: »Jake Jensen, Sir. West Point, Erster meiner Klasse. Wir sind hier, weil Sie nach den Besten der Besten suchen, Sir!«

Edwards mußte lachen. Er versuchte es zu unterdrücken, aber es gelang ihm nicht.

Zed sah ihn mit einem Blick an, als sei er ein Hund und habe eine Pfütze auf den Teppich gesetzt. »Gibt es etwas Lustiges, was uns entgangen ist?«

»Die Besten der Besten von den Besten der Besten? Klingt wie ein Rapsong.« Er blickte um sich und erwartete lächelnde Gesichter. Aber da hatte er sich getäuscht.

Oh, oh.

Hier war keiner auf seiner Wellenlänge. Er schüttelte den Kopf. Richtige Betonköpfe, diese Militärtypen. Keinen Funken Humor, die Brüder. Immer voll drauf, freudig in den Tod und der ganze Scheiß. Blödsinnig.

»Es, äh, kam mir … lustig vor«, bot er lahm an.

Zed verpaßte ihm noch einen dieser Hund-hat-ans-Auto-gepinkelt-Blicke. »Na gut. Wir wollen weiterkommen. Bewegung.«

Die anderen sechs sprangen auf wie eine Eins. Als wären sie Maschinen. Edwards erhob sich demonstrativ etwas laxer. Was immer die Brüder hier vorhatten, er hatte keinen Bock mitzumachen. Aber gut, mitlatschen konnte er vorläufig mal, um zu sehen, wo das alles hinführte. Wenn er schon mal da war.

Er blickte auf den Testbogen, der auf seinem Schoß lag, und dann zu den anderen Typen, die genau wie er Papier auf den Knien balancierten und darauf zu schreiben versuchten. Blödsinnig, das. Konnten die sich nicht einmal ein paar Tische leisten?

An einer Wand gegenüber stand ein schmaler Tisch, aber den benutzte niemand. Ach, ihr könnt mich mal. Er stand auf, ging hinüber zu dem Tisch und zog ihn mit sich zurück zu seinem kleinen Eierschalensitz. Die anderen sahen ihm sprachlos zu: Was der sich traute! Der Tisch machte ziemlichen Lärm auf dem Boden. Na und, das war doch nicht sein Problem. Er riß sich jedenfalls kein Loch in seine Hose, nur wegen so einem dämlichen IQ-Test.

Und ob das vielleicht nicht dämlich war, was er da beantworten sollte: »Wenn Sie einen Löffel unter einen laufenden Wasserhahn in Ihrer Küchenspüle halten, wohin spritzt dann das Wasser am weitesten? a) nach oben oder b) nach unten?«

Jesus! Was für idiotische Fragen waren das denn?! Nach Raketenspezialisten fragten die hier jedenfalls nicht, soviel war klar.

Er dachte über eine andere der dämlichen Fragen nach: Mr. White fuhr im Zug. Mr. Lee hatte einen Hund. Miß Jones ging sonntags nicht zur Kirche. Mr. Chin war der Nachbar von Mrs. McGraw. Und noch eine ganze Litanei solchen Quatsches bis unten hin, wo dann die Frage stand: »Wem also gehört das Zebra?«

In der ganzen Geschichte stand kein Wort von einem Zebra. Wie sollte man das auflösen? Hirnrissig!

Und wen interessierte das überhaupt? Wer wollte irgend etwas mit einem blöden Zebra anfangen? Er stellte sich vor, wie er so einen gestreiften Gaul durch den Park trieb. Und wie der von großen Hunden gejagt wurde und wie ihn Straßendiebe klauen wollten. Und dann natürlich die Säckchen, die man dauernd mitschleppen mußte, um die Hinterlassenschaft des Viehs aufzusammeln. Säckchen, von wegen. Mülltonnengroß mußten die Säcke sein. Er sah es bildlich vor sich: Mit der einen Hand führte er das Zebra, und in der anderen schleppte er einen Sack voller Zebraäpfel mit sich.

Wem gehört das Zebra ... Also wirklich!

Er merkte, wie Zed auf eine Rauchglasscheibe in einer der Wände blickte. Aha, da stand einer auf der anderen Seite, er konnte nicht erkennen, wer, und beobachtete alles. Zum Teufel mit dem ganzen Theater. Wenn das jetzt nicht bald etwas interessanter wurde, dann konnten sie ihn mal gern haben.

Zed trieb sie alle sieben in einen anderen Raum, und dieser war nun wirklich seltsam. Er war dreieckig! Nichts war darin außer einer Theke und darauf sieben Handfeuerwaffen. Sahen nach SIGs aus, Neuner oder Vierziger.

Was sollte das nun wieder? Sollten sie das Lokal hier in Stücke ballern, oder was?

Na, vielleicht ging es ja auch auf Zebrajagd ...?

Er war stark in Versuchung, den Dumpfschädel neben sich zu fragen – was sonst konnte der schon sein, mit seiner *Semper-Fidelis*-Tätowierung am Unterarm –, wo sie hier waren.

Ach, lieber nicht, beschloß er dann. Wollte diese Elitenhorde nicht noch einmal reizen. Er kriegte das schon selbst raus.

Und dann entfernten sich die drei Wände mit einem Mal wie von Geisterhand. Und im nächsten Augenblick ging es zu, daß man ganz blöd davon wurde. Aufblitzende Lichter, heulende Sirenen und noch eine ganze Menge andere ... Dinge, Wesen, oder was. Kugeläugige Monster, häßliche Viecher, sogar ein kleines Mädchen. Alles da, mit einem Schlag.

»Meine Herren, schützen und verteidigen Sie sich!« kam eine Lautsprecherstimme.

Hogans Schießhalle, begriff Edwards. Eine Rummelplatzbande.

Alle rannten zu den Waffen. Offensichtlich war dies der Hand-Auge-Motorik-Test: Wie schnell und gut kannst du schießen?

Er schnappte sich eine der Pistolen, erfaßte die ganze Monsterhorde mit einem Blick –

Sechs Schuß gingen los, ziemlich gleichzeitig. Teufel auch, waren die Kerle flink.

Er suchte sich sein Ziel aus und schoß ebenfalls, war aber fast eine Sekunde hinter den anderen her. Er drückte noch einmal ab, zur Sicherheit, aber es gab nur noch einen Klick. Jeder hatte nur einen Schuß gehabt. Interessant.

Die Ziele erstarrten, die Lichter verglühten, die Sirenen hörten auf zu heulen. Die sechs Kommißköpfe sahen erst einander und dann Edwards an. Er konnte direkt hören, was sie dachten: Junge, geh heim, du bist zu langsam.

»Meine Herren«, bat die Lautsprecherstimme, »legen Sie bitte Ihre Waffen wieder zurück.«

Zed kam herein. Er ging schnurstracks auf Edwards zu. Die anderen nahmen ihr süffisantes Lächeln vorsichtshalber etwas zurück.

»Haben sich Zeit gelassen, wie?«

»Ich mußte meines Ziels erst sicher sein, Sir.«

Zed drehte sich um und musterte die Ziele. Das auffälligste in der erstarrten holographischen Menge – Edwards war sich jedenfalls ziemlich sicher, daß es sich um Hologramme handelte – war das große knurrende Ungetüm, das ein wenig aussah wie der Tasmanische Teufel aus den Warner-Brothers-Cartoons. Es hatte drei Löcher in der Brust. Daneben war ein wirklich häßlicher Vogel, oder was immer er darstellte. Mit Fischkopf jedenfalls. So eine Art alter Gott, einer von der miesen Sorte, dem sie einen fischernen Kopf aufgesetzt hatten. Auch der hatte drei Löcher in der Brust, oder jedenfalls in der Mitte seiner Körpermasse.

Ganz hinten in der Monstermenagerie stand das etwa achtjährige Mädchen. Und es hatte eine einzige Kugel genau zwischen den Augen.

Zed sah zurück auf Edwards. »Möchten Sie sich dazu äußern, warum Sie der Meinung waren, ausgerechnet Klein-Tiffany dort hinten verdiene den Tod?«

Einer der Kommißköpfe schnaubte unterdrückt.

»Sohn?«

»Sie war die einzige, die wirklich gefährlich aussah.«

Und jetzt schnaubten noch ein paar mehr von den Militärkameraden.

»Und wie kamen Sie zu dieser Schlußfolgerung?«

»Nun, der Bursche dort mit seinem verqueren Kopf kann nicht viel Hirn haben, also hat er es vermutlich in diesem Kulturbeutel da, der an dieser Art Nabelschnur hängt; weil er ihn aber nicht umhat, kommt er auch nicht angestürmt. Und der andere häßliche Vogel oder was das ist, sieht zwar aus, als knurrte er böse, aber mir scheint eher, er war gerade am Niesen, dieser Art Papiertaschentuch nach zu schließen, das er in der Pratze hat. Und einer, der am Niesen ist, stellt für den Augenblick nicht gerade eine Gefahr dar. Außerdem sieht man an seinen Augen, daß er gerade gar nicht zu uns hersieht. Tja, und dann aber das kleine Mädchen. Erstens hat sie überhaupt nicht den Blick, den kleine Mädchen haben sollen. Das Gesicht hat einen tückischen Ausdruck, ihre ganze Haltung ist ungewöhnlich, nein, sie sieht gar nicht aus, wie kleine Mädchen üblicherweise aussehen. Und dann: Wieso ist sie hier unter diesen Monstern? Niemand hält sie offenbar als Geisel, und jeder, der die mögliche Gefahr zu taxieren versucht, käme als letztes auf den Gedanken, auf sie zu schießen.«

»Aha. Fertig?«

»Und das da in ihrer Hand sieht aus wie ein Messer.«

»Was für ein Messer? Ich sehe kein Messer.«

»Eben war es noch da, vorhin. Entweder hat sie es fallen lassen, oder Sie haben es wegmanipuliert.«

»Ah? Sie behaupten also, wir mogeln hier?«

»Hab ich nicht gesagt.« Edwards zuckte mit den Schultern. »Außerdem sind da noch die Bücher.«

»Was ist mit denen?«

»Viel zu hoch für ihr Alter. Sehen Sie sich doch mal die Titel an.«

»Ach, sehen Sie die?«

Zed schaute die anderen sechs an und schüttelte den Kopf. Sie machten es ihm alle sofort nach.

Na schön, dachte Edwards, dann habe ich eben nicht bestanden. Und? Er wußte ja ohnehin nicht, wofür er sich hier eigentlich qualifizieren sollte. Also lächelte er einfach mit den anderen mit. Er wurde hier rausgeworfen, und das gedachte er ganz *cool* hinzunehmen, zumal er sicher war, im Gegensatz zu diesen Lackaffen hier wirklich *cool* zu sein.

Er fragte: »Gut, Chef, wie geht es weiter?« Er improvisierte ein wenig. »Was soll das Testen der Besten der Besten von den Besten der Bestbesten?«

Schließlich, jeder Depp konnte einen Rap hinlegen, dazu brauchte man wirklich nicht viel Talent. Guter Rap war natürlich schwer, da gab es in der Tat nur ein paar, die das drauf hatten. Aber auch das Miserable fand ja immer sein Publikum. Im Fernsehen konnten sie heutzutage alles gut aussehen lassen, jeden Dreck.

Zed war allerdings offensichtlich kein Rap-Fan, seinem

Gesichtsausdruck nach zu schließen. Na und, wen kümmerte das.

Kay stand hinter der Rauchglasscheibe draußen auf dem Gang, sah den Rekrutierungskandidaten zu und lächelte. Er hielt den dicken Aktenordner fest, als Zed kopfschüttelnd hereinkam und sagte: »Ihr Knabe hat ganz schön Autoritätsprobleme.«

»Ja, aber er hat sich genau das richtige Ziel vorgenommen. Was dagegen haben Ihre Militärköpfe gemacht? Auf einen harmlosen Ketuvianischen Grasfresser und ein Kätzchen mit Spitzkopf geballert, das ihnen höchstens das Gesicht lecken wollte.«

»Aber er wird mehr Ärger machen, als er wert ist.«

»Wen kümmert das, Zed? Er hat jedenfalls einen Zephlapoiden zu Fuß eingeholt und ihn dann in Handschellen abgeführt. Wie viele schaffen das schon?«

»Also sind Sie bereits fertig mit Ihrem Urteil, wie? Da kann ich mir, was ich zu sagen hätte, schenken, richtig? Ich hoffe, Sie wissen, was Sie tun.«

»Das weiß ich fast nie, Zed. Aber das hat mich noch nie an etwas gehindert.«

»Das stimmt allerdings«, gab Zed zu und ging.

Kay sah Zed nach, wie er davonmarschierte, und ging dann selbst zurück in die Schießhalle. Der Alte führte die Kandidaten zurück zum Hauptkonferenzraum. Kay kam hinterher. Und bemerkte, wie ihn Edwards erkannte.

»Hallo, das ist ja Mr. Kay! Wie geht es denn so?«

Kay lächelte nachsichtig. Der Junge hatte wirklich etwas an sich. Man konnte ihm nicht böse sein. Ein gewisser Charme. Erinnerte ihn immer mehr an sich selbst vor dreißig Jahren. »Bleiben Sie mal da«, sagte er.

Sie blieben ein wenig zurück, während Zed die anderen sechs wegführte.

»Also, Sie wollen wissen, was hier abläuft?«

Edwards machte eine Geste. »Och, ich hatte soviel Spaß, daß es eigentlich nicht so wichtig ist. Aber wenn es Sie glücklich macht...«

Auf dem Weg sagte Kay: »Damals, das muß so 1954 oder 55 gewesen sein, hat die Regierung einen kleinen Dienst für wenig Geld eingerichtet mit dem einzigen Zweck, Kontakt mit einer Rasse zu suchen, die nicht von diesem Planeten stammt. Das schien damals ein ziemlich albernes Unternehmen zu sein, und deshalb hielt man die Sache geheim. Das Geld dafür zwackte man unauffällig von anderen Etats ab, und es wußten überdies nur eine Handvoll Leute von der Existenz dieses Dienstes.« Er klopfte mit einem Finger auf seinen Aktenordner.

Vorne hatte Zed die anderen bereits in eine kleine Nische geführt. »Ein letzter Test, meine Herren. Wenn Sie hierherschauen wollen.« Er hielt einen Neuralizer hoch.

Edwards ging darauf zu.

Kay hielt ihn am Ärmel fest. »Wo wollen Sie hin?«

»Na, die machen wieder einen Test, da möchte ich dabei sein.«

»Brauchen Sie nicht. Kommen Sie, hierher, schauen Sie mal, dort drüben.« Edwards schaute hin. Der Strahl des Neuralizers traf auf die Wand, aber was von ihm reflektiert wurde, war nicht mehr stark genug, um noch Schaden anzurichten. Dazu mußte man ihm direkt ausgesetzt werden.

Edwards wollte schon wieder weg.

»Kümmern Sie sich nicht darum. Die haben jetzt anderes zu tun.« Er reichte Edwards den Aktenordner hin. »Sehen Sie sich mal die Bilder an.«

Das erste war von Kay selbst, als er noch in der Ausbildung war, Anfang der sechziger Jahre. Ein Neunerteam, alle mit den gleichen schwarzen Anzügen. Sie standen um einen runden Metalltisch unter fluoreszierendem Licht, das sie so bleich aussehen ließ wie Draculas Kinder. Gott, war er wirklich je so jung gewesen?

»Ganz nett«, sagte Edwards.

»Die Sache ist die«, sagte Kay, »daß die Aliens damals Kontakt aufnahmen, oben im Staat New York, Anfang der Sechziger.«

Edwards sah die anderen Fotos durch. Ein körniges Schwarzweißfoto mit zwei Raumschiffen am Nachthimmel. Na ja, das übliche Ufo-Zeug.

»Das waren damals sieben Männer in Schwarz. *Men in Black*, dafür steht auch das Kürzel MiB, das ist genausogut wie jedes andere. Und da war noch ein Amateurastronom, der das Schiff entdeckte, und ein dummer Junge, der auf dem Weg zu einem Date mit seinem Mädchen verlorenging, weil er leider zur falschen Zeit am falschen Ort war. Wir waren alle sofort bei dem Schiff, nachdem es landete.«

Das nächste Foto zeigte das Raumschiff, mit offener Luke und ganz unverkennbar fremden Schatten darin. Am Haupttor stand wieder Kay, noch sehr jung, mit einem Blumenstrauß.

»Erzählen Sie weiter. Also Sie brachten den kleinen grünen Männchen Blumen.«

Sie kamen in den Korridor B. Er war unerklärlich lang für das Gebäude, in dem sie sich befanden. Kay bemerkte wie immer den Geruch von Gewürzen, als sie in diesen Korridor kamen. Er sagte: »Diese ersten waren intergalaktische Flüchtlinge. Sie suchten nach einem unpolitischen, neutralen Ort, wo einige von ihnen eine Zeitlang bleiben konnten.

Nach so einer Art Schweiz. Oder Rick's Café in *Casablanca.*«

»Habe ich gesehen, den Film. Ganz gut.«

»Und die damaligen Mächtigen beschlossen, es zu genehmigen.« Das nächste Foto war ein Hammer.

»Hey, das ist doch bei der Weltausstellung! Draußen in Queens, stimmt's? Da wird ja erst gebaut. Wir haben das damals in Heimatkunde durchgenommen. Da oben auf diesen Türmen sind die ...«

»Ja, genau. Die fliegenden Untertassen von dieser ersten Begegnung damals.«

»Wollen Sie damit sagen, die Weltausstellung damals war eine ... Tarnung für Alien-Kontakte?«

»Warum sonst sollte irgend jemand eine Weltausstellung draußen in Queens veranstalten wollen?«

Edwards nickte. »Das hat etwas für sich.« Er überlegte kurz, bevor er fortfuhr: »Mit anderen Worten, sagen Sie, ist die Erde so etwas wie Rick's Café in *Casablanca*?«

»Mehr oder weniger. Wir haben jedenfalls inzwischen eine kleine nichtmenschliche Bevölkerung hier auf der Erde. Sie lebt geheim mitten unter uns.«

»Was Sie nicht sagen. Nehmen Sie es mir nicht übel, Mr. Kay, aber wann haben Sie sich zum letztenmal untersuchen lassen?«

»Vor ein paar Monaten, wenn Sie es genau wissen wollen. Routineprozedur bei uns, zweimal pro Jahr, komplett mit allem. Ich hatte auch damals keinen Gehirntumor.«

»So. Na, dann wird es wohl irgendeine Droge sein, was, oder eine Art Psychose? Jedenfalls vielen Dank für die Einladung und alles. Aber ich glaube, es ist Zeit für mich, daß ich in mein Revier zurückkehre. Der Sarge wird mich schon vermissen, wissen Sie.«

Sie waren vor der Küche angekommen. Die Tür war verschlossen. Kay meinte achselzuckend: »Wie Sie wollen. Warten Sie, ich hole mir nur schnell Kaffee, dann zeige ich Ihnen den Weg hinaus.«

Er öffnete die Küchentür und hielt sie Edwards auf. Edwards machte zwei Schritte und blieb dann wie angewurzelt stehen. Kay mußte lächeln.

Drei Vermarer, große und hagere Aliens, die ein wenig aussahen wie mannsgroße aufgerichtete Tausendfüßler, standen neben einem Wasserkühler und plauderten gemächlich miteinander. Sie sprachen vermarisch. Das klang für Kay immer wie eine Mischung aus Esperanto und akustischer Rückkopplung. Und sie rochen wie frisch gebackene Doughnuts.

Iggy, der älteste der drei, winkte ihm zu, als er sich Kaffee holte.

»Na, Iggy, wie steht's so? Sag mir nicht, die Milch ist schon wieder aus und daß wieder mal nur das miese Trockenpulver übrig ist!«

Iggy vibrierte und deutete auf die Theke.

»Ah ja, danke, habe ich gar nicht gesehen.« Er fand die Kaffeemilch hinter einer Vitrine mit altbackenen Doughnuts. »Danke, Iggy.«

Er goß sich Milch in seinen Kaffee, rührte um und sah Edwards an. »Also, Junge, alles klar?«

Edwards stand mit offenem Mund da. Kay nickte den Vermarern zu. »Na, bis dann, Leute.«

Und sie antworteten mit blecherner Rückkopplung und winkten.

Kay ging zu Edwards, hob ihm das Kinn mit einem Finger und klappte ihm so den Mund zu. »Nur für künftige Fälle, Junge. So sehen Sie besser aus. Außerdem, wissen Sie, könnte einer unserer Kunden den offenen Mund irrtümlich für eine Bedrohung halten.«

Edwards sah ihn stumm an.

»Na, nun kommen Sie schon. Machen wir einen kleinen Spaziergang. Da kann ich Ihnen dann in Ruhe erklären, was Sie alles wissen müssen.«

Er führte ihn nach hinten hinaus. Kein Grund, ihn noch mehr zu irritieren.

Edwards war genau richtig, da war sich Kay sicher. Er war jetzt dreißig Jahre im Dienst, da bekam man ein Gefühl für Menschen. Natürlich, er und Dee waren schon so lange Partner, daß sich die Notwendigkeit nie gestellt hatte, nach einem anderen Ausschau zu halten. Allerdings hatte er schon eine ganze Anzahl junger Leute getestet und dem Basistraining unterzogen, um sie dann zu ihren Spezialaufgaben loszuschicken. Einige von diesen damals jungen Leuten waren jetzt wohl auch schon sabbernde Alte im Ohrensessel. Aber wenn der Junge hier auch noch verwundert war über alles, Angst hatte er jedenfalls nicht.

Nein, dieser junge Polizist hier machte gar keine so schlechte Figur, alles in allem. Auf jeden Fall ganz bestimmt keine schlechtere als er selbst seinerzeit.

»Hier entlang. Wir wollen bei diesem Ausflug schön auf der grünen Linie bleiben.« Und er deutete auf den Boden.

Edwards folgte ihm, sah aber ständig hinter sich wie ein Hündchen an der Leine, das ein Eichhörnchen entdeckt hat und nicht weg davon will.

8

James Edwards saß auf einer Bank im Battery Park, neben Kay; das war immer noch der einzige Name, den er von ihm wußte, ob nun Vor- oder Nachname.

Kay nippte an einem Becher Kaffee.

Edwards bemühte sich zwar, es endlich aus seinem Kopf zu kriegen, aber es funktionierte nicht.

Aliens. Außerirdische.

Scheißaußerirdische.

Kleine grüne Männchen von weiß Gott woher. Mann!

»Wir haben«, sagte Kay, »inzwischen ständig an die fünfzehnhundert Außerirdische auf unserem Planeten, die meisten davon zudem hier in der Stadt, aber die übrigen sind immerhin über die ganze Erde verteilt. Und eigentlich fast alle sind anständige Leute, die ordentlich ihren Unterhalt verdienen und sich integrieren.«

Edwards hatte eine Erscheinung: »Taxifahrer!«

Kay lächelte, während er einen Schluck Kaffee trank. »Nicht so viele, wie Sie vielleicht denken.« Er deutete auf eine Passantin, eine große, gutaussehende Frau im Jogginganzug mit engen Shorts, einem Oberteil, Kopfband und einem Walkman mit Minitonband oder Mini-CD-Player. Ihre Laufschuhe waren auf dem letzten technischen Stand und hatten vermutlich hundertfünfzig Dollar gekostet.

»Nehmen Sie die Frau da –«

»Hätte nichts dagegen«, sagte Edwards. Dann erst dachte er nach. »Was denn? Sagen Sie nicht – die ist ein Alien?«

»Nein, nein, die ist ganz menschlich. Und vermutlich hält sie sich ja auch für äußerst *hip*. Kennt sich aus, weiß über alles Bescheid. Aber auch sie hat nicht den Hauch einer

Ahnung, daß um sie herum Lebewesen aus einer anderen Welt sind, die genauso wie sie in *Midtown* herumlaufen. Und dazu kommt, sie will es ja gar nicht wissen. Sie möchte es nicht erfahren.«

Er nickte zu anderen Leuten im Park hinüber. »Der alte Mann dort mit dem Hund, oder die beiden Frauen mit ihren Kinderwagen wissen es auch nicht. Und wenn, würde es ihr ganzes Weltbild zusammenbrechen lassen. Die meisten Menschen werden mit der Wahrheit nicht fertig.«

»Ach, unterschätzen Sie doch nicht die Intelligenz der Leute. Die könnten das ganz sicher verdauen.«

»Eben nicht. Ein einzelner Mensch, ein Individuum, kann intelligent sein. Aber die Leute als Masse sind dumm. Treiben Sie intelligente Menschen zu Haufen und machen ein Kollektiv aus ihnen und erzählen ihnen irgendeinen Quatsch, und das Resultat ist ein tobender Mob. Und ein Mob als Ganzes ist nur so klug und intelligent wie der Dümmste unter ihnen.«

Er musterte Edwards. »Nicht, daß wir uns Sorgen um all die Leute machen müßten, die nichts von unserem kleinen Geheimnis wissen. Aber die Sache ist die: Sobald Sie einer von uns werden, können Sie kein anderes Leben mehr führen. Keine Frau, keine Kinder, nichts. Und Sie müssen jeden Kontakt mit allen abbrechen, die Sie bisher gekannt haben. Sie haben nur noch Umgang mit den anderen Schwarzen. Diese Anpassung sollte in Ihrem Fall nicht besonders lange dauern. Was Sie als Entschädigung dafür bekommen, sind lange Dienststunden, gefährliche Einsätze und keine Anerkennung. Sie dürfen nicht mal Ihre Lieblingshemdenfarbe tragen – es sei denn, die ist ohnehin weiß.«

Edward starrte ihn an. »Und warum sollte irgendwer, der nicht krank im Kopf ist, sich darauf einlassen wollen?«

»Es würde sich ja auch niemand darauf einlassen, wenn er wählen könnte. Die einzige Befriedigung, die man in diesem Job hat und bekommt, ist die, daß man ihn macht. Daß man einer von einer Handvoll Leute ist, die dazu fähig sind.« Er holte noch einmal ein Foto aus seinem Aktenordner und reichte es Edwards. Kay als junger Mann mit den Blumen. Unverkennbar er, nur sehr viel jünger. Und hier, da stand er einem Alien auf zwei Meter gegenüber, und die Blumen waren ihm aus der Hand gefallen und lagen auf dem Boden um ihn herum.

»So«, sagte Kay. »Das war die Ansprache. Mir hat sie seinerzeit keiner gehalten. Ich habe mich auch nicht freiwillig gemeldet, ich wurde einfach eingezogen. Sie hingegen können wählen.«

»Ich weiß nicht recht«, sagte Edwards kopfschüttelnd.

»Gut. Klüger könnten Sie es gar nicht sagen. So bis vor ungefähr fünfhundert Jahren waren praktisch alle auf diesem Planeten fest davon überzeugt, daß die Erde eine Scheibe ist. Und daß man, wenn man weit genug vom bekannten Land fortsegelte, über den Rand kippte und runterfiel, Gott weiß wohin. Aber bekanntlich irrten sie sich alle.«

Sie wechselten einen Blick. »Vor vierhundert Jahren dann«, fuhr Kay fort, »glaubte ein jeder, der wenigstens etwas wußte, daß die Erde der Mittelpunkt des Universums sei. Selbstverständlich drehte sich die Sonne um uns, und wir waren die Herren der Welt. War auch falsch, wie wir wissen.«

Edwards wartete.

»Und schließlich vor zweihundert Jahren«, sprach Kay weiter, »glaubten die besten Ärzte in Europa, die Krankheiten kämen aus dem Äther, von der schlechten Nachtluft, und daß man also bei fest geschlossenen Fenstern schlafen mußte, damit die Bakterien nicht zum Fenster hereinflogen und einen erwischten. Nicht? Und noch vor fünfzig Jahren bestand ein anständiges Frühstück aus Speck und Eiern, Brot, Butter, Milch, Kaffee und vielleicht etwas Getreide mit Sahne und einer Menge Zucker dazu. Sämtliche sogenannten Experten erzählten uns, daß wir um so gesünder blieben, je herzhafter wir essen würden.«

»Gibt es auch eine Moral Ihrer Geschichte?« fragte Edwards.

»Klar. In hundert Jahren lachen die, die dann leben, sich aller Vermutung nach schief darüber, was wir heute glauben. Nur, wir leben natürlich nicht in der Zukunft, sondern in der Gegenwart. Und im Hier und Jetzt ist Tatsache, daß wir Außerirdische unter uns haben. Aber nur eine Handvoll Leute wissen das. Und im Augenblick sind Sie einer davon. Sie sind also wie einer, der damals wußte, daß die Welt rund war, als noch niemand sonst es glaubte. Und der, der wußte, daß Krankheiten von Bakterien und Viren verursacht wurden und daß die Erde eben nicht der Mittelpunkt der Welt war und Speck und Eier uns die Arterien verkalken und uns umbringen. Sie haben Zugang bekommen zu einem Stück Wahrheit wie die meisten Menschen nicht. Die Wahrheit ist nicht immer angenehm, aber sie ist eben die Wahrheit.«

Edward blickte über den Park. »Und Sie verlangen also von mir, daß ich praktisch meine Identität aufgebe? Daß ich nie mehr jemandem nahestehe außer – das ist nicht persönlich gemeint –, außer Ihnen und noch ein paar anderen Kerlen in schwarzen Anzügen? Daß ich also für das Wissen der Wahrheit bezahle?«

Kay nickte im Aufstehen. »Genauso ist es. Sie meinen, das sei es nicht wert? Doch, ist es.«

Edwards sah ihn stumm an.

Kay zog etwas aus der Tasche. Er sah aus wie ein Minitonbandgerät. Er klopfte damit in seine Hand. »Ich sage Ihnen etwas. Sie haben Zeit bis morgen, es sich zu überlegen.«

»Und wenn ich nein sage? Was könnte mich davon abhalten, hinzugehen und das alles jedem zu erzählen, der mir über den Weg läuft? Vielleicht sogar eine Anzeige in die Zeitung zu setzen?«

»Sie meinen, außer dem Risiko, daß Sie dann den Rest Ihrer Tage in der nächstgelegenen Nervenheilanstalt zubringen würden? Oder glauben Sie im Ernst, irgend jemand würde Ihnen glauben?«

Edward sagte resigniert: »Punkt für Sie.«

»Außerdem würden Sie es auch gar nicht ausplaudern.«

»Können Sie da so sicher sein?«

»Ja, kann ich.« Er warf einen Blick auf seinen Minirecorder und steckte ihn wieder ein. »Seien Sie morgen früh wieder im Gebäude und lassen Sie mich wissen, wie Sie sich entschieden haben.«

Edwards schlenderte durch die Straßen in seiner Nachbarschaft und bedachte seine Zukunft. Das hier, wo er wohnte, war nicht die schlechteste Gegend. Hier wurde man selten durch Schüsse aus dem Schlaf gerissen, und er war inzwischen auch imstande, die heulenden Sirenen zu überhören. Ein paar Mitbewohner seines Wohnblocks nickten ihm immerhin zu oder lächelten sogar, wenn man sich begegnete, auch wenn das wahrscheinlich eher daran lag, daß er Polizist war. Seine Vermieterin bügelte ihm schon mal gelegentlich die Hosen, weil sie wußte, er war im Dienst. Schadete ja bestimmt nichts, einen von New Yorks besten Cops als Mieter im Haus zu haben; ganz im Gegenteil. Da wurde keiner der anderen Mieter so leicht grob und ausfällig, und keiner von den jugendlichen Rowdies suchte sich dieses Haus aus, um jemanden darin zu belästigen oder zu überfallen. Daß die Leute Edwards in Uniform aus dem Haus kommen sahen, hatte bereits einen gewissen Abschreckungseffekt.

Einen halben Block entfernt war eine anständige Bodega, in der es wunderbare *burritos* gab und gar keine schlechten Schinken-Käse-Sandwiches. An Tagen, wenn er keine Lust hatte, sich selbst etwas zu essen zu machen – und das waren die meisten –, konnte er sich dort etwas holen, ohne sich Gedanken machen zu müssen, daß es wirklich gut und in Ordnung war.

Und außerdem unterlag sein Wohnhaus der Mietenkontrolle.

Was konnte man mehr verlangen?

Er kam an einem Penner in einem Hauseingang vorbei, der ihm zunickte. Er roch nach Pipi und altem räudigem Hund mit der Zugabe ungewaschenen Körpergeruchs.

Falls er wirklich ein Penner war. Konnte ja auch einer von Beta Alpha VII oder so einer sein. Bis heute hatte er an dergleichen niemals auch nur gedacht. Dieses Science-fiction-Zeug, gut, das war ganz amüsant als Unterhaltung, aber nie im Leben hätte er daran geglaubt, daß dies tatsächlich auch das wirkliche Leben tangieren könnte.

Hatte sich herausgestellt, daß er sich da irrte. Das war kein angenehmes Gefühl: zu wissen, daß man sich irrte. Gefiel ihm gar nicht.

Wenn er jetzt hinging und sich hinunterbeugte und den Penner da kräftig durchschüttelte, fiel dem dann vielleicht eine Bleispritze heraus? Oder gar irgend so ein futuristisches Dings, mit dem er Fernsehsignale vom Mond empfing? Und vielleicht fuhr er einen Tentakel aus statt eines Arms?

Genau das war es, was ihn so nervte. Gewiß, er hatte ein

gutes Leben, alles in allem. Gut, zugegeben, in seinem Beruf hatte er mit jeder Menge wenig nützlicher Mitglieder der menschlichen Gesellschaft zu tun, aber auch mit Kollegen, die besser in einer Mautstation an der Kasse sitzen sollten, als Ganoven zu jagen, wozu sie nämlich weder taugten noch Ehrgeiz hatten. Aber das alles war wirklich nicht sein Problem. Früher oder später brachte er es sowieso zum Detective, machte sein goldenes Abzeichen, und die wenig nützlichen Mitglieder der menschlichen Gesellschaft waren mit ein Grund dafür, daß er es bekam. Früher oder später wurde selbst ein in einem Meer von Schlamm liegender Diamant erkannt.

Jedenfalls, wenn es das Unglück nicht wollte, daß der Schlamm den Edelstein immer, wenn es gerade Tag wurde, zudeckte. Vetternwirtschaft war schon seit langem Teil jeder Bürokratie in New York, und die Polizei war nicht weniger bürokratisch als alle anderen. Alles über dem Rang eines Captain war verdächtig. Und einiges davon hatte er sogar persönlich erlebt. Sie mochten ihn wohl noch eine ganze Zeit lang unten halten, aber er war sich trotzdem ganz sicher, daß auch er lernen würde, wie dieses Spiel ging. Das Ganze lief ja nach bestimmten Spielregeln ab, und Spiele verlor er nur selten.

Kurzum, er konnte ohne weiteres in seinem jetzigen Job bleiben, und wenn er sich genug beherrschte und dann und wann da und dort in ein paar Hintern kroch, dann kam er schon vorwärts. Er war clever genug zu wissen, daß er dazu clever genug war.

Bis dahin machte er eben seinen Streifendienst draußen auf der Straße, nahm sich Zuhälter vor und schnappte sich Dealer, machte den Nutten Beine und den Ladendieben, den kleinen Ganoven und den Straßenräubern und Triebtätern und dem ganzen Rest des Abschaums, der jede Zivilisation verpestet. Irgendwer mußte das ja tun. Und es lohnte sich auch, gar kein Zweifel. Und, ganz ehrlich gesagt, es machte ihm Spaß. Die meiste Zeit jedenfalls.

Nur, er brachte das Gefühl nicht los, lediglich einer zu sein, den man mit einem Netz zum Fischteich losschickte, damit er die Elritzen rausfischte. Nichts einzuwenden dagegen, natürlich. Solange man nicht in die Verlegenheit kam, feststellen zu müssen, daß in dem Teich auch ein paar Haie herumschwammen und gefährlich näher kamen.

Wie sollte man sich auf Elritzen konzentrieren, wenn man wußte, daß auch ganze andere Burschen im Wasser waren?

Die entscheidende Frage lautete also: Bleiben, wo man war, um zu tun, womit man sich auskannte – und das gar nicht so schlecht –, oder alles hinwerfen und ganz neu bei einer praktisch geheimen Truppe anfangen, in der lauter schlecht gekleidete Kerle es mit Aliens zu tun hatten? Womit nicht ein paar arme Hunde gemeint waren, die in einer Nußschale von Boot aus irgendeinem Land der dritten Welt angetrieben kamen, sondern wirkliche Aliens: Außerirdische, Wesen aus weiß Gott welcher Ecke des Weltraums.

Also, was nun, James?

Edgar fand endlich einen Ort, den er für geeignet hielt zum Verbergen seines Schiffs. Es war ein praktisch leeres Bauwerk, allerdings voller Myriaden sechs- und achtbeiniger Kleinlebewesen. Aus deren Beschaffenheit vermochte er eine gewissen Urvorfahrenverwandtschaft abzuleiten. Kleine Brüder, wenn man es so sah. Beziehungsweise möglicherweise kleine Ururgroßväter.

Hinter diesem Konstrukt hatte Edgar sich mit seinem Schiff niedergelassen und überlegte nun gerade, wie er sein inzwischen repariertes Gefährt am besten in diese künstliche Höhle hineinbekäme, als er ein Terrarierfahrzeug kommen hörte, das schließlich vorne anhielt. Er ging herum und sah, wie ein Terry eine große Tür in diesem Konstrukt öffnete und damit mächtig viel Sonnenschein hereinließ. Der Terry hatte eine Art Uniform an. Ein Identifizierungsschild auf der rechten Brust besagte: Zap-Em. Edgars Translator war nicht imstande, daraus eine Erklärung in Edgars Sprache zu formulieren.

Der Zap-Em trug einen Metallbehälter.

Offenbar sah er ihn nicht, bemerkte aber dafür die Kleinlebewesen überall, die vor dem nun hereinscheinenden Licht flüchteten.

»Schau, schau, was haben wir denn da?« sagte der Zap-Em-Terry, setzte seinen Metallbehälter ab und wickelte aus ihm einen dünnen Schlauch heraus. Dann zog er sich eine Atemmaske über das Gesicht und öffnete ein Ventil an dem Behälter. Aus der Düse am Ende des Schlauchs sprühte ein dünner Nebelschleier. Der Terry begann damit das ganze Konstrukt vollzusprühen. Edgar schnüffelte nach Spuren der Sprühsubstanz. Roch gar nicht schlecht, sogar recht anregend, verglichen mit dieser normalen Atmosphäre hier aus einem Stickstoff-Sauerstoff-Gemisch mit einigen Spurenelementen darin. Allerdings schien dieses Gas auch einen deteriorativen Effekt auf die Kleinlebewesen zu haben. Sie fielen reihenweise um. War das etwa eine Art Intoxikant?

Eine Art *Gift?*

»Was mache Sie denn da?«

Der Terry schreckte hoch und wandte sich Edgar zu. »Ach, Sie. Hi! Na, ich kümmer' mich um Ihr Ungezieferproblem.« Und er schwenkte seine Düse noch ein paarmal über die Kleinen hin. »Ein paar Minuten noch, dann haben wir sie los, die Pest.«

Also, wirklich, das war zuviel. Der brachte die kleinen Brüder um! Edgar sagte: »Ungezieferproblem. Ach ja, habe ich bemerkt. Dieser Planet ist wirklich voller unterentwickeltem, unausgereiftem, mörderischem Abschaum. Und macht ein Getue um sein kurzes, sinnloses Leben, als bedeute es wirklich etwas.«

Der Zap-Em-Terry sagte: »Ja, ja, gewiß doch. Wollen Sie sie denn nicht loskriegen?«

»Aber natürlich doch, selbstverständlich. So brutal es nur geht.« Und damit griff Edgar nach der Atemmaske des Mannes, riß sie ihm weg und schob ihm die Düse des Sprühgeräts in seine Oralöffnung.

Der Zap-Em-Terry würgte und japste, keuchte und fiel zu Boden. Er röchelte noch ein paarmal, schüttelte sich in Krämpfen und verendete. In seinen Todeszuckungen entfiel ihm ein Metallring mit kleinen Metallstücken darauf.

Edgar befragte seinen Translator. Schlüssel. Vorrichtungen zum Öffnen von Schlössern. Zum Beispiel an Häusern und Fahrzeugen.

Aha.

Er sah sich das Fahrzeug an, in welchem der Terry gekommen war. Es war ziemlich groß. Im hinteren Teil war genügend Platz, so daß er bei sorgfältigem Verladen dort sein Schiff wohl unterbringen konnte, ohne daß es überladen würde.

Na also, da war das Problem des mühsamen Transports seines Schiffs ja bereits gelöst! Warum sollte er es hierlassen, wenn er es mitnehmen konnte.

Es mußte doch hier irgend etwas geben, das man als Rampe benutzen konnte! Er ging in das Bauwerk hinein, um nach etwas Geeignetem zu suchen. Er nickte den Leichen der beiden Brüder zu. »Hab euch schon gerächt«, sagte er. »Und ich gehe über die Brücke in dem Bewußtsein, daß dieser Terry erst der Anfang ist.«

Edwards erblickte den alten Wachmann von gestern wieder. Er saß auf dem gleichen Stuhl und las offenbar auch noch immer dasselbe Comicbuch. War er vielleicht jemand anderer, als der er erschien und sich ausgab?

Der Wachmann sah auf und nickte. Im nächsten Augenblick ging bereits die Lifttür auf – und da stand Kay vor ihm und zog leicht die Brauen hoch.

Edwards holte tief Luft, ließ einen Teil davon wieder heraus und nickte. »Bin dabei«, sagte er.

Kay lächelte. Er zog ein Miniaturaufnahmegerät aus der Tasche. »Kommen Sie«, sagte er.

Edwards trat in den Aufzug und fragte sich, ob etwa der Wachmann Kay herbeigerufen habe.

Diesmal fuhr der Aufzug abwärts, nachdem Kay gedrückt hatte.

»Noch eins«, sagte Edwards. »Ich bin nur deshalb dabei, weil ich es leid bin, immer nur eines von den Schafen zu sein, die einfach nur mitrennen, wo die Herde hinrennt, mit den Augen auf dem Boden. Aber bevor Sie mich nach oben ins Mutterschiff beamen, oder wie das hier geht, möchte ich ein paar Dinge klarstellen. Sie haben mich wegen meiner Fähigkeiten ausgewählt, aber von nun an möchte ich bitte nicht mehr mit *Sohn* oder *Junge* oder *Kleiner* oder so angeredet werden. Ist das cool?«

»Cool, Meister!« lachte Kay. »Aber was alle diese Ihre Fähigkeiten angeht –«

Doch da hielt der Aufzug, und die Tür ging auf.

»– so haben die ebenfalls ab sofort gar nichts mehr zu besagen.«

Edwards blieb die Spucke weg. Die Aufzugtür war in einem riesigen mehrstöckigen Atrium aufgegangen, im Stil etwa der sechziger Jahre, einfach, schlicht, schnörkellos und bevölkert von Menschen und Aliens. Eine Art Podium direkt vor ihnen bot einen Ausblick über den ganzen Raum. Mann! Ein Alien, dessen Spezies er noch nicht gesehen hatte, kam vorbei.

An der Decke, kopfunter.

Wie machte der (oder die?) das?

Er (sie, es, was auch immer) nickte Kay von oben zu und brachte einen Laut hervor, der halbwegs zwischen einem Papageikreischen und Keuchhusten lag. Kay winkte. »Hallo, Yesh, das hier ist unser Neuer. Ich mache euch später offiziell bekannt. Kommen Sie, Sohn ... ich meine ... Meister.«

Er führte ihn zu einer Spiralrampe. Sie kamen an einer Art Einwanderungskontrolle wie auf dem JFK-Flughafen vorbei. An einem Schalter mit einem Menschen wartete eine lange Schlange Aliens – alle möglichen Aliens – auf die Abfertigung. Eine große humanoide Gestalt stand ganz vorne als erster. Edwards war sich zwar nicht sicher, aber er hatte den Eindruck, der Mann sähe verärgert aus. Er blieb stehen, um es sich genauer anzuschauen.

Der Erdenmensch am Schalter blätterte ein sehr seltsames kleines Büchlein durch, das ihm der Außerirdische gereicht hatte. Mußte wohl der Reisepaß sein.

»Willkommen auf der Erde, Sir«, sagte der Schalterbeamte. »Zweck Ihrer Reise?«

»Diplomatische Mission«, sagte der Alien.

»Dauer des Aufenthalts?«

»Zum Lunch.«

»Etwas zu verzollen? Führen Sie irgendwelches Obst oder Gemüse mit sich?«

Kay faßte Edwards am Arm und zog ihn weiter. »Kommen Sie schon weiter. Das ist ein Arquillianer, die werden immer leicht mürrisch, wenn sie müde sind. Und es ist ja auch nicht angenehm, nach einem Siebzehn-Lichtjahre-Flug noch Schlange stehen zu müssen. Da ist jeder mieser Stimmung, und arquillianische Transportpersonen – das ist übrigens nur seine irdisch-menschliche Maske – werden ausgesprochen unangenehm, wenn sie verärgert sind. Ich sage Ihnen, machen Sie einen großen Bogen um so einen.«

Edwards sah ihn fragend an.

»Schon mal Superkleber an den Fingern gehabt?«

»Ja.«

»Stellen Sie sich vor, Sie haben einen Liter davon im Gesicht.«

»Gut, kapiert. Wie geht's weiter?«

Kay führte ihn von der Einwanderungskontrolle weg.

»Also, nachdem ich jetzt dabei bin, welcher Regierungsbehörde unterstehen wir?«

»Gar keiner. Irgendwann hat die Regierung angefangen, zu viele Fragen zu stellen. Also haben wir sie glauben lassen, wir hätten uns aufgelöst.«

»Und wer bezahlt das alles hier?« Er machte eine weite Geste durch die riesige Zentralhalle.

»Eigentlich wir selbst. Wir haben ein paar Patente auf Geräte, die wir von unseren Besuchern konfisziert haben, die sie einschmuggeln wollten. Velcro. Mikrowellenherde. Liposuktion.« Er lächelte. »Sie werden sich noch den Hals verrenken mit Ihrem ständigen Kopfschütteln. Hier geht's weiter.«

Sie kamen zu einer verschlossenen Tür. Ein Lichtstrahl strich über Kay, und die Tür ging mit einem Klicken auf. »Körperlesegerät«, erläuterte er.

In dem neuen Raum waren alle möglichen Geräte, die alle sehr nach High-Tech aussahen, auf Tischen und Regalen gelagert. Kay deutete mit einer Hand darauf. »Erstaunlich, was alles hereinzuschmuggeln versucht wird. Sehen Sie sich nur das mal an.« Er nahm eines der Geräte, das aussah wie eine Streichholzschachtel mit gerundeten Ecken. »Ein Musikspieler. Arbeitet mit einer Art Stahlmurmel. Zehnmal höhere Klangqualität als eine CD. Muß man sich das *White Album* neu kaufen.«

Er nahm etwas anderes. »Oder das hier.« Er zeigte Jay einen Gegenstand, der ähnlich wie ein Reportermikrophon aussah. »Universaltranslator. Übersetzt jede einprogrammierte Sprache, terrarisch oder alien, ganz gleich, in jede andere Sprache, auf die man ihn einstellt. Redet einer chinesisch oder arabisch oder bindoolisch mit Ihnen, und Sie hören es bereits in Ihrer eigenen Sprache. Mit einer Verzögerung von ein paar Millisekunden, mehr nicht. Ganz nützlich, bis man die diversen Sprachen selbst gelernt hat.«

Edwards zwang sich mit Gewalt, mit seinem ständigen Kopfschütteln aufzuhören.

»Eigentlich sollten wir das alles gar nicht haben«, fuhr Kay fort. »Erdmenschengedanken und -sprache gelten als so primitiv im Vergleich mit den höherentwickelten Rassen, daß das bei denen als ansteckende Krankheit gilt. Sie wollen ihre Kinder unsereinem gar nicht aussetzen. Macht einen ganz schön stolz, was?«

Edwards griff nach einer kleinen gelben Kugel. »Und das?«

»Rühren Sie das nicht an!«

Da war ihm die Kugel aber schon aus der Hand geglitten und sprang und rollte hinaus aus dem Raum in die Halle.

»Mist!« murmelte Kay und rannte ihr hinterher.

Die kleine gelbe Kugel hüpfte hin und her, sprang von der Wand ab, fast schneller, als das Auge folgen konnte, und Menschen und Aliens wichen ihr aus, schimpften, fluchten, duckten sich und schimpften noch mehr.

Kay zog sich einen seltsam metallisch aussehenden Handschuh über die rechte Hand und hielt sie hoch. Da kam die Kugel auf sie zugehüpft. Edwards duckte sich, und Kay griff hoch und fing die Kugel mit dem Metallhandschuh.

»Entschuldigung, tut mir leid!« rief er in die Halle und kehrte in den Lagerraum zurück. Er legte die Kugel sorgfältig wieder an ihren Platz. »Erinnern Sie sich an den großen Stromausfall von 1977, da waren Sie ja noch ein Kind, nicht?« Er nickte in Richtung der gelben Kugel. »Das war ein kleiner Scherz des Großen Attraktors. Er fand es ungeheuer lustig.«

Edwards starrte ihn an. »Ist das hier etwa Ihre Art, mir zu sagen, daß ich noch eine Menge lernen muß?«

»Na, Sie sind immerhin intelligenter, als Sie aussehen. Müssen Sie aber auch sein. Kommen Sie.«

Sie gingen.

9

Kay führte Edwards auf die Hauptebene, wo eine riesige Videowand wie eine Anschlagtafel an der Wand hing. Zwei Aliens saßen an einer Steuerkonsole davor. Es waren kleine, knochige Kreaturen, jeder mit acht Armen und einem einzigen Auge auf einem zentralen Fühler. Sie winkten Kay zu, jeder mit zwei oder drei Armen.

»Das hier sind die Zwillinge«, stellte Kay vor. »Wir können ihre wirklichen Namen nicht aussprechen, deswegen nennen wir sie Mickie und Maude. Girls, das hier ist unser Neuer.«

Die Zwillinge gaben Laute von sich wie undichte Reifenventile.

Kay wandte sich der Videowand zu.

»Flachschirm«, sagte er. »Kann aufgerollt werden wie ein Poster, und man stellt ihn irgendwo ab. Auch ein kleines Geschenk von einem Schmuggler. Ganz nützlich, weil Beobachtung ja das Kernstück unseres kleinen Unternehmens ist.«

Edwards schaute auf den Bildschirm. Er zeigte eine Weltkarte mit Tausenden kleinen Lämpchen und Linien daneben.

Auf einer anderen Wand war ein gemaltes Mauerbild. Weltausstellung New York.

Kay lenkte seine Aufmerksamkeit zurück auf den Bildschirm. »Diese Weltkarte zeigt den Aufenthaltsort aller registrierten Außerirdischen auf unserem Planeten. Für Orte wie New York muß man sich natürlich einer gesonderten Detailkarte bedienen. Aber die haben wir auch.«

Er machte eine Kopfbewegung zur Karte. »Für die meisten genügt das Pünktchen auf der Karte. Nur wenige haben wir unter genauerer Beobachtung.«

Er sprach die Zwillinge an: »Holt ihr uns bitte mal die Galerie der notorischen Typen her?«

Die beiden Aliens legten Hand – oder Tentakel, oder was immer es war – an die Schalttafel. Die Projektion wechselte zu Hunderten von Kästchen, jedes mit einem kleinen Videobild. »Das sind sie. Die Aliens. In der Öffentlichkeit – wie sie hier gezeigt sind – schauen sie alle aus wie Menschen. Privat entspannen sie sich ein wenig.«

Edwards hielt seinen Blick auf den Bildschirm fixiert. Da war das Bild eines Popstars, der schon Millionen Platten verkauft hatte. Nun, das war keine so große Überraschung. Viele Leute hielten den ja ohnehin für leicht un-menschlich. Mit seiner Grimassiererei... Aber da war auch dieser Moderator eines Nachtprogramms im Fernsehen. Oder dieser Schönling, der in den sogenannten Infomercials auftrat und jedem versprach, ihn reich und glücklich zu machen.

Sieh mal an.

»Ergibt keinen rechten Sinn, was?«

»Nein, ganz im Gegenteil, ich muß Ihnen sagen, es ergibt sogar einen ziemlich schaurigen Sinn. In der Grundschule galt ich bei meinen Mitschülern als verrückt, weil ich sagte, die Lehrerin stamme von der, was weiß ich, Venus.«

»Mrs. Edson«, sagte Kay.

Edwards starrte ihn mit offenem Mund an. »Das ist ja wohl nicht wahr!«

»Girls?« sagte Kay.

Und schon erschien eine Frau auf dem Bildschirm mit einem bösen Gesicht, einer Katzenaugenbrille und, von dem Blickwinkel, in dem sie gezeigt wurde, mit einem Schwanz.

»Nicht von der Venus«, sagte Kay. »Jedenfalls nicht direkt. Sondern vom Titan. Das ist einer der großen Monde der Venus.«

»Da schnallst du doch ab«, sagte Edwards entgeistert.

Dann blickte er auf und sah Zed kommen, der sich ihm kopfschüttelnd näherte. »Kommen Sie mit.«

Edwards gehorchte und folgte ihm. Kay blieb grinsend hinter ihm.

»Habe ich einen Witz nicht kapiert?« fragte Edwards verdrossen.

»Nein, nein, nicht eigentlich. Es hat sich einiges verändert hier, seit ich anfing, aber im Prinzip ist alles noch dasselbe. Man lernt viel.«

Zed führte sie einen Korridor entlang, um einige Ecken und eine Rampe hinauf, dann eine Wendeltreppe abwärts und durch eine lange Halle. Edwards war sich zwar einigermaßen sicher, daß er den Weg zurück notfalls finden könnte, aber Wetten darauf hätte er doch nicht abschließen wollen. Endlich, nach einer schier endlosen Wanderung, von der er kaum glauben konnte, daß sie immer noch im gleichen Gebäude stattfand, gelangten sie zu einem –

Ja, was war es, ein Umkleideraum?

Der Raum war vollkommen weiß. Die Wände, der Boden, die Spinde und Schließfächer, die Bänke, die Duschen, alles weiß wie ein ganzes Stadion voller Marshmallows.

Zed führte sie hinein. Er öffnete einen Spind. Darin hingen auf einem Bügel ein schwarzer Anzug, ein weißes Hemd und eine schwarze Krawatte. Auf dem Regalbrett darüber lagen eine schwarze Mütze und eine ebensolche Sonnenbrille, und unten auf dem Bodenrost standen schwarze Schuhe.

Die Grundausstattung in den Grundfarben. Ganz schön langweilig. Was heißt, ›ganz schön‹. Extrem. Beim bloßen Anblick konnte sogar ein Speed-Junkie einschlafen.

»Von nun an kleiden Sie sich in dieser vorgeschriebenen Garderobe, die Ihnen vom MiB-Versorgungsamt gestellt wird.«

»Gibt es auch die Unterwäsche dazu?«

Kay grinste. Er griff in den Spind und zog eine Plastikhülle unter der Mütze hervor. Sie enthielt einen schwarzen Bikini-Slip. »Einen gewissen Spielraum gesteht man uns zu. Sie können wählen zwischen Slip und Boxer-Shorts. Ich habe Sie auf die Jockeys hier taxiert.«

Edwards nahm das Wäschepaket. Er deutete kopfschüttelnd auf den Spind. »Woher wissen Sie denn, daß mir die Sachen passen?«

»Sie passen, keine Sorge. Wir haben Ihre Maße schon genommen, als Sie das Haus hier zum erstenmal betraten. Sie tragen doch links, nicht?«

»Euch soll der Teufel holen.«

»Na, na«, sagte Zed. »Dabei ist dies hier doch noch das einfachste.«

Edwards warf die Unterwäsche in den Spind zurück und machte ihn zu. »Und kein Schloß dran. Na ja, wer soll das Zeug schon klauen wollen.«

Kay und Zed lächelten beide süffisant.

Kay lächelte noch immer. Sie waren wieder vor der großen Bildwand im Computerraum. Die Projektion zeigte sämtliche Papiere von Edwards. Geburtsurkunde, Schulzeugnisse, Führerschein, Sozialversicherungskarte, Bibliotheksausweis, Polizeimarke, alles.

Hinter ihm sagte Zed: »Sie müssen sich jetzt an die neue Identität anpassen, die Sie bei uns bekommen. Sie essen und wohnen, wo wir es Ihnen sagen, und Sie haben für jeden Betrag über hundert Dollar, den Sie ausgeben, eine Genehmigung einzuholen. Und zwar schriftlich. In dreifacher Ausfertigung.«

Edwards sah ihn finster an. Kay drückte auf eine Taste. Edwards fragte: »Was war das?«

Zed sagte: »Setzen Sie sich. Und legen Sie Ihre Hände hierher.«

Kay drehte sich zu ihm herum und beobachtete, wie Edwards die Hände in den Imprinter schob. Das war ein Gerät mit einer flachen Platte, die aussah, als habe man seine Hände in eine weiche Plastikmasse gedrückt.

»Halten Sie still, das könnte etwas brennen.«

Eine Flut von Laserlicht leuchtete auf, breit genug, um seine ganzen Hände zu erfassen. »Aua!« Die Hände fuhren ihm von selbst hoch. Er betrachtete die Innenflächen, von denen eine kleine Restwolke wegwehte.

»Sie haben jetzt neue Fingerabdrücke«, erläuterte ihm Zed. »Diese sind noch nirgends registriert, außer eben hier. Wenn irgend etwas bei Ihrer dienstlichen Tätigkeit passieren sollte, wo Sie Fingerabdrücke an Stellen hinterlassen, an denen diese nicht sein sollte, bekommen Sie wieder neue. Also seien Sie vorsichtig, weil die Prozedur ja in der Tat ein wenig schmerzhaft ist, wie Sie bemerkt haben.«

Edwards betrachtete immer noch seine Hände. »Schmerzhaft! Ich möchte nicht, daß Sie irgend etwas mit mir anstellen, das wirklich schmerzt, wenn Sie das als ›etwas brennen‹ bezeichnen. Sehen Sie mal her, Sie haben mir meine Lebenslinie verkürzt!«

»Das ist noch nicht alles. Seien Sie nicht überrascht, wenn Sie das nächste Mal pinkeln gehen.«

»Was?«

Kay beruhigte ihn. »Nur ein kleiner Scherz. Wir sind ja nicht völlig humorlos, wissen Sie. Kommen Sie hier rüber.«

Sie gingen etwas nach links, um dort die Bildwand zu betrachten. »Hey, das bin ich ja.«

»Nein, das *waren* Sie.« Kay tippte auf eine Taste. Das Bild löste sich auf, formierte sich neu und zeigte seinen Namen:

James Darrel Edwards III.

»Sie haben soeben«, erläuterte ihm Kay, »die Polizei verlassen, Ihre Miete bezahlt und zugleich Ihren Mietvertrag gekündigt.«

»Moment mal, das ist doch eine mietenkontrollierte Wohnung!«

»Im Einwohnerverzeichnis existieren Sie ab sofort nicht mehr. Sie haben niemals eine Bibliothekskarte gehabt, keinen Reisepaß und kein Jahresabonnement für die Yankees. Ihr Kreditkartenblatt hat es nie gegeben, und Ihre Schulen haben keinerlei Unterlagen mehr darüber, daß Sie sie jemals besucht haben.«

»Das alles können Sie veranlassen?«

»Ist ja schon geschehen«, kommentierte Kay lapidar.

Und Zed sagte: »Ihre neuen Personalien sind so gestaltet, daß Sie in keinerlei Hinsicht aus dem Rahmen fallen.«

»Also, ich weiß nicht. Gut, wenn ich in dem Aufzug in Harlem auftauche, kann ich vielleicht als Moslem durchgehen. Als Jünger von Bruder Farrakan und den Früchten des Islam.«

Zed ignorierte die Bemerkung und fuhr fort: »Sie werden in niemandes Erinnerung bleibende Eindrücke hinterlassen. Was man allenfalls registrieren wird, ist Ihre Kleidung.«

»Daran zweifle ich nicht. Mit schwarzen Anzügen fällt man jedem auf, außer Frauen und dem Geld.«

Kay grinste wieder. »Passen Sie auf.« Er drückte auf eine weitere Taste. Der Name auf dem Bildschirm verringerte sich mit dem nach links wandernden Cursor buchstabenweise.

James Darrell Edwards III.
James Darrell Edw
James Darr
James
Jam
J

Beim letzten – ersten – Buchstaben seines früheren Namens blieb der Cursor stehen.

»Von nun an«, sagte Zed, »existieren Sie nicht mehr. Sie haben nie existiert, sind nie geboren. Sie sind nichts als nur noch ein Gerücht, ein Schatten, ein Geist.«

Edwards starrte fröstelnd auf den Bildschirm.

»Sie gehören nicht mehr dazu. Sie stehen darüber, jenseits des ganzen Systems. Wir sind ›die‹, nämlich ›die‹, von denen die Leute nur flüsternd reden. Wir sind die Männer in Schwarz, und Sie sind soeben einer von uns geworden. Es gibt auch keinen James Darrell Edwards III. mehr. Sie heißen von nun an einfach nur noch Jay.«

Kay wandte sich von dem großen J auf dem Bildschirm ab und lächelte Edwards zu. »Willkommen an Bord, Jay. Kleiden Sie sich um, und dann machen wir zusammen die Welt ein wenig sicherer.«

Als Edwards – nein, er mußte beginnen, von sich als Jay zu denken – aus dem Umkleideraum herauskam, erwartete ihn draußen Kay.

Jay rückte seine Krawatte zurecht und setzte sich die Sonnenbrille auf und lächelte Kay an. »Sehen Sie den Unterschied zwischen uns beiden? Ich kann das aushalten. Ich schaue gut aus darin. Aber *Sie* sehen aus wie einer von den Blues Brothers mit einem Kater.«

Kay sagte nur kopfschüttelnd: »Ja, ja. Eine Erscheinung strahlenden Glanzes. Natürlich.«

»So bin ich. Na, dann wollen wir mal loslegen, oder?«

Er folgte Kay, der vorausging, einen weiteren langen Flur entlang. Dieses Haus war wirklich riesig, es mußte den halben Block einnehmen. Mindestens. Und so seltsam das alles war, es war zweifellos auch spannend und aufregend, das mußte man zugeben. Wer hätte je an so etwas gedacht? Aliens. Außerirdische. Und er jetzt als Mitglied der Grenzpatrouille, um die Brüder in Schach zu halten!

Na gut. So groß war der Unterschied zur New Yorker Polizei wahrscheinlich auch wieder nicht, wenn man es mal genauer bedachte.

Er behielt Kay, den älteren Kollegen, im Blick und überlegte kurz, wie dessen früherer Name vor dem jetzigen Kay wie K wohl gelautet haben mochte. Kerry, Karl, Krebs?

Etwas – oder jemand – wehte an ihm vorüber, aber alles, was er sah, als er sich danach umdrehte, war so etwas wie eine... Geisterfährte, verwischt wie sich bewegende Objekte auf einem überbelichteten Foto. Etwas Genaues war nicht zu erkennen.

Er wollte etwas sagen, schenkte es sich aber dann. Er hatte eine Menge Fragen, daß dies sehr schnell langweilig werden würde. Es war einfacher, schlicht alles an sich herankommen zu lassen und abzuwarten, ob es sich von selbst erklärte. Schließlich gehörte er ja jetzt auch zur Mannschaft, und die sollte ja wohl besser sein als seine bisherige, richtig?

Edgar fuhr das Bodenvehikel des Zapo-Em auf Manhattan zu. Seine augenblickliche Position war eine Gegend namens New Jersey. Das Pilotieren – Fahren nannten sie das hier – war zunehmend strapaziös geworden. Die Anzahl und Vielfalt der Bodenvehikel auf den geteerten Pfaden, denen er folgte – welche aus Gründen, die ihm nicht verständlich waren, mal Straße hießen, mal Fahrbahn, Autoroute, Avenue, Platz, Weg, Autobahn, Mautstraße, Boulevard, Fahrstreifen oder Promenade –, hatten ständig zugenommen, so daß er inzwischen gezwungen war, in einem Tempo dahinzukriechen, das höchstens noch einer wiverianischen Blutschnecke angemessen gewesen wäre, falls diese sich mal sehr aufgekratzt fühlte.

Wie hatten diese Kreaturen es unter diesen Umständen überhaupt fertiggebracht, so etwas wie eine Zivilisation aufzubauen, wenn sie nicht mal Vehikelbahnen schafften, auf denen freie Fahrt möglich war? Es ergab einfach keinen Sinn, wie so vieles auf diesem Drecksloch von abgelegenem Planeten. Jedes Sinneswesen mit auch nur zwei sich aneinanderreibenden Neuronen wußte, daß man, wenn ein Pfad zu eng war, ihn eben durch Plätten des links und rechts Angrenzenden so weit ausdehnte, bis unbehindertes Fließen des Verkehrs möglich war. Dieser... Flaschenhalseffekt hier aber war Idiotie hoch zehn.

Zumindest hätten sie dann doch diese geräderten Bodenkriecher hier mit Flugfähigkeit versehen können. Aber nein...

Und außerdem hätte man doch annehmen sollen, daß eine Spezies, die des Stoffwechsels fähig war, auch eine Energiequelle auftun konnte, die nicht aus fossilen Flüssigkeiten bestand. War denen denn nicht klar, daß solche Treibstoffe sich sehr rasch erschöpften? Und daß, wenn sie ihnen ausgegangen waren – was ganz sicherlich binnen kürzester Zeit der Fall sein mußte, wenn man sie sich selbst überließ –, ihre ganze Spezies praktisch immobil wurde?

Bis jetzt hatte Edgar hier weder ein Solarsegel gesehen noch einen Rhemdod-Generator, gar nicht zu reden vom Fusionsfahrrad. Wenn ihnen ihre fossilen Energiequellen ausgegangen waren, standen diese ganzen Vehikel hier nutzlos und sinnlos herum, rosteten vor sich hin, während die kaustische Sauerstoffatmosphäre sie zernagte, und waren zu nichts mehr nütze, außer allenfalls als Nahrung für zufällig vorüberziehende metallfressende Bleichmotten, die vielleicht gerade hungrig waren. Wirklich hungrig, wenn man wußte, daß die Bleichmotten an sich –

Ein Fahrzeug rechts von ihm gab eine schrille Lärmblase von sich. Dies war, wie Edgar inzwischen durch Ausprobieren an seinem eigenen Steuerungssystem begriffen hatte, eine Warnvorrichtung. Eine Hupe oder »Horn«, wie es laut Translator hieß. Was aber auch irreführend war. Weil die Basisdefinition dieses letzteren Wortes auf gewisse Kopfauswüchse an größeren mammalischen Tieren verwies. Er vermochte keinen rechten Zusammenhang zu dieser Vorrichtung einschließlich des von ihr erzeugten schrillen Lärms, wenn man darauf drückte, herzustellen.

Aus der Beobachtung der anderen Piloten hatte er inzwischen die angemessene und offenbar übliche Reaktion auf dieses Signal gelernt. Er beugte also den oberen Teil seiner Verkleidung aus dem offenen Seitenfenster, richtete den mittleren Finger seiner Backbordseitenhand aufwärts und schrie dem Piloten hinter sich zu: »Fick dich selber, Mann!«

Befriedigt, daß er sich diesen geistig beschränkten Terraner gegenüber kommunikationskonform verhalten hatte, lehnte er sich in seinem Vehikelcockpit zurück und konzentrierte sich weiter auf das Pilotieren.

Wie schafften die das hier nur? Wenn das täglich so war, dieses Kriechen irgendwohin, mußte die meisten inzwischen doch längst übergeschnappt sein und damit begonnen haben, einander gegenseitig auszurotten?

Da mußte man ihnen doch wirklich einen Gefallen tun, wenn man sie alle zusammen aus der Welt schaffte!

Wirklich.

10

Jay folgte Kay in Zeds Büro. Was mochte Zed früher für einen Z-Namen gehabt haben? Zacharias? Zebadiah? Zorro?

Das Büro war ein erhöhter runder Raum mit mehreren Fenstern hoch über dem Erdgeschoß des MiB-Gebäudes. Hinter dem Schreibtisch gab es eine Anzahl Videomonitore. Auf jedem war ein anderer Mann zu sehen, aber alle hatten die MiB-Uniform an, dazu ihr Stadtname und eine Uhr mit der jeweiligen Ortszeit. Zed setzte sich mit dem Rücken zur Tür und blickte auf die Monitore und fummelte in irgendwelchen Papieren herum.

»Wir sind dah-ha!« sagte Kay.

Zed blickte nicht auf. »Setzt euch, ich muß nur noch schnell ein paar Buschfeuer austreten.«

Jay ließ sich auf einer Sitzgelegenheit nieder, die sehr viel komfortabler aussah, als sie tatsächlich war. Kay nahm neben ihm Platz. Und auf einmal stand da ein Kerl, und hinter ihm war auf diese Art eine Spur oder Fährte, wie er sie schon einmal registriert hatte.

Nicht doch. Er würde den Teufel tun und Fragen stellen.

Der Neue stellte Zed eine Tasse Kaffee auf seinen Schreibtisch. Dann nahm er Jay zur Kenntnis und sagte: »Oh, hi! Gratuliere. Ich bin Dave.«

Und der Bursche… wurde sogleich wieder unscharf oder so und hinterließ eine Reihe gespenstischer Einzelbilder und war wieder verschwunden.

Zed sagte: »Dave?«

Dave tauchte wieder auf. »Ja?«

»Würden Sie mir wohl eine Tasse Kaffee bringen? Dies übrigens ist Jay. Es ist sein erster Tag.«

Dave lächelte. »Sehr erfreut.«

Und zack! War er wieder weg.

»Phantastischer Assistent«, bemerkte Zed und griff nach seinem Kaffee. »Er macht das mit einer Art Zeitsprung oder so ähnlich. Manchmal ist er da, bevor man ihn noch gerufen hat. Dann muß man sich erst erinnern, was man zu verlangen vorhatte, sonst hat man es nicht bekommen.«

Jay blieb der Mund offenstehen. »Ich nehme an, das ergibt später noch einen Sinn.«

»Nicht eigentlich«, sagte Zed. »Aber man gewöhnt sich daran.«

Jay schaffte es gerade noch, nichts Dummes zu sagen, und fand diesen Entschluß wirklich gut, unter den gegebenen Umständen.

Zed sprach mit einem der Monitore. »Okay, Bee, wir haben diesen kürzlich abgesetzten Unterpräfekten von Sinalee auf dem Plan zum Touchdown im Willamette National Forrest bei Portland, Oregon, heute abend, zweiundzwanzigtausend. Ich ziehe Sie zum Empfang und zur Begrüßung herunter von Ihrem Überwachungsauftrag aus Anchorage.«

Bee auf dem Bildschirm nickte. »Verstanden. Wird humanoid gesprochen?«

»Wie Sie wollen«, sagte Zed. »Aber bringen Sie einen Schwamm mit.« Er blätterte in seinen Papieren und zog schließlich ein Blatt heraus, das er durchlas. »Schön, da ist noch ein allgemeines Memo. Wir haben Auftrag, künftig den Ziegenfisch aus der Kanalisation herauszuhalten. Er erschreckt die Ratten, und die wandern dann dorthin, wo sie nicht hin sollen. Will doch keiner, oder?«

Es folgte ein langes Schweigen.

»Gut, das ist dann für Sie, Cee.«

Der angesprochene C-Mann auf seinem Monitor protestierte sogleich: »Hey, Augenblick, wieso gerade ich? Ich hatte erst letzte Woche diesen Job mit der Jagd nach dem Rotz-Plotz durch die namibische Abfallaufbereitungsanlage!«

»Ja, und Sie haben derart ganze Arbeit geleistet, daß wir die gesamte Anlage schließen und zwei Millionen Liter ungeklärte Abwässer in sämtliche funktionierende Toiletten im ganzen Land zurückpumpen mußten.«

»In alle drei«, bemerkte Kay.

»Also, Sie legen dem Ziegenfisch das Handwerk, und dann sind wir vielleicht quitt.«

Zed war bereits beim nächsten Memo. »Hier steht, Buckel-Bobo will sich auf die *Unsolved Mysteries* erleichtern.«

»Auf der Hardcover-Ausgabe obendrein, habe ich gehört«, sagte einer der Monitormänner.

»Ist ja egal. Sehen Sie zu, Tee, daß er das seinläßt.«

»Zehn-vier«, bestätigte der T-Mann.

Nächstes Blatt. Ein rot umrahmtes Memo. »Schön, und hier ist ein roter Brief von gestern abend. Da war eine unautorisierte Landung oben im Staat New York, in der Farmergegend.« Er drehte sich zu Kay um. »Das ist Ihr Bereich, Kay. Schauen Sie sich mal um. Einem galaktischen Rumtreiber geben wir kein Asyl.«

Kay nickte.

»Also Leute, an die Arbeit.«

Die Monitore erloschen, und Zeds Computer piepte. »Nanu? Aha, ein Ausreißer!«

Kay beugte sich vor und sagte zu Jay: »Das ist ein Außerirdischer mit hiesigem Wohnsitz, der sich ohne Genehmigung außerhalb seines zugewiesenen Aufenthaltsbereichs befindet.« Und zu Zed gewandt: »Wer ist es?«

Zed sah auf seinen Bildschirm. »Redgick.«

Kay sah Jay an. »Soso. Redgick, wissen Sie, ist ein New Yorker, der keine Genehmigung hat, sich außerhalb der Stadt zu bewegen.«

»Und in diesem Augenblick«, sagte Zed, »hält sich unser Mr. Redgick außerhalb der Stadt auf. Scheint im Verkehr auf der New-Jersey-Mautstraße steckengeblieben zu sein. Warum nehmen Sie Jay nicht mit und zeigen ihm gleich mal, wie man bei uns arbeitet?«

Kay nickte. »Kommen Sie, Jay.«

Draußen vor dem MiB-Gebäude schien hell die Sonne, was der Stadt einen Hauch von Unwirklichkeit verlieh. Nach dem, was er soeben drinnen gesehen und erfahren hatte, sollte eigentlich alles ganz normal sein. War es aber irgendwie nicht.

Tatsache war, er wußte nicht so genau, ob er jemals wieder irgend etwas wirklich normal finden würde.

Er schüttelte den Kopf. »Was ist denn eigentlich los mit dem Alten? Warum ist er denn so streng? ›Wir geben keinem galaktischen Rumtreiber Asyl‹... Was ist das wieder für ein Quatsch?«

»Hören Sie, Zed hat die Welt gerettet, noch bevor Ihr Vater geboren war. Er hat Anspruch auf ein wenig Respekt.«

Jay hob begütigend beide Hände. »Ist ja gut, ich habe ja nichts dagegen. Ich frage ja nur.«

Kay ging voraus zu seinem schwarzen LTD.

Jay schimpfte: »Dieses ganze galaktische Technologiezeug, zu dem wir Zugang haben, und da fahren wir mit dieser alten Klapperkiste rum?«

Das trug ihm einen strafenden Blick von Kay ein.

»Oh, Entschuldigung!« rief Jay. »Ich verderbe Ihnen

schon wieder die Fahrt… Nein, schon gut. Es ist ein… nettes Auto.« Er griff zur Tür.

Kay hielt ihn zurück. »Augenblick. Das Ding rührt man nicht an, bevor ich den Alarm abgestellt habe.«

»Mein Gott, meinen Sie, ich pinkle in meine amtsgestellte Hose wegen einer Alarmsirene? Ich habe schon mal eine gehört.«

»So eine ganz bestimmt nicht. Denken Sie daran, niemals diesen Wagen anfassen, bevor der Alarm abgestellt ist. Wirklich. Das ist sehr wichtig.«

»Mann!«

»Sagen Sie einfach ja, ja?«

»Schön, gut. Ja.«

Als sie eingestiegen waren, startete Kay den Motor. Er lief leise schnurrend, das mußte man ihm lassen.

»Anschnallen«, sagte Kay.

»Wissen Sie, Sie sollten wirklich mal einen Kurs machen, wie man mit Leuten redet. Ein bißchen freundlicher und umgänglicher könnten Sie schon sein. Es würde Sie sicher nicht umbringen, wenn Sie mal sagen würden, ›hey, Jay, wenn Sie bitte so nett wären und sich anschnallen würden‹.«

Kay knirschte mit den Zähnen, sagte dann aber: »Hey, Jay, wenn Sie bitte so nett wären und sich anschnallen würden?«

»Na also, hat doch gar nicht weh getan, oder? Aber was das betrifft, lieber Kay, verhält es sich zufällig so, daß ich gerne etwas beweglicher bleibe und Anschnallgurte sehr einengend finde. Und wenn es Ihnen nichts ausmacht, bleibe ich also lieber unangeschnallt.«

Kay mußte lächeln. Er legte den Rückwärtsgang ein und trat aufs Gas.

Die Beschleunigung war unwirklich. Es warf Jay so heftig

vorwärts, daß er es kaum glauben konnte. Er schlug gegen das Armaturenbrett, prallte von der Windschutzscheibe ab und fiel in den Sitz zurück, als Kay bereits vorwärts geschaltet hatte und wieder auf das Gaspedal stieg. Die Vorwärtsbeschleunigung preßte Jay tief in die Sitzpolster. Wie ein Düsenjägerpilot in einer scharfen Kehre konnte er keine Bewegung mehr machen.

»Großer Gott«, stammelte er schließlich, als sie schon einen halben Block weiter waren. »Wie viele PS haben Sie denn da unter der Haube?«

»Es reicht«, sagte Kay.

»Hab ich gemerkt. Nun warten Sie schon.« Er griff eilig nach dem Anschnallgurt. Während er ihn einsteckte, kam ein kleines Ding zwischen ihnen hochgefahren, eine Art Armstütze offenbar. Mit einem leuchtendroten Knopf. Jay musterte es und wollte gerade die Hand prüfend darauf legen.

»Jay?«

»Ja?«

»Sehen Sie den roten Knopf da?«

»Ja.«

»Rühren Sie den nie an. Unter den falschen Umständen wäre das… wie soll ich sagen… schlecht.«

Jays Hand fuhr erschrocken zurück.

Kay fuhr den großen Ford mit einer Leichtigkeit, die von vielen Jahren der Praxis zeugte. Da er den Tracker hatte, konnte er Redgicks Wagen problemlos stellen, obwohl sie schon irgendwo im Niemandsland waren, mitten im weiten New Jersey (wenn das keine Redundanz war!), als er den Alien endlich aufspürte. Er ließ die Sirene heulen und das Polizeilicht blinken, und Redgick blieb nichts übrig, als rechts ran zu fahren.

Kay sah zu Jay hinüber. »Bleiben Sie auf der Beifahrerseite, während ich bei ihm bin.«

»Gut. Wir... brauchen doch wohl keine Waffen hier, oder? In meinem Spind war auch gar keine.«

»Nein, nein, doch nicht bei Redgick. Der ist harmlos.«

Kay stieg aus und ging zu Redgick ans Seitenfenster. Dieser sah so harmlos menschlich aus, wie er in Wirklichkeit als Außerirdischer war, ein Typ Mitte Dreißig, gutmütig und sanft wie ein Lämmchen. Kay lächelte ihm an. »Könnte ich mal Ihre Papiere sehen, bitte?«

Er sah an Redgick vorbei und bemerkte auf dem Beifahrersitz eine schwangere Frau, ebenfalls in den Dreißigern. Von ihrem schwangeren Zustand abgesehen war sie eine wenig auffällige Erscheinung. Das mußte Mrs. Redgick sein.

Kay bekam New Yorker Führerschein und Wagenpapiere und sah sie durch. »Die *andere* Zulassung, bitte!«

Daraufhin reichte Redgick andere, farbigere Papiere zum Wagenfenster hinaus. Diese waren mit Hologrammen, Wasserzeichen und glänzenden Einprägungen versehen. Die Alien-Aufenthaltskarte zeigte Redgick und seine Frau in ihrer natürlichen Erscheinungsform. Sie blickten freundlich, hatten Tentakel, waren kalmarenähnliche Aliens mit langen, schmalen Zungen, die ihnen aus dem Mund hingen, während sie in die Kameras lächelten.

Er prüfte mit seinem Lesegerät die Adresse und den Beglaubigungspunkt und reichte alles zurück.

»Ihre Papiere sind in Ordnung, aber nach unseren Unterlagen ist Ihr Aufenthalt auf die fünf Stadtteile begrenzt, sofern Sie kein Visum vorzeigen können, und darüber habe ich keine Registrierung. Sollte ich mich da irren?«

»Es... ist... wegen meiner Frau, wissen Sie. Sie ist... sie... na, Sie sehen es ja.«

Wie auf Kommando gab Mrs. Redgick ein Stöhnen von sich und faßte sich an den Leib.

O Scheiße.

Kay liebte solche Fälle von Entbindungen unterwegs überhaupt nicht, schon gar nicht bei Außerirdischen. Das hatte nichts mit Rassismus zu tun, sondern hing einzig und allein mit den Vorgängen selbst zusammen. Einige von denen waren die reinen Korkenzieher.

»Wie weit ist es denn?«

Mrs. Redgick gab Schmerzensschreie von sich.

Also schon sehr weit, schloß Kay daraus. Das fehlte gerade noch.

»Also gut«, sagte er, »kein Problem, das kriegen wir schon hin.« Er blickte hinüber zu Jay. »Kümmern Sie sich darum.«

»Ich?«

»Steigen Sie aus, Mr. Redgick. Sie und ich unterhalten uns ein wenig, während mein Kollege Ihrer Frau beisteht.«

Redgick machte die Wagentür auf und sah nervös zu seiner Frau. Dann flüsterte er: »Sind Sie auch sicher, daß er weiß, was er zu tun hat?«

»Aber gewiß doch. Der macht das ständig. Kein Problem. Kommen Sie.«

Jay starrte die Frau beziehungsweise Außerirdische an.

Redgick sagte lauter: »Es ist in Ordnung, Schatz, der Terraner ist Fachmann, praktisch eine männliche Hebamme, nicht wahr?«

Kay lächelte. »So ist es, ja.«

Jay beugte sich zum Fenster hinein. »Ah, hi! Ich, äh, bin Jay.«

Die Frau zog ihr Kleid über die Knie hoch und spreizte stöhnend die Beine. Das war alles, was Kay sehen mußte. Er führte Redgick hinter seinen Wagen.

Dort eröffnete er ihm: »Das letzte, was ich hörte, war, daß der Hebammenladen von Croagg noch immer an der 64. und 8. ist. Den würden Sie doch normalerweise für Entbindungen aufsuchen, oder?«

»Na ja… Ja.«

»Und wieso verlassen Sie dann die Stadt?«

»Ich… wir sollten jemanden treffen.«

»Kay!« schrie Jay.

Kay warf einen Blick nach vorne. Er konnte Mrs. Redgick nicht genau erkennen, aber er sah, wie ein roter Tentakel zwischen ihren Knien hervorkam. Der Tentakel schwankte kurz hin und her und wickelte sich dann um den Türpfosten des Wagens. Das Metall knarrte.

Normale Entbindung, soweit. Kay wandte sich wieder Redgick zu. »Ihr erstes?«

»O nein, wir hatten bereits unser erstes Dutzend. Wir haben sie zu ihren Vorfahren in die Heimatwelt zu Besuch geschickt.«

»Aha. Na gut, also zurück zum Thema. Wohin genau waren Sie unterwegs?«

»Nun… also, um ein Schiff zu erreichen.«

»Ach so? Aber ich habe keine Abreisegenehmigung für Jersey Station für heute gesehen. Oder für Sie, falls eines abgegangen wäre.«

»Es war die Pennsylvania Station.«

»Was denn, Sie wollten den ganzen Weg bis nach Pittsburgh fahren?«

»Tja, es ist eine… dringende Familienangelegenheit«, gestand Redgick. »In der Heimatwelt.«

»Ahhhh!« brüllte Jay.

Kay wurde aufmerksam. Ein zweiter Tentakel war aus dem Geburtskanal von Mrs. Redgick hervorgekommen, und der hatte sich um Jays Hals gewickelt. Die Augen traten ihm bereits hervor.

»Heiliger Elvis!«

»Sie machen das ganz prima!« versicherte ihm Kay und wandte sich ungerührt wieder Redgick zu. »Also noch mal. Warum sagten Sie, hatten Sie es eilig, zu Ihrem fernen Heimatplaneten abzureisen?«

»Hilfe! Hilfe!«

»Es ist wegen... einiger der Neuankömmlinge«, sagte Redgick lahm. »Die Gegend wird immer mieser.«

»Von welchen Neuankömmlingen reden wir denn hier?« wollte Kay wissen, der nun aufhorchte. »Ich wüßte nicht, daß ich da in jüngster Zeit Gesindel reingelassen hätte.«

»Kay, helfen Sie mir!«

Kay schaute wieder nach vorne und sah, wie Jay sich mit dem Fuß gegen das Auto stemmte, sich zurückbeugte und dann schob. Es gab einen Laut wie bei einem aufgehenden Flaschenkorken, und er fiel rückwärts hin. Kay kam zu ihm, sah Jay flach auf dem Rücken liegen, direkt neben der Straße, und das neugeborene Alienbaby saß mitten auf seiner Brust.

»O Mann!« stöhnte Jay. Das Baby sah ihm direkt ins Gesicht.

Kay klopfte dem Vater auf den Rücken. »Gratuliere, Reggie. Es ist ein... Kalmar.«

Das Baby lallte und gurgelte in Richtung Jay, der sich aufsetzte und es an seiner Brust festhielt. »Hey, sehen Sie mal, das ist ja ein ganz süßes kleines...«

In diesem Moment spie das Alienbaby eine grünliche Breimasse mitten in sein Gesicht. Und die unterbrach den Entzückensausruf ziemlich abrupt.

Im Wagen wischte Jay sich die letzten Reste der Babykotze mit einem Handtuch ab. »Von dem letzten Teil hat mir kein Mensch was gesagt.«

»Alles zu seiner Zeit.«

»Und was ist mit den Formalitäten?«

»Nun, ich hätte Redgick natürlich einen Strafzettel verpassen können, wegen Verlassens seines Aufenthaltsbezirks, aber das kann man doch nicht machen, wenn die Leute gerade ein Baby bekommen haben, oder? Außerdem ziehen sie sowieso weg.«

»Und wir lassen sie einfach laufen?«

»Wenn sie den Planeten wieder verlassen wollen, ist es nicht unseres Amtes, sie davon abzuhalten. Selbst wenn sie mit einem nicht fahrplanmäßigen Schiff wegfliegen.«

Jay warf, als er die Säuberung abgeschlossen hatte, das Handtuch auf den Boden.

Kay seufzte kopfschüttelnd. »Und was ist mit dem Vorfall, der für Sie so ungewöhnlich war?«

Jay starrte ihn an. »Was meinen Sie nur damit? Abgesehen davon, daß mich so ein kleiner Tentakel eines neugeborenen Aliens fast erdrosselt hätte?«

»Ja, eben.«

»Na, gar nichts weiter. Überhaupt nichts. Oder hab ich was verpaßt?«

Kay nickte. »Ich habe Sie, glaube ich, noch gar nicht über den interstellaren Reiseverkehr informiert. Angesichts der enormen Distanzen wäre der gar nicht praktikabel ohne den Warp-Antrieb.«

»Wie in *Star Trek*, wie? Verstehe.«

»So ähnlich jedenfalls. Tatsache ist, die eigentliche Warp-Reise ist okay, wenn man erst einmal auf dem Weg ist. Unangenehm ist nur das Rein in den Hyperraum und wieder

Heraus. Für Schwangere und Neugeborene gar nicht empfehlenswert.«

»Wie zu heiße Badewannen.«

Diese Bemerkung ignorierte Kay. »Die Frage ist die, Jay: Was hat Redgick so erschreckt, daß er einen Warp-Sprung zu riskieren bereit war, obwohl er seine hochschwangere Frau dabei hatte? Gar nicht zu reden von einer langen Autofahrt nach Pittsburgh, was noch gefährlicher ist als Warp.«

Jay wußte keine Antwort. Kay hatte allerdings auch keine erwartet.

»Wir schauen am besten mal in der aktuellen Liste nach«, schlug Kay vor. »Vielleicht finden wir da etwas.«

»Ja, aber kann ich mich vielleicht zuerst noch umziehen?«

»Wozu? Sie riechen nicht schlecht. Tatsache ist, das riecht ein wenig wie Old Spice.«

»Hat mein Vater immer benutzt«, sagte Jay.

»Benutze ich auch«, sagte Kay.

Und damit war dieses Gespräch beendet.

11

Jay sagte: »Was machen wir denn hier? Ich dachte, wir wollen die aktuelle Liste durchsehen?«

Kay ignorierte ihn. Das schien er überhaupt sehr häufig zu tun.

Sie befanden sich an einem der größeren Presseläden in *Midtown*. Kay war nicht nur ohne jeden Stau hierhergekommen, sondern hatte auch einen Parkplatz direkt vor dem Geschäft gefunden. Peng, leer, und sogar für den großen Schlitten. Der Mann mußte einen persönlichen Gott haben, bei seinem ständigen Glück. Immerhin war die Chance größer, in der Lotterie den Hauptgewinn zu machen, als einen legalen freien Parkplatz in diesem Teil von New York zu dieser Tageszeit zu finden.

Kay sagte: »Folgen Sie mir und lernen Sie, Frischling.«

Er ging in die Zeitungsabteilung und zog eines dieser unsäglichen Skandalblätter heraus:

Schwangeres Baby geboren!
Berühmte Ärzte sprachlos!

Er blätterte es durch.

»Was machen Sie denn da?«

Kay legte das Blatt wortlos zurück und nahm ein anderes.

Jay konnte die Schlagzeile sehen:

Mann ißt eigenes Haus!
Und das als Vorspeise!

»Also, ich möchte nicht gerne vom Papst verklagt werden. Das kann nicht gut sein, wenn jetzt schon …«

Kay blätterte abwesend weiter und reagierte nicht.

»Hallo, Erde an Kay!«

Kay legte das Blatt weg und griff nach dem nächsten.

»Hey, Kay? Sie wollen mir doch nicht sagen, daß Sie mit aktueller Liste das hier meinen, oder?«

»Bessere Enthüllungsrecherchen gibt es gar nicht«, sagte Kay.

»Sie nehmen mich doch schon wieder hoch, oder?«

»Glauben Sie? Als wüßten Sie nicht, was wir für unser Geld tun. Oder wann haben Sie das letzte Mal etwas über Aliens in der *New York Times* gelesen?« Er schüttelte den

Kopf. »Die haben doch keine Ahnung. Während diese Burschen hier« – er wedelte mit dem Revolverblatt – »zumindest auf der richtigen Spur sind.«

»Wollen Sie mir im Ernst erzählen, Sie suchen in Supermarkt-Klatschblättchen nach Hinweisen? Das darf doch wohl nicht wahr sein.«

»Nicht suchen, Junge. Gefunden!«

Er hielt das Blatt hoch, damit Jay die Überschrift lesen konnte.

FARMERSFRAU SAGT:
»ALIEN STAHL HAUT MEINES MANNES!«
Raumschiff stürzt auf Familienfahrzeug,
Ehemann verschwunden!

Jay richtete seinen Blick nach oben zur Decke. »Heiliger Spock, hilf!«

»Kommen Sie«, sagte Kay. »Wir machen einen kleinen Ausflug aufs Land.«

Edgar saß im Cockpit des Zap-Em-Vehikels und sog eine dunkle, zischende Flüssigkeit durch ein dünnes Plastikröhrchen ein – Strohhalm nannten sie das hier, erfuhr er. Wieder eines dieser Wörter, die überhaupt keinen Sinn ergaben. Die Flüssigkeit hieß Jolt-Cola. Ihr Zuckergehalt war zwar gering, aber es war besser als nichts. Er betrachtete sich selbst in dem kleinen reflektierenden Gerät, welches ihm ermöglichte zu sehen, was hinter dem Fahrzeug vor sich ging, und bemerkte, daß schon wieder ein Stück Haut aus seinem Hals heraushing; es begann bereits grau zu werden und leicht krustig. Er faßte danach und schälte es ab. Sehr lange hielt dieses jetzige Kostüm offenbar nicht mehr, und dann mußte er sich ein neues besorgen, eine Aussicht, die ihm gar nicht behagte. Je eher er fertig war und aus diesem fleischigen, knabengroßen Affenanzug wieder herauskonnte, desto besser. Aber es führte kein Weg daran vorbei, daß er, wenn er nicht bald fertig war, das Kostüm reparieren mußte, weil es nicht mehr lange zusammenhielt, das war abzusehen.

Vielleicht konnte er es sich aber doch ersparen. Denn eben, als er über all dies nachdachte, ging eine Tür auf... wie hieß das gleich wieder? Ach ja: *Juwelierladen*... und der Rosenberg Genannte kam heraus.

Aha.

Rosenberg war ein schon älteres Modell. Er trug zwei Gegenstände bei sich. Der eine schien eine sorgfältig geschnitzte Schatulle zu sein und der andere ein kleines, pelziges Tier, welches er als Katze identifizierte. In dieser Welt hier war es manchmal üblich, daß sich die höheren Säugetiere niedrigere Arten – mammalisch, reptilisch, avianisch oder fischig – als sogenannte Haustiere hielten. Manchmal dienten diese Haustiere einem nützlichen Zweck, nämlich dem, daß diese die Behausungen ihrer Besitzer von noch kleineren destruktiven Mammalien oder insektoiden Eindringlingen befreiten. Aber oft hatten diese Haustiere auch keine andere Aufgabe als die, eine Art Gefährte zu sein. Es gab vor allem zwei Arten, die diesem Zweck dienten: Katzen und Hunde; obwohl einige der herrschenden Klasse der Terraner sich auch exotischere Kreaturen hielten.

Diese symbiotischen Beziehungen erschienen Edgar ziemlich sinnlos. Aber wahrscheinlich, vermutete er, sorgten die Terraner damit auch für magere Zeiten vor, in denen sie diese Haustiere dann zu Nahrungszwecken verwenden konnten. Das ergab wenigstens einen gewissen Sinn. Das mochte ihnen ersparen, in solchen Notfällen auf Beutejagd gehen zu müssen. Und soweit er es bisher beurteilen konnte, waren diese Menschen ohnehin miserable Jäger.

Rosenberg setzte die Katze auf die Schatulle und widmete sich den Verschlußmechanismen am Eingang des Juwelierladens. Es schien sich um fünf solcher Vorrichtungen zu handeln. Als er mit dieser Tätigkeit fertig war, griff er wieder nach Schatulle und Katze und entfernte sich.

Edgar startete sein Fahrzeug und ließ es langsam hinter ihm herrollen. Er mußte sehen, wohin Rosenberg fuhr.

Ein gelbes Fahrzeug hinter ihm begann, Lärm von sich zu geben – mit diesem »Horn« –, aber Edgar ignorierte es einfach, ebenso wie den Schwall profaner Äußerungen des Piloten/Fahrers hinsichtlich Edgars weniger als optimaler Fortbewegung. Zu angemessener Zeit würde er sich schon zu der üblichen freundlichen Antwort aus dem Fenster lehnen und den Finger als angemessenen Gruß anbieten. Doch vorerst mußte er darauf achten, daß er Rosenberg nicht aus den Augen verlor. Bis jetzt war seine Aufgabe relativ einfach gewesen. Und wenn er auch gar nichts anderes erwartete, so würde es sich doch nicht lohnen, leichtfertig zu werden. Der Pfad zum Sieg war immer gefahrvoll und steinig. Ein kluger Reisender hielt sich fortwährend gegen potentielle Gefahren gewappnet. Und auch wenn er sich gar nicht vorstellen konnte, auf diesem absolut unbedeutenden Planeten irgendwelchen wirklichen Problemen zu begegnen, so war es dennoch besser, vorsichtig zu sein, anstatt ein Risiko einzugehen.

Das Zap-Em-Vehikel rollte langsam weiter. Der Fahrer dahinter fluchte wie ein Bierkutscher und äußerte sich hinsichtlich Edgars Vorfahren und seiner etwas ungewöhnlichen Beziehung zu diesen und gab auch sonst noch weitere farbige Beschreibungen von sich.

Alles war in bester Ordnung.

»Warum lassen Sie mich nicht fahren?« sagte Jay.

Kay wehrte ab: »Ich glaube nicht, daß Sie schon soweit sind, diesen Wagen fahren zu können.«

»Hey, ich hatte immerhin B in der Fahrschule.«

»Glaube ich Ihnen. Aber ich hatte A und fahre schon länger.«

»Wie weit ist es denn noch? Sind wir nicht bald da? Ich muß mal für kleine Jungs. Und Hunger hab ich auch. Können wir nicht mal an diesem Souvenirladen da anhalten?« Er grinste vielsagend.

Kay lehnte kopfschüttelnd ab.

»Bald da« war irgendwo oben im Staat New York. Die letzte Stunde waren sie durch derart ländliches Gebiet gefahren, daß Jay es kaum glauben konnte. Kühe, Pferde, große leere Felder, Wälder. Ganz schön erstaunlich. Wer dachte schon an dergleichen, wenn er New York sagte, selbst wenn der Staat gemeint war?

Er machte eine Bemerkung in dieser Richtung, bis Kay anfing zu lachen.

»Da sehen Sie mal, daß Sie viel öfter aus der Stadt rauskommen sollten. Aber machen Sie sich mal keine Sorgen, das kommt alles noch.«

Die Straße führte jetzt durch einen Wald und wurde enger und holpriger. Als sie ihr Ziel schließlich erreicht hatten, hätten sie, wie es dort aussah, auch in der Äußeren Mongolei sein können. Oder sonstwo.

Es gab ein einziges Haus, kaum größer als ein doppelbreiter Wohnwagen. Und etwas, das aussah wie die zerquetschten, ausgebrannten Überreste eines Kleinlasters, auf den eine große und schwere Last gefallen zu sein schien, die ihn buchstäblich einen Meter oder mehr in den Kiesweg hineingedrückt hatte.

Aber was immer den Schaden verursacht hatte, war verschwunden.

»Sieht etwas überhitzt aus, das Fahrzeug«, meinte Jay.

Kay brachte den LTD zum Stehen.

Jay griff nach der Tür.

»Warten Sie noch einen Moment«, sagte Kay. »Wir wollen der Dame des Hauses noch etwas Zeit lassen zu überlegen, was wir wohl hier wollen. Wenn die Leute ein wenig aus dem Gleichgewicht sind, ist es leichter, sie auszufragen.«

Nach ungefähr einer Minute erschien die Frau tatsächlich in ihrer Haustür. Sie als »einfach« zu bezeichnen, wäre noch freundlich gewesen. Sie hatte sich mit einem zu hellen und zu roten, viel zu dick aufgetragenen Lippenstift geschminkt, Rouge aufgelegt und sich gepudert.

»Kann ich den Herren behilflich sein?« rief sie.

»Jetzt«, sagte Kay.

Sie stiegen beide gleichzeitig aus und gingen auf das Haus zu. Dabei zog Kay eine Karte aus der Brieftasche. Jay warf einen Blick darauf. Sie sah aus wie eine leere schwarze Kreditkarte.

Doch während er sie noch ansah, veränderte sich die Karte in Kays Hand in eine Lederhülle für eine sehr offiziell aussehende FBI-Erkennungsmarke.

»So eine will ich auch haben«, sagte er.

»Wenn du mal groß bist, Kleiner.«

Kay hielt die Marke der Frau unter die Nase, um sie danach gleich wieder wegzustecken. »Guten Tag, Ma'am. Ich bin Spezialagent Manheim, und dies ist mein Kollege Black. Wir sind vom FBI. Wir hätten Ihnen gerne ein paar Fragen gestellt.«

»Wollen Sie mich vielleicht auch zum Narren halten?«

»Nein, Ma'am. Wir vom FBI haben keinen besonders ausgeprägten Sinn für Humor, soweit wir das erkennen können. Dürfen wir eintreten?«

Die Frau ging voraus in das Haus und in ihre winzige Küche. »Möchten Sie vielleicht ein Glas Limonade?«

»O ja, Ma'am, das wäre sehr freundlich«, sagte Kay.

Die Frau brachte Gläser. Jay fand, die Limonade sähe aus wie Spülwasser mit gelbem Rand. Aber er lächelte sie an, als sie ihm sein Glas reichte.

»Wenn Sie uns also die Sache mit Ihrem Mann erzählen würden, Mrs…?«

»Yax«, sagte die Frau. »Beatrice Yax. Kommen Sie rüber ins Wohnzimmer.«

Sie folgten ihr. Kay trank einen Schluck aus dem Glas, das sie ihm gegeben hatte, und aus seinem Gesichtsausdruck konnte Jay entnehmen, daß es ziemlich miserabel schmecken mußte. Er beschloß deshalb, sein Glas lieber verdunsten zu lassen.

Er sah sich in dem Raum um, während Beatrice Yax erzählte. Er hörte nur mit halbem Ohr hin, als er zum Fernseher schlenderte und das darauf stehende Foto betrachtete. Ein Mann, lächelnd, gebückt und offenbar dabei, gerade ein Stück Wild auszunehmen, das am Boden lag.

»Das ist mein Mann, Edgar, auf dem Foto«, sagte die Frau sogleich.

Jay enthielt sich eines Kommentars. Mr. Yax war jedenfalls, fand er, auch nicht in Gefahr, jemals einen Schönheitswettbewerb zu gewinnen.

»…und also sagte der Shurf«, und das sollte wohl Sheriff heißen, »Mrs. Yax, sagte er, wenn Edgar tot gewesen wäre, wie hätte es da möglich sein sollen, daß er wieder hier ins Haus zurückkam?«

»Das klingt in der Tat etwas ungewöhnlich«, bemerkte Kay.

»Ja schon, natürlich«, bestätigte Beatrice Yax. »Ich selbst war ja auch völlig verdutzt. Ich kenne meinen Edgar schließlich, und auch wenn dieses Wesen genauso aussah wie er, wußte ich doch: Das ist er nicht, wenn Sie wissen, was ich meine.«

Kay zog die Augenbrauen hoch.

»Das war, als hätte er ihn an wie einen Anzug«, sagte sie. »Nur daß eben er selbst der Anzug war. Seine Haut, meine ich. Wie ein Edgar-Anzug, so war es.«

»Aha, verstehe. Notieren Sie das, Kollege Black.«

»Hab ich«, sagte Jay.

»Und sagte diese Person in diesem Edgar-Anzug irgend etwas, Mrs. Yax?«

»Er sagte, der Zucker hat den Truck explodieren lassen. Aber dann sagte er, daß er selbst Zucker haben wollte. In Wasser.«

Kay nickte. »Aha. Zuckerwasser.«

Er holte seine Sonnenbrille heraus und fuchtelte mit ihr vor Jay herum. »Setzen Sie mal Ihre Ray Ban auf, okay?«

Jay zog achselzuckend seine zur Ausrüstung gehörende Sonnenbrille hervor und schob sie sich auf die Nase.

Auch Kay setzte seine auf und lächelte die Frau an.

»Stöbern Sie nun also dieses Alien auf«, fragte sie, »und er kriegt seine Strafe für unseren Truck? Und für Edgar?«

»O ja, Ma'am, dessen dürfen Sie ganz sicher sein.« Er holte seinen einen Minirecorder heraus, mit dem Jay ihn nun schon einige Male hatte spielen sehen, und zeigte damit auf die Frau. »Sehen Sie mal einen Augenblick hier hin, Mrs. Yax.«

Die Frau tat es. Ein Lichtblitz fuhr aus dem Gerät, der selbst die Schatten noch erhellte, und die Frau wurde blaß.

Kay nahm seine Sonnenbrille wieder ab, schwenkte sie zu

Jay hin, um ihm zu bedeuten, es ebenfalls zu tun. Jay tat es achselzuckend.

Kay wandte sich erneut an Mrs. Yax: »So, jetzt hören Sie gut zu. Das war kein Alien. Der Lichtblitz, den Sie gesehen haben, war auch kein Ufo, das auf Ihren Kleinlaster fiel, sondern es war Sumpfgas, das aus einem Wetterballon entwich, der sich in einer Thermalblase gefangen hatte, welche Licht von der Venus reflektierte. Verstehen Sie? Und Ihr Truck hatte ein Leck in der Gasleitung, und das war die Ursache der Explosion.«

Jay unterbrach ihn stirnrunzelnd. »Hey, Moment mal. Was haben Sie denn da gerade gemacht? Was ist denn das für ein Ding?«

»Das ist der Standardneuralizer«, erläuterte Kay. »Löscht Gedächtnisbereiche von Personen und erlaubt das Auffüllen des leeren Flecks mit unserem eigenen Material.«

»Ist nicht wahr? Wahnsinn. Aber ist das wirklich das Beste, was Sie sich ausdenken konnten? Sumpfgas, Venus?«

Kay wandte sich kommentarlos wieder Mrs. Yax zu: »Sehen Sie, Beatrice, die Sache ist die. Edgar ist mit einer alten Jugendfreundin durchgebrannt. Und wenn Sie zu Ihrer Mutter fahren und ein paar Tage bei ihr bleiben, dann kommen Sie bestimmt darüber hinweg und finden sogar, daß Sie jetzt besser dran sind als vorher.«

»Genau«, mischte sich Jay ein. »Tatsache ist, Sie haben ihn doch selbst rausgeworfen, und jetzt, wo er weg ist, können Sie sich ein paar neue Kleider leisten, das Haus neu einrichten und jemanden finden, der Sie auch verdient.«

Er sah zu Kay und meinte: »Nun ja, ein bißchen Trost kann man der armen Frau doch spenden, oder?«

Kay lächelte. »Ja, ich denke, Sie kapieren es.« Er wandte sich wieder an die Frau. »Noch etwas, Beatrice. Wir waren niemals hier, also werden Sie uns auch nicht wiedererkennen, falls Sie uns einmal irgendwo sehen sollten. Und auch an dieses Gespräch hier werden Sie keinerlei Erinnerung haben. Und jetzt müssen Sie ein kleines Nickerchen machen, sagen wir, ein paar Stunden lang. Und danach werden Sie sich gleich sehr viel besser fühlen.«

Draußen begutachtete Kay die Überreste des Fahrzeugs.

»Wie konnte das Ding nur derartig zerquetscht werden?« fragte Jay.

»Das Alien-Schiff muß direkt auf ihm gelandet sein, genau wie es in dieser Zeitung steht. Ich sage Ihnen, diese Burschen treffen tatsächlich öfter, als sie nicht treffen.«

»Tja, sieht so aus.«

Kay fuhr fort: »Edgar kam heraus, um nachzusehen, was passiert war, hat eins über die Rübe gekriegt, und der Alien hat sich seines Körpers bemächtigt. Wahrscheinlich sogar das meiste weggeworfen und nur die Haut behalten.«

»Passiert das denn oft?«

»Nein, das nicht. Meistens kaufen die legalen Besucher ihre Verkleidung schon außerhalb der Erde, oder sie bekommen sie von uns, also vom MiB, oder aus dem kleinen Laden unten in Greenwich Village, gleich neben dem Lokal, wo es diese prima Eiersandwiches gibt.«

»Hey, das kenne ich.«

»Mit anderen Worten, die Tatsache, daß unser Besucher einen Einheimischen tötete und sich dessen Außenhaut als Verkleidung aneignete, ist gar nicht gut. Schlimm sogar. So was ist überall ein Verbrechen. Schön, in ein paar Welten ist es nur ein Vergehen, aber auch dort gilt es nicht gerade als höflich. Folglich haben wir es auf jeden Fall mit einem Kriminellen zu tun und nicht bloß mit einem, der nur mal eben über den Zaun gehüpft ist.«

Er holte ein anderes Gerät aus der Tasche und hielt es auf die zerbeulten Fahrzeugüberreste. Ein dünner Strahl kam heraus; diesen ließ Kay über das ganze Wrack in der Bodensenke gleiten.

»Und das?«

»Spektralanalyzer. Fängt die losen Moleküle auf, die Lebewesen hinterlassen. So eine Art elektronischer Bluthund. Hier, sehen Sie den kleinen Bildschirm? Farbenkodiert, gibt an, mit welcher Art Alien wir es zu tun haben.«

»Toll. Was ich gerne haben möchte, ist so ein Gedächtnisding. Ich kenne ein paar Frauen, denen ich den hinhalten möchte.«

»Kann ich mir denken.« Kay schwenkte sein Gerät weiter. Der kleine Bildschirm blinkte auf und sandte ein pulsierendes rotes Licht aus.

»Bingo!« sagte Jay. »Unser Knabe ist ein Roter!«

»Nein, nein«, wehrte Kay ab. »Ist noch nicht fertig. Schnüffelt immer noch.«

Jay sah, daß Kay recht hatte. Als sie weiter hinschauten, blinkte das Spektralding erneut, diesmal gelb.

Aber Kay ließ es noch immer hin und her schnüffeln. Beim nächsten Aufblinken war die Farbe blau.

Kay gab seinem Gerät Anweisungen: »Bleib bei Purpur stehen«, sagte er hinein. »Gehe nicht mehr zu Grün, ja?«

Das Gerät wechselte zu Purpur und schien tatsächlich anzuhalten.

»Danke sehr«, sagte Kay.

Doch das kleine Spielzeug pulsierte nun doch noch einige Sekunden weiter... und blinkte grün.

Und blieb bei Grün.

»Mist, verdammter«, sagte Kay. »Wissen Sie, was das bedeutet?«

Jay richtete den Blick zum Himmel und erklärte: »Warten Sie, warten Sie! Wie war gestern abend noch gleich die letzte *Jeopardy*-Frage? Welche Art Alien hinterläßt eine grüne Spektralspur? Quatsch, nein. Ich weiß natürlich nicht, was das bedeutet. Ich bin doch gerade erst gekommen.«

Kay kletterte aus der Bodenvertiefung heraus und ging zum Wagen.

»Was denn, Sie lassen mich einfach so hängen?« klagte Jay, indem er hinter ihm herlief. »Also, was?«

Kay griff am Auto zu einem altmodischen CB-Funk-Mikrophon unter dem Armaturenbrett und drückte auf den Einschaltknopf. Jay war bereit, jede Wette zu halten, daß es sich nicht nur um ein altmodisches CB-Funk-Mikro handelte.

»Na, nun sagen Sie schon endlich!«

Aber Kay winkte ab und bedeutete ihm, still zu sein.

»Zed? Hier Kay.«

»Ja«, antwortete Zeds Stimme.

»Wir sind an der Landestelle, von dem roten Brief, oben im Staat.«

»Und, habt ihr gute Nachrichten für mich?«

»Ganz und gar nicht.« Er wartete einen kurzen Moment, holte tief Luft und sagte: »Zed, wir haben eine Wanze hier.«

12

Da waren sie also immer noch *upstate New York* und betrachteten die Überreste des Kleinlasters eines Bauern, und das verdammte Lesegerät blinkte grün.

Ein Riesenproblem also.

Jay stand da, während Kay das Sprechfunkmikro wieder auflegte, und sagte in seiner üblichen flapsigen Art: »Wenn ich mich nicht komplett irre, dann bedeutet Wanze etwas sehr Schlechtes, wie?«

Kay schaute abwesend durch ihn hindurch. Na gut, der Junge war ja nun gerade den ersten Tag beim Verein. Das vergaß er immer wieder. Mit Dee wäre er inzwischen schon unterwegs, und sie würden mit ihrem Schicksal hadern. Aber nun ja, er mußte dem Jungen wohl oder übel einiges erklären.

»Passen Sie mal auf, Tiger. Wanzen sind auf Blut aus. Sie konsumieren, greifen an, infizieren, ruinieren und zerstören. Sie leben von Tod und Verwesung, und sie schrecken auch nicht davor zurück, dieses zuerst zu verursachen, um dann davon zu profitieren.«

»Mann, haben Sie ein rassenspezifisches Problem mit allen insektischen Lebensformen?«

»Lassen Sie es mich so ausdrücken: Stellen Sie sich, wenn Sie können, eine Kakerlake in der Größe eines Tyrannosaurus Rex vor. So ein Ding ist intelligenter als Sie und außerdem viermal so stark wie ein ausgewachsener Ochse, dazu neunmal hinterlistiger und niederträchtiger. Und es haßt unsere Architektur. All das zusammen macht das Ding schon ein wenig ausgefallen. So, und jetzt stellen Sie sich noch vor, daß es in Manhattan herumläuft, und zwar in seinem nagelneuen Edgar-Outfit. Hört sich das vielleicht wie ein vergnüglicher Tanzpartner an?«

»Und wie ist eine Riesenküchenschabe in einen einsfünfundfünfzig großen Edgar reingekommen?«

»Die haben so ihre Möglichkeiten. Eine solche Wanze ist eine Todesmaschine, die nur auf einen wartet, der bescheuert genug ist, sie anzuschalten.«

»Na gut, wir haben also einen bösen Buben. Und was machen wir nun? Wie finden wir ihn oder es, oder wie man das Ding sonst anspricht?«

»Steigen Sie ein. Wir müssen zurück in die Stadt.«

»Was bringt Sie zu der Annahme, daß er... es... die Wanze, Kakerlake, in Edgar jedenfalls, was weiß ich... sich in die Stadt begeben hat?«

Kay machte eine ausholende Geste. »Sehen Sie hier vielleicht irgend etwas, für das es sich lohnte, dazubleiben? Selbstverständlich ist er in die Stadt. Er ist ja auch gekommen, um ein Attentat gegen jemanden auszuführen. Dazu sind Wanzen nämlich da.«

»Nun ist New York ja kein Dorf. Wie wollen Sie ihn denn finden?«

»Wir werden ein Auge auf die Leichenschauhäuser werfen.«

Rosenberg stieg an einem Etablissement namens Leshko's aus dem Taxi. Er trug immer noch die Katze und die verzierte Schatulle mit sich. Er überreichte dem Piloten des Taxis die lokale Währung – Edgar wurde bei dieser Gelegenheit ein weiteres klar: Er mußte sich vermutlich ebenfalls einiges davon beschaffen, wenn er es hier länger machen wollte – und begab sich in das Gebäude.

Edgar parkte sein Fahrzeug und stieg aus. Er stellte das Alarmsystem seines Schiffs auf »Atomisierung« und ging ebenfalls auf das Haus zu.

Ein schneller Überblick zeigte ihm, daß es sich bei Leshko's um ein Eßlokal handelt. Dutzende Terraner saßen an Tischen und konsumierten farbenfrohe, aber faulriechende Nahrungsmittel. Er sah, wie Rosenberg sich einem Tisch näherte, an welchem ein großer Mann mittleren Alters saß.

Rosenberg stellte seine Schatulle auf den Tisch. Die Katze sprang sofort darauf. Der Mann stand auf, und er und Rosenberg tauschten eine förmliche Akkolade aus.

Aha. Also kein Terraner, sondern jemand in einer Maske, genau wie Rosenberg auch. Exakt, wie er es erwartet hatte. Da hatte er doch seine beiden Botschafter! Und so leicht und einfach, wie man es sich nur wünschen konnte. Vom Schiff einmal abgesehen, war dies bisher ein wirklich perfekter Verlauf seines Auftrags.

Von dessen Erfolg würde er noch lange zehren können...

Rosenberg setzte sich dem »Ersatz«-Menschen gegenüber.

Edgar dachte scharf nach. Er mußte in dieses Eßhaus – Restaurant, Café, Diner hießen die Wörter dafür – hinein, ohne Aufmerksamkeit zu erregen, um seinen Verdacht positiv zu bestätigen. Er beobachtete die Essenservierer. Diesen stand es frei, sich in der Lokalität nach Belieben dahin und dorthin zu bewegen, ohne daß jemand übermäßige Notiz davon nahm.

Ja, das war es.

Er brauchte nur Augenblicke, um sich auf die Rückseite des Restaurants zu begeben, einen dort stehenden und Rauch aus einem kleinen weißen Stäbchen – Zigarette – inhalierenden Kellner zu töten und ihn seiner Kleidung zu entledigen. Damit trug er nun eine Maske über der Maske.

Er begab sich raschen Schrittes durch den Speisenvorbereitungsbereich in den Verzehrbereich und gelangte in die Nähe des Rosenberg-Tisches. So. Doch wie nun diese beiden abklären, ohne Verdacht zu erregen?

Ein alter Humane an einem der nächsten Tische sagte: »Kellner! Das wird aber allmählich Zeit! Kann ich jetzt endlich bestellen?«

Edgar sah sich um, sah einen anderen Servierer mit einem

Block und einem Schreibgerät, wie er einem der Gäste zuhörte. Aha. Er suchte also in den Taschen seiner neuen Verkleidung und fand dort tatsächlich einen ähnlichen Block samt gleichartigem Schreibgerät, holte beides hervor und tat, als höre er dem Kunden zu. Das konnte ihm einen Vorwand verschaffen, warum er hier stand.

»Also, ich nehme die Piroggen. Und sie sollen sie anständig machen, ja? Letztes Mal, als ich hier war, waren sie unmöglich.«

Edgar nickte, doch seine Aufmerksamkeit war auf das Gespräch am anderen Tisch gerichtet. Mit seinem technisch fortgeschrittenen Gehör war es ihm möglich, jedes einzelne Wort genau zu verstehen.

Die beiden »Männer« sprachen arquillianisch.

»Auf den Frieden«, sagte Rosenberg.

»Auf den Frieden«, sagte der maskierte Arquillianer – denn zweifellos war er ein solcher. Sie erhoben ihre Gläser, in denen eine Flüssigkeit war, und nippten daran.

Der Arquillianer sagte: »Wenn man sich vorstellt, daß wir uns nach all dieser Zeit in einem Drecksloch wie dem hier wiedertreffen...«

Rosenberg lächelte: »Die Erde, meinen Sie? Ach, so schlimm ist es hier auch nicht, wenn man sich erst einmal an den Geruch gewöhnt hat.«

Der Arquillianer setzte sein Glas ab. »Gut, also wo ist es?«

»Hey, hallo, schlafen Sie?« mäkelte der Gast, bei dem Edgar stand.

Edgar richtete einen Teil seiner Aufmerksamkeit auf ihn und spulte das Gespräch mit ihm zurück. »Piroggen, sagten Sie. Ordentlich zubereitet.«

»Ja, sagte ich. Außerdem sagte ich Rote-Bete-Suppe, und daß auch die ordentlich zubereitet wird.«

»Rote-Bete-Suppe.«

»Letztes Mal, als ich hier war, war der Borscht schrecklich.«

»Schrecklich«, echote Edgar.

»Jetzt haben Sie so lange gewartet«, sagte Rosenberg, immer noch in fließendem Arquillianisch. »Wollen wir nicht zuerst essen?«

Nein, dachte Edgard, *eßt nicht zuerst!* Wenn er auch schon genug gesehen und gehört hatte, um keine Zweifel mehr zu haben, daß es sich bei den beiden wirklich um den baltianischen und den arquillianischen Botschafter handelte, so mußte er doch noch mehr wissen.

Im Speisenvorbereitungsbereich war Unruhe aufgekommen. Dem Ton nach zu schließen, merkte Edgar, war wohl der tote Kellner entdeckt worden, in dessen Maske er steckte. Er hatte ihn in eine Mülltonne gesteckt, aber ganz hineingepaßt hatte er nicht, auch nachdem er ihn in halbe Nächstzeit gefaltet hatte. Er kümmerte sich besser gleich darum. Diese Humanen schienen über solche Vorfälle immer gleich so in Aufregung zu geraten. Zweifellos riefen sie umgehend nach den örtlichen Behörden. Nun waren ein paar leichtbewaffnete Terraner keine besondere Bedrohung für ihn, aber er mußte seine Aufgabe weiter verfolgen und zu Ende bringen. Er hatte bisher nur verifiziert, was er unbedingt wissen mußte.

»Also wirklich«, schimpfte sein Gast bereits wieder, »sind Sie taub? Ich sagte, daß ich auch Tee möchte!«

Neben ihm meinte der Aquillianer gerade: »Also gut. Essen wir zuerst. Danach trinken wir auf die Rückkehr der Dritten Galaxie unter arquillianische Herrschaft.«

Edgar sagte zu seinem Gast. »Hören Sie auf mit Ihrer hirnlosen Nörgelei, oder ich schlage Sie tot.«

Der Gast riß die Augen auf.

Einer der kleinen Vorväter, oder Brüder, ein langes, silbriges, vielfüßiges Wesen mit Zangen am Körperende, fiel aus Edgars Ärmel auf den Tisch. Nach einem Moment entschlossen sich noch weitere der Kleinen, die er vor den Versuchen des Zap-Em, sie zu eliminieren, gerettet hatte, aus Edgars Maske hervorzukrabbeln. Sie fielen ebenfalls auf den Tisch. Das war natürlich ihre eigene Entscheidung. Er hatte keine Absicht, sie zurückzuhalten und zu etwas zu zwingen.

Der Gast entfernte sich fluchtartig.

Neben ihm sahen der Arquillianer und Rosenberg ihn inzwischen aufmerksam an. Er bemerkte, wie sie die Insekten und Arachniden zur Kenntnis nahmen, und dann begriffen, daß er nicht der war, der er zu sein schien. Na, wenn schon. Es war ohnehin keine Zeit mehr für subtile Gesten. Er legte den Block weg und wandte sich den beiden zu.

Rosenberg sagte: »Sie können uns beide töten. Aber den Frieden wird das nicht mehr verhindern.«

Edgar zwang das Gesicht seiner Maskenhülle zu einem Lächeln. »Tja, in dem einen Punkt haben Sie jedenfalls recht.«

Er holte seinen Stachel hervor, schoß ihn unter dem Tisch ab und traf Rosenberg und danach den Arquillianer mit je einem Spritzer Gift. Beide sanken vornüber und fielen mit dem Gesicht auf den Tisch. Er steckte den Stachel wieder ein.

Er durchsuchte die Taschen der beiden toten Kreaturen. Wo war es, wo war es nur?

Im Speisenservierbereich stieg der Lärm inzwischen an. Ein Terry kam durch eine Schwingtür und deutete auf Edgar: »Da ist er!«

Weitere Terraner kamen durch die Tür herein. Zwei von ihnen waren mit Schneidegeräten bewaffnet.

Aber in den Kleidertaschen der beiden Botschafter war nichts. Gar nichts.

Verflucht, wo war es?

Ah, da! Die Schatulle!

Er griff danach. Aber die Katze, die darauf saß, fauchte ihn an und fletschte die Zähne. Er hatte jetzt keine Zeit für Höflichkeiten. Er fegte die Katze einfach beiseite, die ein Stück weit flog und auf dem Teller einer weiblichen Terry landete, zu deren Verblüffung und Ungehaltenheit.

Die Katze hatte ihrerseits ohne Zweifel kein Vergnügen an ihrem kurzen Flug gehabt. Pech für beide.

Die Humanen mit ihren Schneidevorrichtungen näherten sich. Einige der anderen Anwesenden an den Tischen sprangen auf und schrien. So stark behindert, wie er mit seinen Masken war, wurde ihm klar, daß es besser wäre, sich zu entfernen, als sich darauf einzulassen, sie alle miteinander ins Jenseits zu befördern. Er hatte ja immerhin die beiden Botschafter erledigt, und die Schatulle enthielt sicherlich, wonach er suchte.

So sehr es ihm Spaß gemacht hätte, noch zu bleiben und ein wenig zu spielen: Der Auftrag war nun mal wichtiger.

Er klemmte sich die Schatulle fest unter den Arm und lief zum Ausgang. Die beiden Terraner, die dumm genug waren, sich ihm in den Weg zu stellen, hatten es zu bereuen. Er rempelte sie so heftig zur Seite, daß sie zu Boden gingen.

Hinter ihm jaulte und fauchte die Katze.

Auf dem Weg zum Zap-Em-Vehikel verspürte er eine große Befriedigung. Wäre dieser Auftrag leichter gewesen, hätte er ihn aus seinem Schlupfwinkel heraus ausführen können.

Er stellte die Alarmanlage am Schiff ab, öffnete die Tür des Zap-Em-Vehikels und warf die Schatulle hinein. Er kletterte in das Cockpit, drehte den Zündschlüssel herum, steuerte auf die Fahrbahn und in den Verkehr und entbot dem Piloten, der ihn anhupte, die universale Handgeste. Dann fuhr er davon.

13

Dr. Laurel Weaver befaßte sich gerade eingehend mit der Registrierung der zahlreichen Messerwunden an einer Leiche, die eingeliefert worden war, als ein uniformierter Polizist erschien. Er begleitete ihren Helfer, der eine Bahre hereinschob.

Sie sah kurz hoch und widmete sich wieder ihrer Leiche.

Diese war, als sie noch lebte, ein Bodybuilder gewesen, seinen Muskelpaketen nach zu schließen. Tätowiert war er auch. *Blood Vipers* und *Hoover Kick Dogs* stand auf seiner Brust. Daneben befanden sich noch Embleme, die ihr nichts sagten, auf Brust, Rücken, Gesäß und Gelenken. Die mindestens acht Frauennamen zierten einen einzigen Arm, sieben davon durchgestrichen, ebenfalls als Tätowierung. War der Knabe auf dem Weg in die Monogamie gewesen?

Aber nun hatte ihm jemand ein Messer sauber durch sämtliche O-Buchstaben auf den Brusttätowierungen gestoßen.

Wirklich drollig.

»Und schon rollt der nächste Kunde an«, sagte der Polizist. »Nur ein wenig, oben und an den Seiten, ja? Er hat es offenbar eilig.«

Laurel riß sich von seinem Anblick los. Warum meinten Bullen eigentlich immer, sie müßten so wahnsinnig lustig sein, speziell hier?

»Viel Betrieb, heute abend, was?« sagte der Polizist und grinste.

»Schießen Sie los«, sagte Laurel. »Noch einer im Vorüberfahren?«

»Nein, dem hier haben sie es in einem russischen Restaurant besorgt. Hab noch zwei draußen liegen, aus der gleichen Lokalität.

»Na großartig. Jetzt fehlen uns nur noch ein mittelschweres Eisenbahnunglück und eine italienische Hochzeit.«

Sie winkte. »Stellt ihn dort rüber, an die Wand. Was ist mit der Katze?«

Die Katze saß am Fuß des Bahrenwagens und funkelte Helfer und Polizist auf eine Art an, wie das nur eine Katze kann.

»Hat offensichtlich dem Opfer gehört«, sagte der Cop. »Es passierte in einem Restaurant. Sie müssen hier unterschreiben.«

Er reichte ihr ein Klemmbrett.

»Erinnern Sie mich daran, daß ich in dem Restaurant nicht esse, in dem der Mann umgekommen ist«, sagte Laurel Weaver und kritzelte ihren Namen auf das Formular. »Ja, und was machen Sie jetzt mit der Katze?«

»Ich, gar nichts. Es ist übrigens ein Kater. Der ist jetzt Ihr Bier.«

»O nein!«

»Gerade haben Sie das unterschrieben. Vielleicht füttern Sie ihn. Leber oder Nierchen oder sonst was. Haben Sie doch wahrscheinlich genug davon hier rumliegen? Bis dann, Lady.«

Er ging, und ihr Helfer begleitete ihn. Er kam jedoch gleich danach mit zwei weiteren Bahren auf Rollen zurück. Die eine schob er, die andere zog er hinter sich her.

»Geben mal wieder an, Tom, was?«

»Ja, Ma'am.«

Sie kam herbei und betrachtete die beiden neuen Leichen. Der Kater machte einen Buckel und rieb sich an ihrer Hüfte. Sie kraulte ihn. »Schlechter Tag für dich, was, Baby? Mach dir nichts draus. Bei mir auch. Mußt dich einfach trösten. Dem sein Tag war noch viel schlechter.«

Sie zeigte auf einen der Toten.

Sie griff sich den Kater, setzte ihn auf ein chirurgisches Tablett und rollte die Bahre unter den Lichtkegel. »Na, dann wollen wir uns dein verblichenes Herrchen mal etwas näher ansehen.«

Die Leiche zeigte einen Hauch von Rosa. In den Mundwinkeln saß Schaum, die Augen quollen hervor, und die Finger waren geschwollen.

»Dürfte Gift gewesen sein. Wie hieß das Restaurant, Kater?«

Sie zog das Leichentuch ab und besah sich stirnrunzelnd den nackten Leib. Am linken Bein war eine starke Schwellung, oben nahe der Leiste. Sie war von kräftiger Purpurfärbung. Auf den ersten Blick sah es aus wie eine ziemlich große Injektionsstelle. Eine Art Stich von einer Riesenwespe, hätte man sagen können. Oder vieleicht sogar ein Schlangenbiß – aber von einem Reptil mit einem einzigen Fangzahn. Hm, hm. Interessant.

Die zweite Leiche, größer und ein jüngerer Mann als der andere, hatte exakt die gleiche Stichschwellung, nur ein wenig höher. Sieh mal an.

Ihre erste Leiche konnte warten. Bei dieser bestand keinerlei Zweifel, was den Tod verursacht hatte. Aber die beiden hier mußte man schon etwas genauer unter die Lupe nehmen. Die sahen hochinteressant aus.

»Legen Sie mir doch den mal auf den Tisch, Tom, ja?« sagte sie und nickte zu dem größeren Toten hin.

»Ich dachte«, sagte ihr Helfer, »es soll immer strikt der Reihe nach gehen?«

»Es hat sich keiner beschwert, der vor ihm dran wäre.«

Der Helfer lachte. Er rollte den Toten von der Bahre auf den blutigen Sektionstisch und ging.

Laurel Weaver schlüpfte in einen neuen, sauberen Kittel, streifte neue Gummihandschuhe über und band sich eine neue Gesichtsmaske vor den Mund. Dann schaltete sie das Aufnahmegerät ein.

»Eine gut entwickelte, gut genährte weiße männliche Person.« Sie warf einen Blick auf die Papiere, die ihr der Polizist dagelassen hatte. »Das in den Unterlagen vermutete Alter von etwas 52 dürfte zutreffen.« Sie vermaß den Toten genau und beschrieb Größe, Haar, Augen und allgemeine Charakteristika einschließlich des geschwollenen Einstichs am Bein.

Danach brauchte sie nicht mehr lange, um festzustellen, daß das, was sie da auf ihrem Tisch vor sich liegen hatte, nicht war, wonach es aussah.

Jedenfalls war es kein Mensch.

Sie fuhr mit ihrer Arbeit fort und wunderte sich immer mehr. Sie versuchte, ihre Stimme für das Aufnahmegerät ruhig und gleichmäßig zu halten, aber das war nicht einfach.

»... orale Temperatur schätzungsweise 45 Grad Celsius zur Zeit der Autopsie. Es wurde versucht, diese Temperatur rektal zu verifizieren, es mußte aber festgestellt werden, daß ... daß kein Rektum vorhanden. Keine sichtbare Analöffnung feststellbar. Was nur als ... dies kann nur bezeichnet werden als ...«

»... eigenartig?« hörte sie eine Stimme hinter sich.

Sie schreckte hoch und drehte sich um. Sie sah sich zwei Männern in häßlichen schwarzen Anzügen gegenüber. Sie standen in der Tür. Der eine war weiß und vielleicht in den Fünfzigern, der andere jung und schwarz.

»Entschuldigung bitte, was haben Sie hier zu suchen?«

Der ältere Mann kam näher und hielt ihr eine Ausweiskarte hin.

»Dr. Leo Menville. Gesundheitsamt. Das hier ist mein Assistent Dr. White.«

Sie betrachtete den Ausweis. Es stand der Name darauf, den ihr der Mann genannt hatte, und auch das Foto zeigte eindeutig ihn. Als Amtsbezeichnung stand dabei: Sonderermittler. Sah durchaus in Ordnung aus, und wenn sie ohnehin an Larry und Tom vorbei bis zu ihr gekommen waren, mußte es wohl stimmen.

Sie nickte und warf einen Blick auf die Wanduhr über dem Sektionstisch. Lieber Gott, drei Uhr früh.

»Na«, sagte sie, »da scheint Ihr Jungs auch kein sehr intensives Familienleben zu haben, wie? Woher wißt Ihr denn so schnell von den beiden?«

»Das ist unser Job«, sagte Menville. »Bringen Sie uns doch mal auf den aktuellen Stand, Doktor.«

Laurel Weaver schüttelte den Kopf. »Tja, wenn ich könnte. Alle drei hier sind offenbar in einem russischen Restaurant zu Tode gekommen. Einer, der Kellner, sieht ganz normal aus, von seinem gebrochenen Rückgrat abgesehen. Aber die anderen beiden... ich weiß gar nicht, wie ich Ihnen das sagen soll. Sehen Sie es sich selbst an.«

Der angebliche Dr. Menville kam und besah sich die erste Leiche.

»Ich habe noch nie eine solche Skelettstruktur gesehen.«

»Todesursache?«

»Ich muß noch den genauen toxischen Befund abwarten, aber meiner Ansicht nach Vergiftung. Hier, die Injektionsstelle.« Sie deutete darauf.

»Der andere auch?«

»Scheint so. Aber bei dem habe ich gerade erst angefangen und den ersten Schnitt gemacht.«

»Dann machen Sie doch einfach gleich weiter. Dr. White kann Ihnen assistieren, wenn es Ihnen recht ist. Inzwischen will ich mal noch ein wenig in dem hier herumstochern.«

Laurel Weaver nickte. Es war spät, und sie war müde, aber andererseits war das hier doch sehr verwunderlich. Die Hilfe war ihr willkommen, weil sie wirklich absolut nicht wußte, was sie von diesen beiden Leichen halten sollte.

Sie war in die Autopsiemedizin gegangen, weil ihr die Vorstellung, daß ihr Patienten unter den Händen wegsterben konnten, nicht behagte. Einem Toten hingegen konnte man nichts zuleide tun, selbst wenn man einen Fehler machte. Und wenn sie auch, seit sie ihren Beruf ausübte, manches Erstaunliche gesehen hatte, war doch nichts auch nur annähernd mit dem hier vergleichbar.

Aber wirklich nichts.

»Kittel und Handschuhe sind da drüben«, sagte sie zu dem jungen farbigen Arzt. Er sah irgendwie niedlich aus. Nette Augen. Kam ihr sogar irgendwie … bekannt vor.

Als er, »Dr. White«, mit Kittel und Handschuhen wiederkam, führte sie ihn zu der Leiche des älteren Mannes und sagte: »Ich hatte gerade hier im Unterleib angefangen, aber schon da stieß ich auf jede Menge Absonderlichkeiten. Da, sehen Sie mal.«

White schien kurz zu zögern, bevor er in der Bauchhöhle des Toten zu wühlen begann. Sie lächelte ein wenig, eigentlich mehr in sich hinein. Wahrscheinlich hatte er seit dem Praktikum in der Studienzeit, falls er nur Epidemiologie gehabt hatte, keine Leiche mehr gesehen. Und sich vermutlich nur den unbedingt vorgeschriebenen Übungen unterzogen. Sie verstand das. Die Leute meinen ja immer, jeder Arzt müsse jedes medizinische Fachgebiet kennen und beherrschen. Das war natürlich Unsinn. Schließlich war dies ja auch mit ein Grund für die vielen Spezialisten. Wer würde sich schon einem Dermatologen für eine neurochirurgische Operation anvertrauen? Sie wußte gar nicht mehr, wie viele Leute sie auf Partys schon angesprochen hatten, um kostenlos medizinisch beraten zu werden. Und erst wenn sie gesagt hatte, sie sei Gerichtsmedizinerin und Autopsieärztin, gaben sie auf. Aber auch nicht alle. Arzt war eben Arzt, oder?

Ja, doch. Sicher.

»Na, greifen Sie ruhig hinein, Doktor«, sagte sie. »Es macht ihm nichts mehr aus, glauben Sie mir.«

Der junge farbige Arzt fuhr mit der Hand in die offene Bauchhöhle.

»Wonach suche ich denn?«

Ganz entschieden scheu und verlegen, der Knabe. Aber niedlich.

»Merken Sie irgend etwas Eigenartiges am Magen, an der Leber, den Lungen?«

»Nein. Alles in Ordnung.«

Meine Güte, wie lange war das denn her, seit der im Hörsaal war? Er war schließlich noch jung, da konnte es doch nicht länger her sein als bei ihr?

»*Fehlen* alle, Doktor!«

»Weiß ich. Was ich meine, ist, daß überhaupt nichts davon übrig ist, also müssen sie völlig ganz und intakt irgendwo sein, wo auch immer.«

Dann sagte sie: »Sagen Sie mal, haben wir uns nicht schon einmal gesehen? Ihre Augen kommen mir bekannt vor.«

»Komisch, dasselbe wollte ich Sie gerade fragen.«

Er kam ihr wirklich bekannt vor, aber sie wußte nicht, wo sie ihn einordnen sollte. Einfach vergessen konnte sie es nicht haben, dessen war sie sicher.

Sie beugte sich vor. »Ich will mich ja nicht mit Ihrem Vorgesetzten da drüben anlegen oder sonst was. Er sieht ja auch ganz schön gestreßt aus. Aber ich glaube einfach nicht, daß dies hier überhaupt ein Organismus ist.«

»Ach ja?«

»Nein, ich meine, ich denke, es ist ein... ich weiß auch nicht, eine Art... Transportsystem. So etwas wie ein... organisches Auto oder so ähnlich. Die Frage ist: Was soll damit transportiert werden? Und wenn ja, wo ist es? *Was* ist es?«

Er schluckte.

»Ist wohl eine Weile her, seit Sie Leichen gesehen haben?«

»J- ja... Eine Weile. Bei uns im Amt kriegen wir nicht so häufig echte Tote zu sehen, wissen Sie.«

Der ältere Arzt drüben machte sich durch ein Räuspern bemerkbar. »Jay? Einen Augenblick!«

Der junge Mann riß seine Hände mit den Gummihandschuhen so abrupt aus der Bauchhöhle, als habe er Sprungfedern daran. »Sofort.«

Laurel Weaver lächelte in sich hinein und fuhr mit der Erkundung ihres Was-es-auch-war fort. Die Sache war vermutlich einen Aufsatz für die JAMA oder das *New England Journal of Medicine* wert. Mindestens.

»Was meinen Sie?« fragte Kay.

Jay mußte nicht lange überlegen, um diese Frage zu beantworten. »Sehr interessant. Die Königin der Untoten.«

»Ich meinte den Körper.«

»Toller Körper, kann man gar nicht anders –«

»Der tote Körper, die Leiche!« mahnte Kay ungeduldig und seufzte.

»Ach das. Keine Ahnung.«

»Wahrere Worte sind nie gesprochen worden. Gut. Lenken Sie sie noch ein paar Minuten ab. Und versuchen Sie, sich nicht zu dämlich aufzuführen.«

»*Moi?* Gewißlich Ihr scherzet!«

»Überhaupt nicht.«

»Oh, Mann. Trallala.«

»Dr. White?«

»Mann«, sagte Jay, »ich kann das gar nicht glauben, daß Sie mich so nennen. Der Witz hat so einen Bart, daß schon Noahs Fußabdrücke drauf sind.«

»Dr. White?«

»Wenn Sie noch lange warten«, sagte Kay, »kommen weiße Schlipse wieder in Mode.«

»Shiiit.«

»Dr. White!«

Jetzt erst realisierte es Jay und sah hinüber zu der Ärztin.

»Sie sind gemeint, Sie Held!«

»Ach so, ja. Völlig vergessen.« Er beeilte sich, wieder auf die andere Seite zu Laurel Weaver zu kommen.

»Sorry«, sagte er. »Aber mein Boß hatte mich an der Leine.«

»Sehen Sie sich mal das an.«

Jay sah hin. Da war etwas unter dem Ohr des Toten. Es sah aus wie ein Stich oder etwas ähnliches. Er hatte einen plötzlichen Einfall. Er drehte das Ohr wie einen Radioknopf.

Das Ohr ging ab, als wäre es ein Verschluß.

»Mist!« sagte Laurel Weaver.

»Können Sie laut sagen«, sagte Jay.

Er zog noch einmal an dem Ohr. Und da kam mit einem Mal des toten Rosenbergs ganzes Gesicht irgendwie – herausgefahren. Es gab ein mechanisches Summen dabei, dann klappte es auf. Das Gesicht drehte sich weg wie eine Maske, die man vom Kopf abnimmt.

Und in der Mitte des nun hohlen Schädels saß – ein *kleines grünes Männchen*!

Jay sagte ein Wort, das er normalerweise in nicht rein männlicher Gesellschaft niemals ausgesprochen hätte.

Der grüne Bursche saß in einem gepolsterten Sessel mitten in einem winzigen Kontrollraum, komplett mit Bildschirm und allerlei Gerät, das nach puppenkleinen Computerbänken aussah. Er war allerdings sichtlich in schlechter Verfassung. Er keuchte, schnappte nach Luft, stöhnte und bedeutete Jay und Laurel Weaver, sich näher zu ihm herunterzubeugen.

Das taten sie.

Und das kleine grüne Männchen sagte: »Muß... muß... verhindern...« Dann machte es eine Pause, es schien nach einem Wort zu suchen. »... Wettbewerb? Nein, nein... Wort für... tödlichen Wettstreit...«

»Kampf?« schlug Jay vor.

»Krieg?« sagte Laurel Weaver.

Da nickte der kleine Grüne. »J – ja. Krieg verhindern! Sie müssen – Galaxie...«

Dann blieb ihm wieder die Luft weg.

»Was ist mit der Galaxie?« drängte Jay.

»Galaxie... im Orion Gü... Gü...«

»Orion was? Günther? Gülle? Gürtel?«

»Ja, G-G-Gürtel, ah!«

Das kleine grüne Männchen kippte um.

Jay sah Laurel Weaver an.

»Ich glaube, er ist tot«, sagte sie.

»Die Galaxie im Orion-Gürtel, um den Krieg zu verhindern?

»Was soll das bedeuten?« fragte Jay.

»Wen kümmert's?« meinte Laurel Weaver. »Sehen Sie sich das an. Das ist ein Alien! Hier, direkt hier in meinem Seziersaal! Ein kleines grünes Männchen!«

»Ein *totes* kleines grünes Männchen!« sagte Jay. »Kay! Ich meine, Doktor... Dings! Kommen Sie!«

Laurel lehnte sich zurück und fixierte Jay. »Doktor Dings? Sie wissen nicht mal mehr den Namen Ihres Chefs? Sie sind doch gar nicht vom Gesundheitsamt! Wer sind Sie? Was zum Teufel geht hier vor?« Sie deutete auf das kleine grüne Männchen.

Kay kam herbei und betrachtete die Leiche.

Kannst einen Plural draus machen, dachte Jay. Leichen. Oder von mir aus Leiche in einem Vehikel mit toter Batterie, oder so. Ganz schön abgefahren, das. Wirklich.

»Rosenberg«, sagte Kay. »Zu dumm. Einer der wenigen, die ich wirklich mochte. Angeblich exilierter baltianischer Hoher Fürst, aber ich bin sicher, das war nur seine Tarnung. Hat sich wohl hier ein wenig als freiberuflicher Botschafter betätigt, möchte ich annehmen.«

Laurel Weaver sagte: »Eine außerirdische Lebensform. Und Sie sind wohl von irgendeiner geheimen Staatsbehörde, wie?«

Das ignorierten beide. Jay sagte: »Er hat etwas gesagt von Krieg verhindern, und die Galaxie ist im Orion-Gürtel.«

»Aliens!« sagte Laurel Weaver. »Hier auf der Erde! Ah! Das erklärt so manches über New York! Die Taxifahrer, zum Beispiel.«

Kay deutete auf eine Stelle und sagte zu Jay: »Schauen Sie mal dorthin.«

Jay tat es und spürte es mehr, als er es sah – ein Aufblitzen hinter seinem Rücken.

Kay sagte: »Es gibt eine Galaxie im Orion-Gürtel? Das macht keinen Sinn. Der Orion befindet sich doch in unserer Galaxie!«

»Jedenfalls sagte der Mann das. Der Baltianer, oder was er war. Fragen Sie sie.« Er drehte sich herum zu Dr. Weaver.

Laurel Weaver hatte einen abwesend glasigen Blick. Oje. »Was haben sie denn gemacht?« fragte er.

»Oh, ah, also wer Sie auch sind, ich muß jetzt richtige Ausweispapiere von Ihnen sehen, wenn Sie vorhaben hierzubleiben, ja?«

»Gewiß doch, Schätzchen, machen wir. Jay, schauen Sie noch mal da rüber.«

Jay schaute hinüber. Blitz!

»Hey, verdammt, Kay –!«

Kay, der bereits seine Sonnenbrille aufhatte, weiß der Teufel, wie er das so schnell geschafft hatte, sagte bereits zu Laurel Weaver: »War ein typischer Tag. Zuviel Koffein, nicht genug Pausen und Erholung. Ansonsten heute eigentlich nichts Außergewöhnliches an den Eingelieferten, unter denen auch die drei von dem russischen Restaurant waren. Alle totgeschossen. Lassen Sie sie rausschaffen zum Potter's Field, zusammen mit dem ganzen Spurensicherungsmaterial. Vergessen Sie uns und alles, was wir gesagt haben oder noch sagen werden. Vergessen Sie überhaupt vollständig die nächsten fünf Minuten.«

»Das macht mich nervös, was Sie da immer machen«, sagte Jay. »Davon kriegt man doch bestimmt Gehirnkrebs, auf die Dauer.«

»Bisher hat es ihr noch nie etwas geschadet.«

»Bisher? Wie oft haben Sie ihr diese Blitzgeschichte denn schon verpaßt, der armen Frau?«

»Paarmal. Nicht so oft.«

»Und wegen mentaler Langzeitschädigungen machen Sie sich keine Gedanken?«

»Nun ja. Ein wenig schon. Aber was soll man machen?«

»Sie sind vielleicht ein kaltschnäuziger Hund, muß ich schon sagen. Wie sind Sie so geworden?«

»Ich bin für den Job rekrutiert worden. Nun kommen Sie schon, los, es ist Zeit zu verschwinden.«

Laurel Weaver stand noch immer da wie hypnotisiert.

»Und sie?«

»Die kommt schon wieder in Ordnung. Kommen Sie jetzt.«

Jay hatte einen plötzlichen Verdacht. »Sagen Sie mal, Sie haben doch nicht etwa auch mich mit dem Dings angeblitzt?«

»Wie kommen Sie denn auf die Idee? Sie sind doch jetzt einer von uns!«

Jay schüttelte mal wieder nur den Kopf.

Draußen vor dem Leichenschauhaus führte Kay ihn zum Wagen.

»Warum lassen Sie mich das mit der Blitzerei nicht mal machen?«

»Lieber nicht, Junge.«

»Aha. Sie trauen mir nicht, was?«

»Ehrlich gesagt, nein.«

»Das schmerzt mich, Kay, wirklich. Wo ich doch jetzt einer von uns bin, haben Sie doch selber gesagt?«

»Schon, schon. Nur, ich bin ein bißchen mehr einer von

uns als Sie. Vielleicht, wenn Sie mal größer sind.« Kay grinste. Er mochte den Burschen wirklich. Der entwickelte sich noch tadellos, wenn er erst mal ein wenig Erfahrung hinter den Ohren hatte.

Das MiB-Entsorgungsfahrzeug kam angefahren. Vier Leute stiegen aus.

Kay sagte: »Es handelt sich um zwei E.T.s, da drinnen, die müssen weg. Und eine Autopsie-Ärztin braucht eine kleine Belebung. Geht sanft mit ihr um. Unser Jay hier hat eine Schwäche für sie.«

Jay funkelte ihn böse an.

Die vier MiB-Leute grinsten süffisant.

»Na, nun kommen Sie, Jay. Wir haben zu tun. Und ein paar Außerirdische zu fangen.«

»Kalt wie eine Hundeschnauze, was? Das sind Sie, Kay. Eiskalt.«

»Viel mehr«, sagte Kay. »Kalt wie flüssiger Stickstoff am Südpol, wenn Sie's genau wissen wollen. Das trifft die Sache eher. Wenn Sie es warm und kuschelig haben wollen, dann gehen Sie wieder hin, wo Sie hergekommen sind, Mann, und fangen Zuhälter und Crack-Köpfe für die liebe Polizei! In dem Job hier aber können Sie es sich nicht leisten, gefühlsduselig zu sein. Das behindert nur.«

14

Es war noch Nacht in der Häuseransammlung namens New York. Doch es begann bereits der Morgen zu grauen. Der Morgenstern mußte bald aufgehen, und dann fing erneut der übliche Tagesablauf an.

Es waren zwar nur wenige Leute auf den Gehsteigen und Straßen unterwegs, aber als leer und verlassen konnte man sie trotzdem nicht bezeichnen. Die Straßenbeleuchtung, die Lichter der Häuser, die Leuchtreklame, das alles machte den Ort sehr viel heller als alles, was er selbst von den Tagen vieler anderer Welten, in denen er schon gewesen war, kannte.

Die Erdenmenschen hier fürchteten sich wohl vor der Dunkelheit. So erklärte er es sich.

Nicht, daß er unbedingt die Notwenigkeit verspürt hätte, sich mit solchen eher philosophischen Fragen zu befassen. Das nicht. Aber in seinem Zapp-Em-Vehikel war Edgar doch mehr als nur ein wenig beunruhigt. Die Schatulle, die er dem toten Baltianer abgenommen hatte, war nicht nur das einfache Pflanzenfaserkonstrukt, das es zu sein schien. Der unselige Baltianer hatte unter diesem Holz noch einen Duraconium-Würfel verborgen. Und dieses dichte und harte Metall widerstand allen seinen Versuchen, es zu öffnen.

Er schimpfte und hämmerte mit den Fäusten seiner Edgar-Verkleidung auf den Würfel. Die Holzumhüllung spaltete sich wieder und wieder, aber das Duraconium blieb völlig unversehrt. Verflucht! Verdammt seien alle Baltianer!

Er konnte seine Edgar-Hülle nicht länger derart malträtieren, wurde ihm klar. Sie war fragil genug. Sie war schon am Zerreißen, und dann mußte er sich nur wieder eine neue beschaffen. Und diese Aussicht fand er extrem unangenehm.

Er wühlte herum und fand schließlich einen metallenen Einsatz in dem kleinen Stauraum unter dem Armaturenbrett seines Vehikels und darin eine am Ende flache Metallstange. Schraubenzieher, sagte der Translator. Damit versuchte er nun, die Metallbox zu öffnen.

Mit seiner fleischigen Hand brach er den Plastikgriff des Schraubenziehers ab. Was übrigens war eine Schraube? Und warum überhaupt mußte man sie ziehen? Was genau fing man mit diesem Instrument an?

Der Metallstab knirschte und knarzte, aber viel konnte er der Box nicht anhaben.

Edgar schimpfte und fluchte in seiner Heimatsprache und wünschte die Box, die Baltianer, das Leben und überhaupt das gesamte Universum in die ewige Verdammnis in den untersten Bereich der Siebzehn Trockenen Gruben noch unterhalb der Ewigen Wüste. Er feuerte die Box wütend ein paarmal an die Fahrzeugtür und ließ wortlose Wutschreie los. Es half alles nichts.

Die wenigen Passanten, die vorüberkamen, warfen ängstliche Blicke auf ihn und sein Zap-Em-Fahrzeug, aber niemand wagte es, näher zu kommen und sich einzumischen. Das hätte er ihnen auch nicht geraten. So wie er sich fühlte, hätte er sie, falls sie in seine Reichweite gekommen wären, reihenweise umgehauen. Wenn nicht überhaupt alles, was sich bewegte auf diesem blöden Planeten.

Ein letzter Wurf an die Fahrzeugtür brachte schließlich zumindest einen Teilerfolg. Eine Ecke der inneren Box ging einen winzigen Spalt auf.

Aha!

Er griff wieder nach dem Schraubenzieher und preßte den Haarriß zu einem kleinen Spalt auseinander. Mit größter Mühe bekam er den Spalt noch ein wenig weiter auf, bis der Verschluß schließlich nachgab und aufsprang.

»Hab ich dich!« zischte Edgar durch die Zähne.

Die Box war voller geschliffener und glitzernder Steine.

Grüne, rote, farblose. Schmuckedelsteine, erkannte er. Die Humanen waren ja ganz wild auf diese Art Glitzerzeug, das hatte er schon festgestellt. Ganze Läden widmeten sie dem Verkauf und Kauf davon. Tand, vor allem gedacht für ihre

Weibchen zur Förderung der Bereitschaft zu den Paarungsritualen, soweit er das bisher hatte feststellen können.

Aber ansonsten enthielt die Box nichts.

Weißglühender Zorn raste in ihm hoch, so sehr, daß die Fahrzeugtür, gegen die er die Box mehrmals geschleudert hatte, allein von der Lautstärke seines Wutgeschreis vibrierte.

Verdammt, verdammt, *verdammt*.

Nein!

Es war nicht da!

Ganz schlecht. Ganz, ganz schlecht. Alles war so gut gelaufen. Das hätte ihn mißtrauisch machen müssen. Ewig das gleiche, immer ging es ihm so. Nie gelang ihm etwas einfach und problemlos!

Warum ging das Leben ausgerechnet mit ihm stets so hart um?

Das war einfach nicht fair!

Als Jay und Kay in das MiB-Gebäude zurückkamen, ging es auf fünf Uhr morgens zu. Soweit Jay es sagen konnte, waren alle, die gestern dagewesen waren, als er das Haus verließ, immer noch da. Es herrschte sogar ausgesprochener Hochbetrieb. Um diese Zeit!

Die große Fernsehbildwand, oder was es war, zeigte im Augenblick eine Sternenkonstellation, die sogar er erkannte. Der Orion.

Er äußerte sich zu Kay in diesem Sinne.

»Nanu, ein Stadtbubi wie Sie kennt das?«

»Sommerlager in Pennsylvania.«

Zed kam herbei und sah ihnen erwartungsvoll entgegen.

»Hier«, bemerkte Jay vorlaut wie immer, »hier scheint offenbar keiner was von Schlafen zu halten.«

»Die Zwillinge halten uns auf Centaurischer Zeit«, kommentierte Zed und nickte zu den Alien-Zwillingen hinüber. »Wir haben den Siebenunddreißigstundentag. Man gewöhnt sich daran, die gelegentlichen psychotischen Episoden nicht mitgerechnet.«

»Das erklärt natürlich alles«, sagte Jay.

Zed griff nach einem Laserzeiger und richtete dessen roten Punkt auf die Bildschirmwand. »Orion, so ziemlich die hellste Sternengruppe am nördlichen Himmel. Und hier«, er wackelte mit seinem Zeiger hin und her, »das ist der Orion-Gürtel.«

»Aha, von dem das kleine grüne Männchen gesprochen hat. Die Galaxie im Orion-Gürtel.«

Zed schüttelte den Kopf. »Es gibt keine Galaxien im Orion-Gürtel. Da sind lediglich diese drei Sterne, und die stehen auch nicht so sauber in der Reihe, wie es hier aussieht. Das ist nur die täuschende Perspektive von hier, von der Erde aus. Aber Galaxien bestehen aus Milliarden Sternen.« Er schaltete das Zeigerlicht aus. »Das haben Sie falsch verstanden.«

Jay lächelte. »Das sagen Sie doch nur, weil Sie mich attraktiv finden, nicht? Aber ich nehme es Ihnen nicht übel.«

Zed sah ihn irritiert an.

»Ich bin vielleicht der Neue in der Klasse und habe keine Ahnung von nix. Aber mit meinen Ohren ist alles tadellos. Und deshalb hat er genau das gesagt, was er gesagt hat. Galaxie im Orion-Gürtel. Ich hatte ja eine Zeugin dafür, aber der Eismann kam und mußte unbedingt ihr Hirn anklicken.«

Er sah sich nach Kay um, um sich zu vergewissern, daß der auch alles richtig mitbekommen habe, doch Kay war gar nicht mehr da – ah, doch, dort war er! Drüben bei einem kleineren Monitor. Jesus, sogar die Krawatte hatte er gelockert.

»Wir berichten dann später«, sagte Jay und war schon auf dem Weg hinüber zu Kay, um ihm über die Schulter zu schauen. Auf dem Monitor war eine Karte von Nordamerika. Sie bewegte sich gerade und zoomte auf Arizona zu, dann auf eine Stadt, dann auf einen Häuserblock und schließlich direkt in einen Hinterhof.

»Klasse Zoom«, bemerkte er.

Kay ignorierte ihn. Auf dem Bildschirm erschienen die Worte: »Objekt geortet.«

Der Zoom brachte eine Frau mittleren Alters ins Bild. Dazu folgenden Text:

Objekt: Elizabeth Ann Reston
Gegenwärtiger Aufenthalt: Wohnung
Adresse: 553 Fairfield Avenue, Tempe, Arizona, USA.

Jay betrachtete die Frau. »Nicht übel«, bemerkte er. »Für ihr Alter.«

Kays Gesichtsausdruck war schwer zu deuten, aber irgend etwas lag darin verborgen. Vielleicht... Sehnsucht?

Jay stellte intuitiv eine Beziehung her. Er hatte zwar keine weiteren Anhaltspunkte als seine Intuition, aber er war sich ganz sicher, daß diese sich nicht irrte.

»Verdammt«, sagte er.

Kay blickte auf.

»Na, das ist sie doch, nicht? Das Mädchen, das nie die Blumen bekam, von dem jungen Burschen auf den Bildern, die ich gesehen habe. Von Ihnen. Und nach all den Jahren verfolgen Sie ihre Spur noch immer?«

Kay sagte nichts.

»Die muß Ihnen ja wirklich am Herzen liegen. Hat sie je geheiratet?«

»Nein«, sagte Kay. Der Schmerz in seiner Stimme war der intensivste Gefühlsausdruck, den Jay bisher bei ihm erlebt hatte, seit er ihn kannte.

Also, so war das. So stickstoffsüdpolkalt, wie er tat, war er gar nicht. Vielleicht hatte ihm die ganze Sache mit der Ärztin doch zugesetzt. Vielleicht spielte er den harten Kerl nur. Na und, jeder wußte schließlich, daß selbst Mr. Spock gewisse menschliche Gefühle hatte, wie sehr er das auch zu kaschieren und abzustreiten versuchte.

Verdammt.

Kay griff nach den Steuerungstasten. Das Bild auf dem Monitor zerfiel.

Objekt verloren

Kay lehnte sich in seinem Stuhl zurück.

Lieber Gott, dachte Jay, bin das auch ich, in dreißig Jahren?

»Nun, es ist besser«, sagte er, »geliebt zu haben und sie verloren –«

Kay wandte sich ihm zu und spießte ihn mit seinem Blick regelrecht auf.

Oje, Jay, halt lieber den Mund. War vielleicht doch nicht der geeignete Moment, darauf herumzureiten. Wenn Blicke töten könnten und so. Später mal. Man konnte später darüber reden. Wen man sich etwas besser kannte. So in zehn, fünfzehn Jahren vielleicht.

Zed sagte: »Kay? Kommen Sie mal?«

Zed hatte die Lämpchenkarte mit den Außerirdischen wieder auf seinem Bildschirm. Sie gingen zusammen zu ihm hinüber. Die Lämpchen flackerten, einige gingen aus.

»Sie gehen weg«, sagte Kay. »Wandern aus.« In seiner Stimme war eine gewisse erstaunte Angst zu erkennen.

»Zwölf Absprünge allein in der letzten Stunde«, sagte Zed. »Redgick mit seiner Frau und seinem Neugeborenen waren nur ein wenig voraus.«

»Wieso hauen sie ab?« erkundigte sich Jay. »Was wissen sie, was wir nicht wissen?«

Kay sah ihn an, ehe er den Blick erneut auf den Bildschirm richtete. »Woher wissen Ratten, daß sie das sinkende Schiff verlassen müssen?« Und zu den Zwillingen sagte er: »Geht mal auf Lem Sat Vier. Und gebt mir ein Vierzigerbild von Manhattan.«

Auf dem Bildschirm erschien ein heller Lichtfleck an der Ostküste. Er stellte New York dar. »Geht auf vierhundert«, verlangte Kay.

Das Bild blendete über auf eine Ansicht der Erde aus dem Weltraum.

»Viertausend«, sagte Kay.

Nun zeigte das Bild den Planeten nur noch murmelgroß in der Schwärze des Raums. Auf einer Seite blinkte ein schwaches Licht. Darunter projizierte sich ein Text. »Ebene vier.« Das Bild wanderte, bis der blinkende Punkt in der Mitte war.

»O Scheiße«, sagte Kay. »Seit wann ist das da?«

Zed wußte es auch nicht. »War heute morgen noch nicht auf dem Scan.«

»Was?« fragte Jay. »Was?«

»Das ist ein arquillianischer Schlachtkreuzer«, sagte Kay.

»Und wir haben hier bei uns einen toten arquillianischen Fürsten liegen«, kommentierte Zed.

Ein Geräusch wie Katze und Maus zugleich kam aus den Lautsprechern neben dem Bildschirm.

»Eingehend Kommunikation des Schlachtkreuzers«, sagte eine von den Zwillingen. Jedenfalls dachte Jay, daß es das war, was sie sagte.

»Schaltet den Translator ein«, verlangte Zed und sah Kay an. »Wir haben ein paar Probleme mit dem Translator.«

»Hört sich an, als wären sie sauer«, bemerkte Jay.

»Sind sie auch«, sagte Kay. »Sonst wären sie ja auch gar nicht da.«

Zed sagte zu Kay. »Fahren Sie mal runter zu Rosenbergs Laden und sehen Sie zu, ob Sie da etwas finden. Und bewaffnen Sie sich gut. Was die Wanze auch vorhat, es kann nichts Gutes sein. Und soweit es mich betrifft, gefällt mir der Kreuzer da draußen absolut nicht.«

»Aber niemand sagt ein Wort davon, daß ihm das gar nicht gefällt, oder?« erklärte Jay.

»Halten Sie den Mund«, sagte Zed, »und ziehen Sie ab.«

Kay nickte und ging Jay voraus den Gang entlang bis zu den Ausrüstungsschließfächern. Aus einem entnahm er eine mehrläufige Handwaffe. Es war ein seltsames Ding mit einem kleinen durchsichtigen Behälter darunter, der aussah wie ein Benzintropfenfänger an einem alten Lieferwagen. Darin wirbelte eine Art Gas in verschiedenen Farben. Ein eklig aussehendes Gerät!

»Ein nettes Spielzeug«, sagte Jay. »Was soll das sein?«

»Einen De-Atomisator, Serie vier«, sagte Kay, während er sich einen Halfter überstreifte, in den er dann die Waffe steckte. Er wühlte noch einmal in dem Schließfach herum und brachte ein ähnliches Gerät zum Vorschein. Aber dieses war so klein, daß es in eine Handfläche paßte.

»Da«, sagte er, »für Sie. Wir nennen es die Lärmende Grille.«

Jay betrachtete das Ding. Es sah aus wie ein Kinderspielzeug. Für sehr kleine Kinder. »Sagen Sie mal«, nölte er. »Sie kriegen den De-Atomisierer Serie vier und ich nur die Lärmende Grille? Kommen Sie!«

Kay ignorierte ihn.

Auf dem Weg kamen sie noch einmal an der großen Bildschirmwand vorbei. Sie zeigte eben eine Großaufnahme dieses Schlachtkreuzers aus Dingsda. Es ragten eine Menge Rohre daraus hervor, die sich nun bewegten und alle gleich ausrichteten.

»Sind das Kanonen?« fragte Jay.

»Ja.«

»Und zielen alle auf das gleiche?«

»Ja.«

»Und ich will lieber nicht wissen, auf was?«

»Nicht eigentlich.«

Draußen, auf dem Weg zum Wagen, dachte Jay, daß es vielleicht nicht schaden könnte, seinen Standpunkt ein wenig zu erläutern. »Wissen Sie, als Sie mir sagten, daß wir keinerlei Bindungen haben und eingehen könnten, da haben Sie doch nicht gemeint, absolut keine, oder? Ich meine, wenn Sie mich hier so sehen, und daß ich niemals auch nur daran denken würde, auch mal eine Freundin zu Besuch zu haben… da müßte ich dann doch überlegen, ob ich meinen Vertrag bei euch hier nicht neu verhandeln sollte.«

Kay zeigte die Andeutung eines Lächelns.

Jay blickte zum Himmel empor, wo der frühe Morgen ein wenig Farbe zu zeigen begann. »Der Kreuzer da oben, der hat wohl eine Menge Feuerkraft, was?«

»Genug, um die ganze Erde in ausgebrannte Aschenschlacke zu verwandeln, wenn Sie es genau wissen wollen. Und zwar schneller, als wenn man einmal blinzelt.«

»O Gott. Aber das tun die doch nicht wirklich, oder?«

»Vielleicht nicht. Andererseits sind die Arquillianer nicht sehr erfreut, wenn man ihre Leute umbringt. Und eine besonders hohe Meinung von uns Erdenmenschen haben sie ohnehin nicht. Wenn wir die Wanze nicht fangen, die ihren Hohen Fürsten um die Ecke gebracht hat, würde ich keine Bücher mehr zu schreiben anfangen, wenn ich Sie wäre.«

»Verdammt«, sagte Jay.

»Amen.«

15

Edgar kam wieder in der Nähe des Tandladens an, von dem aus er Rosenberg gefolgt war. Es gab keinen einzigen freien Platz neben dem Gehsteig, wo er sein Zap-Em-Vehikel hätte parken könne, und so fuhr er einfach in zweiter Reihe neben ein geparktes Auto und stellte den Motor ab. Falls der Pilot dieses Fahrzeugs, das er damit blockierte, wegfahren wollte, hatte er eben Pech gehabt und mußte warten. Es schien ohnehin genug Präzendenzfälle zu geben. Da waren noch eine ganze Reihe Fahrzeuge, die ebenfalls in zweiter Reihe parkten, und niemanden schien es zu kümmern.

Er ging zu dem Laden, schlug einfach die Scheibe der Tür ein, griff hinein, und öffnete den Verschlußmechanismus von innen. Von diesen gab es mehrere, wie er schon wußte. Er machte die Tür auf und ging hinein.

Lautes und schrilles Klingeln erfüllte den ganzen Raum. Er kümmerte sich nicht darum, sondern begann zu suchen.

Überall nichts als Edelsteine, verzierte und tragbare Zeitgeräte, glitzernde Bänder aus Edelmetallen… Was für Wilde mußten diese Kreaturen hier sein, daß sie die Notwendigkeit verspürten, sich mit solchem verzierten Abfall zu behängen!

Er brach Vitrinen auf, schob die Edelsteine beiseite und suchte und suchte.

Nichts, absolut nichts!

Sein Zorn steigerte sich so sehr, daß er alles zerschmiß, was ihm in die Hände kam. Er riß Bilder von der Wand, flache, nonholographische Abbildungen diverser Subjekte, und warf sie, wohin es ihm gerade in den Sinn kam.

Beim dritten oder vierten dieser Porträts hielt er inne. Es zeigte eine dieser kleinen Kreaturen, die Rosenberg mit sich getragen hatte. Edgar sah sich um. Mehrere Abbildungen hatten diese Kreatur zum Thema – die Katze!

Hmm. Offenbar war dieses Tier von einiger Bedeutung für den getarnten Außenweltler gewesen...

Von draußen kam ein andersartiger Kreischton. Er war laut genug, selbst über die grellen Alarmsirenen im Laden hinweg in Edgars Bewußtsein zu dringen. Er sah durch das zerbrochene Glas hinaus.

Ein großes Fahrzeug war an dem Laden vorgefahren und hielt direkt vor seinem Zap-Em-Truck.

Er runzelte die Stirn und beschloß, sich besser darum zu kümmern.

Er ging hinaus und auf den Humanen zu.

»Was soll das denn werden?«

»Sie dürfen hier nicht in zweiter Reihe parken. Sie können sich Ihr Fahrzeug an der Verwahrstelle für abgeschleppte Fahrzeuge wieder abholen, 23. und Pier.«

»Sie können dieses Fahrzeug nicht wegnehmen. Ich benötige es.«

»Das Leben ist hart.«

Edgar sah sich um. Es war eine Anzahl Humane rund herum, aber fast niemand beachtete sie, auch nicht die zerbrochene Glastür, die Alarmsirene, diesen anderen Piloten und erst recht nicht ihn.

Trotzdem, wahrscheinlich keine gute Idee, diesem Humanen hier einfach die Gliedmaßen auszureißen. Das würde nur unerwünschte Aufmerksamkeit erregen. Er mußte subtiler vorgehen.

Er ging zu seinem Fahrzeug und entnahm ihm die Waffe, die das oder der Edgar unmittelbar nach seiner Landung auf ihn gerichtet und gegen ihn anzuwenden versucht hatte.

Er kehrte zurück zu dem Humanen, der dabei war, die beiden Fahrzeuge aneinanderzukoppeln. Er zeigte ihm seine Pistole. »Hier, sehen Sie mal.«

»Ganz hübsch. Was ist das, eine Zwölfer? Hab ich eine größere bei mir im Wagen, mein Freund.« Er fuhr fort, das Fahrzeug an seinen Abschleppwagen zu koppeln, und ignorierte die unmittelbare Lebensgefahr, in der er sich befand.

Waren diese Humanen geistig beschränkt, oder was? Konnte diese hirnlose Kreatur denn nicht erkennen, daß sie sich in Gefahr befand? Oder kümmerte sie das nicht?

Im LTD war Jay so vorsichtig gewesen, sich diesmal anzuschnallen, noch bevor Kay den Motor startete. Er fühlte sich ein wenig besser, als sie sich auf dem Weg durch die Straßen Manhattans von einem Stau zum anderen quälten. Eine schlimme Stadt für einen Wagen war das! Selbst für dieses Relikt aus der Dinosaurierzeit. »Wissen Sie«, sagte er plötzlich, »ich muß zugeben, diese Leichenschneiderin hat mir nicht schlecht gefallen.«

»Als ob ich das nicht gemerkt hätte«, kommentierte Kay knapp.

»Das Dumme ist nur, daß sie auch mich total vergessen hat, nachdem Sie sie angeklickt haben.«

»Seien Sie froh. Bevor Sie an dem außerirdischen Quartiermacher rumgefummelt haben, habe ich noch keinen Schwarzen grün werden sehen.«

»Außerirdischen was?«

»Quartiermacher. Die Masken mancher Aliens sind aus Fleisch und Blut, bis zu einem gewissen Grad, aber sie sind keine richtigen Menschen, wie die junge Dr. Laurie rasch erkannte. Es besteht nur eine Art symbiotischer Beziehung zwischen dem Leib und dem Wesen, das diesen steuert. So ähnlich wie Roß und Reiter. Der Reiter füttert das Pferd und striegelt es, gibt ihm eine Unterkunft, und dafür trägt ihn das Pferd, wohin er will. So ähnlich ist das. Ungefähr.«

»Schon, aber die Innereien fühlten sich trotzdem glitschig genug an, um echt zu sein.«

»Sage ich doch. Mit Ihrem gußeisernen Magen haben Sie Dr. Laurie nicht übermäßig beeindruckt, oder? Da ist es doch wohl besser, wenn sie Sie vergißt, als daß sie sich daran erinnert, wie Sie ihr fast Ihr Abendessen in ihren schönen sauberen Autopsiesaal gespuckt hätten. Auf die Weise können Sie mit ihr, falls Sie ihr wiederbegegnen, noch einmal ganz von vorn anfangen.«

»Sie meinen, sie erinnert sich überhaupt kein bißchen an mich?«

»Vermutlich nicht. Manchmal läßt der Neuralizer allerdings noch ein Restchen Synapsen übrig, und das führt dann zu dem Restgefühl, jemanden schon einmal gesehen zu haben. So ein kleines *déjà vu*. Aber im Normalfall ist die Erinnerungsfähigkeit absolut weg. Es gibt allerdings Geschichten, daß es Leute geben soll, die immun dagegen sind oder jedenfalls teilweise. Mir ist so jemand aber noch nicht begegnet. Hoppla, da sind wir schon. Rosenbergs Juwelierladen.«

Jay sagte: »Ja, ja, der alte Rosenberg und sein grünes, kleines Männchen.«

Dann sah er einen Mann auf der Straße neben einem in

zweiter Reihe geparkten Zap-Em-Truck, wie er mit einem Abschleppmann debattierte. Sah wirklich aus wie ein in die Stadt verirrter Hinterwäldler vom Land. Er mußte lächeln. Der wußte offensichtlich nicht, wie absolut aussichtslos es war, einen Abschlepper davon abbringen zu wollen abzuschleppen. Und die New Yorker Abschlepper waren nun wirklich ganz andere und gefährlichere Sachen gewöhnt als einen wie den da.

»Oh, oh«, sagte Kay.

»Sie wissen doch ganz genau, daß ich es nicht mag, wenn Sie das immer sagen. Was ist denn?«

»Schauen Sie hin.«

Jay sah zu dem Juwelierladen. Das Schaufenster war eingeschlagen, die Tür stand weit offen.

»Okay, zugegeben. Ich hatte schon so ein mieses Gefühl«, sagte er.

Kay parkte den LTD in eine Lücke ein, aus der gerade ein Delikatessenlieferwagen herausgefahren war, und stieg aus. Er schob eine Hand unter die Jacke. Er hatte sie zweifellos an seiner großen Angeberpistole. Jay tat es ihm nach, aber er hatte dort ja nur dieses kleine Ding von Schießgerät, das ihm kein besonderes Sicherheitsgefühl verlieh. Was war das überhaupt für ein Name für eine Waffe? Lärmende Grille! Zirpte sie, wenn man abdrückte, oder was? Meine Güte!

Kay ging voraus und zog die Waffe, sobald sie den Laden betraten. Jay hielt sich dicht hinter ihm.

Der ganze Laden war verwüstet. Diamanten und Rubine und weiß Gott was noch alles lagen verstreut herum wie ein ausgeschütteter Sack Hundefutter. Das mußten mindestens ein paar hunderttausend Dollar Handelswert sein, die da auf dem Boden herumkullerten.

»Wer, bitte, ist so bescheuert, in einen Juwelierladen einzubrechen, aber die Juwelen einfach liegenzulassen?« fragte er.

Kay steckte seine Waffe weg. Jay beäugte seine Grille und steckte sie ebenfalls kopfschüttelnd wieder ein.

Kay sagte: »Jemand, der gar nicht auf Juwelen aus ist.« Jay besah sich die Bilder, die teilweise am Boden lagen und teilweise noch an den Wänden hingen. »Der Mann scheint ein ausgesprochener Katzenliebhaber zu sein, wie?«

»Das ist kein Mann«, sagte Kay. »Er ist ein Alien, ein Außerirdischer. Versuchen Sie das im Gedächtnis zu behalten.«

Jay sah sich um. Dann bemerkte er, daß sich draußen vor dem Laden etwas bewegte. Der Bauernhinterwäldler, der mit dem Abschlepper diskutiert hatte, kam in ihre Richtung, und zweierlei zugleich fiel Jay nun an ihm auf. Er kannte dieses Gesicht irgendwoher. Und der Bursche hatte eine Pistole in der Hand.

»Runter! Deckung!« rief er. »Das ist der Hinterwäldler von *upstate*, und er hat eine Kanone!«

Er fummelte nach seiner Winzpistole, während der Hinterwäldler – wie hieß er gleich wieder? Edgar! – seine Pistole hob und sofort einen Schuß abgab. Er hörte die Kugel über sich hinwegpfeifen und hatte keine Zeit nachzusehen, ob Kay noch rechtzeitig aus der Schußlinie gekommen war.

Er brachte schließlich das Miniaturding aus seiner Tasche, um endlich festzustellen, wozu das Teil überhaupt gut war. Er richtete sich auf einem Knie auf, riß die Babykanone hoch und zielte durch das zerschlagene Schaufenster hindurch in Richtung Edgar. Er drückte ab –

– und es gab einen Knall, als sei eine Bombe gefallen. Ein noch ziemlich neuer, genau gegenüber auf der Straße geparkter Cadillac flog als Säule aus Rauch und Feuer in die

Luft. Der Rückstoß seines Schusses warf Jay nach hinten, gute drei Meter weit.

»Heilige Scheiße!« schrie er verblüfft, als er seine Sprache wiederfand. In seinen Ohren dröhnte es, und er roch beißenden Pulverdampf. Er starrte fassungslos auf die kleine Waffe.

Kay lag flach am Boden, die Hände schützend über dem Kopf. Er rappelte sich hoch und zog nun seinerseits seine Waffe.

Draußen auf der Straße war der zerstörte Cadillac nur noch eine einzige Flamme mit brennenden Reifen.

Edgar war nirgends mehr zu sehen.

Jay sprang ebenfalls auf und rannte hinter Kay her nach draußen.

Auf dem Gehsteig sahen sie gerade noch, wie Edgar den Abschlepper so heftig schlug, daß dieser im hohen Bogen durch die Luft flog. Der Kerl hatte einen Punch...

Edgar sprang in den Abschleppwagen und trat aufs Gas.

»Scheiße!« schimpfte Kay hinter ihm her und ließ seine Waffe sinken.

Schon hatte sich ein Haufen Gaffer versammelt, die sich ein spannendes Drama versprachen.

Abschleppwagen und Zap-Em-Truck entfernten sich, wenn auch nicht allzu schnell. Jay zielte erneut mit seiner Lärmenden Grille. Kniff ein Auge zu, um besser sehen zu können –

»Nicht!« versuchte ihn Kay abzuhalten.

Jay aber stand mit gespreizten Beinen da, hielt seine kleine Waffe mit beiden Händen und schoß.

Doch trotz seines festen Stands warf ihn der Rückstoß erneut zu Boden. Verdammt noch mal!

Der Schuß traf den Ausleger des Abschleppwagens und fetzte ihn weg wie nichts. Der Abschleppwagen und der

Zap-Em-Truck waren wieder getrennt. Der Abschleppwagen sauste davon, der Zap-Em-Truck rollte in einen geparkten Thunderbird und verursachte einige gravierendere Schäden, bevor er zum Stehen kam.

Jay sprang auf und rannte los, um in eine bessere Schußposition zu gelangen.

»Jay!« rief Kay noch einmal. »Nicht vor den Passanten!«

Jay ignorierte ihn, sprang auf ein Auto, zielte an dem Abschleppwagen vorbei und war bereits –

– als genau in diesem Moment ein Umzugslaster sich vor den Abschleppwagen schob und ihn blockierte.

Der Umzugswagen explodierte, die Möbel, die er transportierte, flogen in alle Himmelsrichtungen durch die Luft. Eine Couch sauste an ihm vorüber, dann ein Eßtisch, Stühle, ein Bücherregal. Die Menge der Passanten stob auseinander, um nicht von irgendwas getroffen zu werden.

Jay wurde zurückgeworfen und fiel durch die Scheibe des Autos hinter ihm. Er landete fast mit dem Hinterteil im Gesicht der in Panik versetzten Fahrerin. Bis er sich wieder hochgerappelt hatte, war Edgar verschwunden.

Kay kam herüber, packte ihn am Arm und führte ihn weg von den Leuten. »In Anwesenheit unbeteiligter Passanten wird mit unseren Waffen nicht geschossen«, knurrte er.

»Lärmende Grille, was? Sehr komisch. Ha. Ha. Ha.« Er schaute auf seine Miniaturpistole.

»Lassen Sie das und kommen Sie. Wir müssen ein Aufräumkommando herholen.«

»Könnten wir vielleicht mit dem ganzen Vertuschungsquatsch aufhören? Ich meine, wen kümmern denn ein paar beschädigte Autos, wenn wir uns der Bedrohung eines außerirdischen Schlachtkreuzers gegenübersehen, der uns pulverisiert, wenn wir nicht –«

»Jetzt hören Sie mal zu, Sie Klugscheißer. Es sind *ständig* irgendwelche außerirdischen Schlachtkreuzer oder Korlianische Todesstrahlen oder sonst eine intergalaktische Plage da, die alles Leben auf unserem Planeten auszulöschen drohen. So was stoppen wir. Das haben wir bisher noch *immer* gestoppt, und ich habe nicht vor, es diesmal zu versauen. Daß es unseren Menschen hier möglich ist, trotz allem weiterzuleben wie gewohnt, liegt einzig und allein daran, daß sie nichts wissen von alldem. Was glauben Sie wohl, wie die Leute reagieren würden, wenn sie es wüßten? Es gäbe eine Panik, bei der der halbe Planet zertrampelt würde, mit vielleicht Millionen von Toten!«

Jay dachte kurz darüber nach. Kay hatte recht, das stimmte schon. Er betrachtete die entsetzte, verwirrte und fragende Menge. Das war schon so, wie er sagte. Mit der ganzen Wahrheit war das so eine Sache. Vielleicht war es ja wirklich besser, wenn sie nichts von alledem ahnten. (»Nur ein wenig Sumpfgas, Leute. Nichts Beunruhigendes.«)

Er sah Kay an. »Ja, aber entkommen ist er uns.«

»Aus der Stadt kommt er nicht raus«, versicherte ihm Kay.

»Woher wissen Sie das so genau?«

»Sehen Sie sich doch den Zap-Em-Truck mal genauer an. Was hat er da hinten aufgeladen und zugedeckt? Das ist sein Raumschiff.«

Er holte sein Handy heraus. »Zed? Wir brauchen ein erstklassiges Aufräumteam hier am Juwelierladen. Schnellstens. Wir haben die Wanze gestellt. Nein, er ist uns entkommen. Aber wir haben seinen fahrbaren, ich meine fliegenden, Untersatz. Ja. Richtig.«

Er klappte das Handy wieder zu und sah Jay an.

»Wir bleiben hier, bis das Kommando da ist und aufräumt und vor allem sein Schiff mitnimmt.«

Jay dachte kopfschüttelnd darüber nach, daß dieser Job trotz des schwarzen Anzugs und des häßlichen Autos tatsächlich nicht gerade langweilig war. Nein, das konnte man wirklich nicht sagen.

16

Kay betrachtete die Bildschirmwand und sah, wie weitere Identifizierungslichter vor seinen Augen ausgingen. Dann lief er zusammen mit Jay weiter zu Zeds Büro.

Als sie dort ankamen, blickte Zed auf und sah Kay kopfschüttelnd an. »Wir können uns die ganze Zurückhaltung sparen. Das Tempo, mit dem sie abziehen, ist schon ziemlich überstürzt zu nennen.«

»So schlimm kann es doch nicht sein«, meinte Jay. »Oder?«

Zed stand auf, ging zur Tür und deutete auf das Stockwerk unter ihnen. »Sogar bei uns geht Personal!«

Kay erblickte die drei Vermarer mit Koffern. »O Gott. Daß sogar Iggy Fersengeld gibt, kann ich kaum glauben. Den habe ich doch immer für einen aufrechten Wurm gehalten.«

Er hatte es kaum ausgesprochen, als ihm klar wurde, daß dies Jay wohl wieder zu einer seiner originellen Bemerkungen veranlassen würde. Aber offenbar war Jay das Gesagte entgangen.

»Sie haben alle entschieden mehr Erfahrung mit Wanzen als wir«, sagte Zed. »Das ist hier wie ein Familienessen in einem teuren Restaurant. Keiner will der letzte sein, an dem die Rechnung hängenbleibt.«

»Was ist mit den Arquillianern?« erkundigte sich Kay.

»Da gibt es offensichtlich noch immer Probleme, die unser

Translator mit deren Vokabular hat. Bis jetzt haben wir ihre Nachrichten nur teilweise verstanden. Es klingt wie: ›Liefern Sie die Galaxis aus.‹«

»Na großartig. Wunderbar. Kein Mensch weiß, was eigentlich vorgeht.«

»Sehen Sie?« ließ sich Jay jetzt wieder vernehmen. »Ich habe Ihnen doch gesagt, daß es irgendwas mit Galaxie war. Vielleicht wollen sie einen Ford? So einen, wie Sie fahren, Ford Galaxy.«

Kay spießte ihn mit seinem Blick auf. Aber Jay grinste nur. Also, das mußte man ihm schon lassen, der Junge traute sich was.

»Es wird etwas besser«, verkündete Zed. Er rief den Zwillingen zu: »Laßt uns mal das Telebild sehen, ja?«

Zumindest die Zwillinge waren noch da. Das Bild auf der großen Wand veränderte sich. Zed sagte: »Und ein weiterer Wettbewerber ist in den Ring gestiegen...«

»Oh, oh«, sagte Kay. Er blickte auf den Schirm. Da war jetzt ein zweiter Schlachtkreuzer, nur ein paar tausend Meilen von dem der Arquillianer entfernt.

»Laßt mich raten«, sagte Jay. »Das sind die Leute des kleinen Grünen. Sind die auch sauer auf uns?«

»Es ist tatsächlich ein baltianischer Schlachtwagen. Gebt dem Mann eine Belohnungszigarre.«

»Was denn, wollen Sie mir Lugenkrebs anhängen?«

»Den auszubrüten werden Sie kaum noch Zeit und Gelegenheit haben. Sie werden nicht einmal mehr die Zigarre rauchen können, wenn wir hier nicht schnellstens unseren Hintern in Bewegung setzen und diese Situation bereinigen.«

»Und wie genau machen wir das?«

»Was wir brauchen, ist ein besseres Verständnis der galaktischen Politik. Alles, was da oben vor sich geht zwischen A und B und wovon wir nichts wissen. Wir brauchen Hintergrundinformationen.«

»Gibt es denn da kein einschlägiges Lexikon? Oder ein Outer-Internet oder so was?«

»Das ist das Problem mit euch jungen Typen. Ihr denkt, alles kann man durch ein Video oder einen Computer lernen. Nein, nein. Was wir brauchen, ist ein Experte. Und ich weiß auch genau den richtigen. Falls der nicht auch bereits ausgerückt ist und auf dem Trip heim ins All.«

»Ich bin dabei, Chef. Gehen Sie voran, ich folge.«

»Ja, geht«, sagte Zed. »Die Zeit läuft uns davon.«

Kay nickte. »Sie haben es gehört, Mann. Los.«

Und sie machten sich auf die Socken.

Edgar brachte das Stadtvehikel zum Stehen, stieg aus und schimpfte halblaut vor sich hin, als er davonging. Die Polizei und das Militär der Terraner hätten doch normalerweise nicht gleich Waffen gegen ihn eingesetzt. Das bedeutete, sie wußten also inzwischen, wer er war. Und würden also sein Fahrzeug im Auge behalten. Schlimmer noch, sie hatten sein Schiff.

Was tun? Er mußte die Situation in den Griff bekommen! Er mußte finden, wonach er suchte, und nun um so rascher! Ohne dieses war sein Schiff die geringere Sorge. Er verließ diesen Steinbrocken im All nicht ohne das, dessentwegen er gekommen war. Weder die Baltianer noch die Arquillianer würden bereits ein Schiff in der Nähe haben. Wenn sie vom Tod ihrer Botschafter erfuhren, würden sie zweifellos ziemlich zornig werden. Dieser Teil war durchaus nach Plan verlaufen. Aber danach hatte dann eigentlich gar nichts mehr richtig geklappt.

Nun ja, so schlimm war es nun auch wieder nicht. Er war

sich ziemlich sicher zu wissen, wo sein Preis sich befand, nur eben nicht exakt, wo. Doch das ließ sich herausfinden, sobald er noch ein kleines Stück zusätzlicher Information erhielt. Er war im Bogen zu dem Eßlokal zurückgekommen, wo er die beiden Botschafter getötet hatte, bevor er sich dann mit der Schatulle des Baltianers entfernte. Er hatte gesehen, wie die Leichen abtransportiert wurden und wußte deshalb, wo sein Preis hingebracht worden sein mußte.

Er gelangte in die Nähe eines kleineren Bauwerks, an welchem eine Anzahl periodischer Druckerzeugnisse zur Schau gestellt wurden. Ach ja, ein Informationsgebäude. Zeitungsstand hieß so was. Der Humane hinter der Theke fixierte ihn.

Edgar überdachte seine Lage. Gut, in Ordnung. Immerhin ein Informationsstand. Er bewegte sich rasch, faßte den Humanen barsch am Kragen seiner Körperoberbekleidung, hob ihn vom Boden hoch und sagte: »Wo habt ihr eure Toten?«

»I-I-Ich habe doch gar keine Toten«, stotterte der Humane.

Edgar schüttelte ihn und hörte, wie seine Zähne klapperten, und noch etwas. Wahrscheinlich sein winziges Gehirn, das nicht einmal den Schädel ganz ausfüllte.

»Denk noch einmal nach, du Stück Fleisch! Wo kommen die Toten hin?«

»Weiß ich nicht... Ins städtische Leichenschauhaus vielleicht?«

Er schleuderte den Verkäufer von sich, daß er bis zur Rückwand seines Kiosks taumelte. Als er schon auf dem Weg nach draußen war, fiel ihm ein drehbarer Ständer auf, welcher rechteckige Karten enthielt, auf denen sich Abbildungen verschiedener Gebäude befanden. Wahrzeichen New Yorks, besagte die Aufschrift oben auf dem Ständer. Ansichtskarten, ein Dollar das Stück.

Ein Gebäude erregte seine besondere Aufmerksamkeit. Aha. Er griff sich die Karte und wollte gehen.

»Hey, Sie schulden mir einen Dollar!« rief der Verkäufer hinter ihm her.

Edgar ignorierte es.

So, und wie jetzt dieses städtische Leichenschauhaus finden?

Wie Kay nun fuhr, hätte einen Taxifahrer, der tüchtig aufs Gas tritt, wie einen alten Mann mit Hut auf Sonntagsausflug aussehen lassen. Er ging überhaupt nicht mehr von der Hupe, fuhr durch Einbahnstraßen in verkehrter Richtung und selbst auf den Gehsteigen, als es einmal nicht mehr anders ging, wobei er einen in einer Haustürnische lungernden Penner zu Tode erschreckte. Wenn der nun um ein Haar langsamer gewesen wäre, hätte er ihm beide Beine abgefahren.

Oder, dachte Jay, falls der Penner ein Außerirdischer war, seine Pseudostelzen. Oder Tentakel. Oder Flossen.

»Ruhig doch, Mann«, mahnte er.

»Keine Zeit«, sagte Kay.

Schließlich bremste er mit quietschenden Reifen vor einem Zeitungskiosk. Orchard Street, registrierte Jay. Ein Mann mit einem kleinen Boxerhund sperrte gerade zu. Er hatte eine schmutzige Strickjacke an, eine Wachmannmütze auf dem Kopf und fingerlose Handschuhe zu einer speckigen Hose. Sein ganzes Gesicht war ein einziges Zucken und Verzerren.

»Schlimme Maske«, sagte Jay, während sie zusammen ausstiegen. »Jeder Idiot kann sehen, daß das ein Alien ist.«

»Hey, wenn ich Ihnen nicht gefalle, können Sie mich mal an meinem kleinen Fellhintern.«

Doch das kam nicht von dem Mann.

Sondern von dem Hund.

Jay blickte zu ihm hinunter.

»Darf ich vorstellen«, sagte Kay, »Frank der Boxer. Wie geht's, Frank?«

»Entschuldige, Kay, aber ich habe keine Zeit zum Plaudern, ich muß los. Mein Flug wartet. Ich bin verdammt spät dran.«

Kay beute sich hinunter und faßte nach dem Hund. Der jaulte wie, na ja, wie ein Hund eben. »Hey, lassen Sie mich los!«

»Kann ich nicht, Frank. Ich brauche ein paar Auskünfte.«

»Das ist illegal«, sagte der Boxerhund.

»Ja, ist ja gut, reich eine Beschwerde bei deinem Botschafter ein. Falls du ihn findest. Vielleicht hat er sich ja selbst schon empfohlen. Könnte ich wetten.«

»Na, kommen Sie, Kay, lassen Sie mich los. Das können Sie nicht machen!«

»Jay, rufen Sie doch mal die Abdeckerei an. Wir haben hier einen streunenden Hund ohne Marke. Möchtest du gerne ein paar Tage im Tierheim eingesperrt sein, Frank? Wir legen Fido hier auf Eis, damit er dich nicht rausholen kann.«

»Das können Sie nicht tun! Nehmen Sie Ihre Pfoten von mir weg!«

Einige Passanten verlangsamten bereits den Schritt und warfen böse Blicke herüber. Man konnte mitten in der *rush hour* eine Nonne auf der Fifth Avenue überfallen und ausrauben, und kein Schwanz kümmerte sich darum. Aber wenn man einen Hund mißhandelte, dann kam im Handumdrehen ein Lynchmob zusammen, bereit, einen am nächsten Laternenmast aufzuknüpfen. Jay erinnerte sich an eine Fernsehnachricht über eine Naturkatastrophe in Süd- oder Mittelamerika, ein Erdbeben. Da saßen die einfachen

Bauern vor ihren zusammengestürzten Hütten, ohne Essen, ohne Wasser, ohne Platz zum Schlafen und im strömenden Regen. Alte Omas, Frauen mit Säuglingen. Im Hintergrund eine Hündin mit einem Wurf Welpen.

Der Sender bekam Tausende von Hilfsangeboten. Die meisten für die Hündin. Na ja, man konnte das verstehen. Je mehr er über die Menschen lernte, desto besser sahen die Hunde aus, im Vergleich. Als er noch zu Hause lebte, hatten sie auch einen Hund gehabt, und was für Probleme und Ärger er auch immer mit seinen Eltern hatte, der Hund freute sich immer aufrichtig, wenn er zur Tür hereinkam. Schule geschwänzt? Den Rasen zu mähen vergessen? Delle in den Autokotflügel gefahren? Was kümmerte das Lena! Rausgehen und die Post holen und hereinbringen, und da war Lena gleich wieder. Sprang an dir hoch, grinste sich einen weg, freute sich wie ein Schneekönig, leckte die Hand, und du konntest direkt hören, wie sie dachte: Er ist wieder da, hurra, er ist wieder da, Glück und Freude! Die Katze dagegen gab keinen Pfifferling, ob man lebte oder tot war, solange sie ihr Futter bekam. Aber der Hund liebte ihn aufrichtig, das mußte man schon mal festhalten.

Doch der falsche Boxer hier knurrte und versuchte auch ein wenig zu jaulen. Der mußte auch ganz genau wissen, wie die Menschen über Hunde dachten. Es blieben auch wirklich schon Leute stehen. Waren sie vielleicht schon dabei, ein Seil zu holen?

Jay sagte: »Alles in Ordnung, Leute. Gehen Sie weiter, nicht stehenbleiben. Der Hund hier hilft bei einer – Ermittlung.«

»Was«, drang Kay in den Boxerhund Frank, »weißt du von Baltianern und Arquillianern?«

»Kay, ich habe wirklich keine Zeit dafür!«

»Je schneller du mir antwortest, desto eher kannst du weg.«

»Schon gut, schon gut. Die A und B stammen aus verschiedenen Galaxien und liegen sich schon immer in den Haaren. Meistens wegen der Herrschaft über eine dritte Galaxis. Es hat mal eine Friedenskonferenz gegeben, hier in der Stadt, *downtown*, und die B wollten die Galaxis den A überlassen, oder umgekehrt, ich weiß nicht mehr, und einen Vertrag unterzeichnen. Aber die Wanze hatte was anderes vor. Sie wissen ja, daß wir Wanzen hier haben.«

Kay sah Jay an, der jedoch keine Ahnung hatte. »Die Kolonie der Wanzen lebt schon seit Jahrhunderten von diesem Krieg.«

»Und was ist mit dem Gürtel?« fragte Jay.

»Richtig«, erklärte Kay dem Boxerhund, »Rosenberg sagte, bevor er ins Gras biß, etwas von einem Orion-Gürtel. Was hat er damit gemeint?«

Jemand auf dem Gehsteig blieb stehen. »Sie da, mißhandeln Sie etwa den Hund?«

Jay sah den Mann an. Er sah aus wie ein russischer Gewichtheber in der Superschwergewichtsklasse. »Nein, nein, keine Sorge, guter Mann. Der Hund soll nur zum Tierarzt und will nicht. Er hat Würmer.«

Der Gewichtheber schaute zweifelnd, ging dann aber doch weiter.

Frank der Boxer sagte: »Keine Ahnung. Was ich hörte, war, daß die Galaxis hier ist, auf diesem Planeten.«

»Hier?« fragte Kay verwundert.

»Ihr habt sie doch nicht alle«, ergänzte Jay. »Millionen und Millionen Sterne und Planeten und was noch alles für Zeugs, und das alles hier? Gibt's doch gar nicht.«

Der Hund mokierte sich: »Ihr Menschen kriegt auch nicht

besonders viel von irgend etwas mit, was? Wann lernt ihr endlich, daß Größe keine Rolle spielt? Nur weil etwas bedeutsam ist, muß es noch lange nicht riesig groß sein. Die in Frage kommende Galaxis ist nach lokalem Standard sogar äußerst winzig. Sehr klein.«

»Wie klein?« fragte Kay.

»Gott, weiß ich auch nicht genau. Wie eine Murmel vielleicht. Oder ein Edelstein.«

»Jesusmaria«, sagte Jay.

»Also, Kay, das ist alles, was ich weiß. Und jetzt lassen Sie mich runter, damit ich meinen Flug kriege.«

Kay setzte ihn ab. Der Hund sagte: »Na, dann viel Glück, Kay. Und alles Gute. Ich werde immer ein gutes Wort für Sie einlegen. Mir gefiel es hier, wissen Sie. Gibt so viele Hydranten in einer Stadt dieser Größe.«

Der Boxerhund und sein menschlicher Begleiter – der sich nicht im mindesten darüber zu wundern schien, daß ein Hund reden konnte – entfernten sich.

»Vielleicht«, sinnierte Jay, »hat er gar nicht Gürtel gemeint.«

Kay sah stirnrunzelnd durch ihn hindurch. »Was?«

»Der kleine Grüne. Sein Englisch war ja ziemlich schlecht, er mußte um die Worte ringen. Vielleicht hat er gar nicht Gürtel gemeint. Sondern ganz etwas anderes.«

»Was?«

Dann dämmerte es ihnen beiden gleichzeitig.

»Steigen Sie ein«, drängte Kay. Jay war schon dabei.

Als sie saßen, meinte Jay: »Also, wollen mal sehen, ob ich das noch zusammenkriege. Die Arquillianer kommen aus der einen Galaxie, die Baltianer aus einer anderen, richtig? Und sie streiten sich um eine dritte von der Größe einer Murmel.«

»Das scheint die Sachlage zu sein, ja«, nickte Kay.

»Gut. Und die Wanzen wollen sicherstellen, daß bei denen der Streit weitergeht, und dazu ist unser Knabe Edgar hier. Um den Friedensvertrag zu sabotieren.«

»Wobei er ja bisher schon einigen Erfolg erzielt hat.«

Jay starrte durch ein paar Fußgänger hindurch, die die Straße überqueren wollten. Kay blinkte sie an und fuhr einen von ihnen fast um. Der gestikulierte wild hinter ihnen her, als sie vorbeisausten und nicht die Spur von langsamer wurden.

Jay überlegte weiter: »Ist mir trotzdem noch nicht klar. Warum schickt unser Zed nicht einfach eine Nachricht an beide, die A und B, und klärt sie über die Wanzen auf? Ich meine, die müssen doch mittlerweile auch einige Erahrungen mit den Kerlen haben, oder?«

»Gut gesprochen«, sagte Kay. Er riß das Steuerrad nach links, kurvte haarscharf um eine Frau mit einem Kinderwagen herum, die mitten auf der Straße war, und verfehlte sie knapp. »Die Sache ist nur die, daß diese Außenweltler uns Menschen kein bißchen trauen. Das geht auf... ein paar schlechte Erfahrungen mit uns hier unten zurück.«

»Schlechte Erfahrungen?« sagte Jay.

»Nun ja... Ja! In den ersten Jahren, als wir erstmals Aliens zu Besuch hatten, haben die ganz Cleveren diesen gutgläubigen Touristen den Eiffelturm und die Brooklyn Bridge gleich ein paar hundertmal verkauft. Gar nicht zu reden davon, daß ihnen Sumpfland in Florida in ganzen Quadratkilometergrößen angedreht wurde.«

»Ist nicht wahr.«

»Ist doch wahr. Vor ein paar Jahren gab es mal fast einen richtigen Krieg, als ein vulvarianischer Geschäftsmann auf diese Weise wirklich das Chrysler Building in Besitz nehmen wollte.«

»Gibt's ja gar nicht.«

»Gibt's eben doch. Und deshalb haben wir inzwischen nicht eben den Ruf braver galaktischer Pfadfinder, wenn es auf Vertrauenswürdigkeit, Loyalität, Hilfsbereitschaft und all das ankommt. Und dabei sind die Straßenräuber und die Straßengangs und die Strichmädchen und alle anderen, die am Touristennepp beteiligt sind, noch gar nicht dazugezählt. Wenn wir den Kapitänen der beiden Schlachtkreuzer da oben mitteilen würden, daß wir eine Wanze hier haben und die verantwortlich ist für den Tod ihres Fürsten beziehungsweise Botschafers, würden sie bestenfalls milde lächeln und nicken, sich aber dadurch kein bißchen daran hindern lassen, ihre Planetenwegpuster weiter schußbereit zu halten.«

»Dandwars.«

»Wie bitte?«

»Der andere war es. Hab das immer wieder gehört, im Dienst. Immer der andere. Hat man einem etwas reingewürgt, sagte der postwendend, nein, ich doch nicht, der andere war's, Sie irren sich komplett, großer Meister, kann ich gar nicht gewesen sein, weil ich nämlich zu der Zeit in Detroit war. Oder so.«

»Na, dann ist Ihnen unser Problem ja klar.«

»Yeah. Wir müssen unseren Wanzmann fangen, ihm die Galaxie abnehmen und dann flink mit der Zunge sein.«

»Vorausgesetzt, unser Edgar hat die Galaxie.«

»Was?«

Kay warf ihm einen Blick zu und überfuhr deshalb fast ein Rotlicht. Der Verkehrspolizist draußen hatte bereits seine Trillerpfeife im Mund und begann sich das Kennzeichen zu notieren. Weil Jay gut mit der Praxis auf der Straße vertraut war, wußte er, daß zwar wohl keine Anzeige kommen würde, der Mann sich aber aus der Kartei die Privatadresse besorgte, vor der Haustür auftauchte und einem einen Reifen zerstach oder den Lack zerkratzte. Bei seinem Wagen war dies allerdings kaum zu befürchte. Da lohnte es sich nicht einmal; und warum sollte einer es dann tun?

Kay sagte: »Wieso, glauben Sie, war er in dem Juwelierladen? Weil er einen hübschen Verlobungsring suchte?«

»Ich verstehe, was Sie meinen«, nickte Jay. »Wenn er die Galaxie schon hätte, wäre er längst nicht mehr da.« Er überlegte kurz. »Vielleicht hat er nicht rausgekriegt, was wir da wollten. Vielleicht hat er keine blasse Ahnung, wo das blöde Ding ist.«

»Das kann ich nicht glauben«, wehrte Kay kopfschüttelnd ab. »Er war vor uns in dem Laden und hat die gleichen Gegenstände gesehen wie wir. Beschränkt sind er und seinesgleichen ganz bestimmt nicht. Nein, wir können nur hoffen, daß wir schneller am Ziel sind als er.«

»Na, worauf warten wir dann noch? Warum treten Sie dann nicht drauf, daß es jault?«

Kay nickte.

Und trat drauf, daß es jaulte.

Laurel Weaver, zweite Autopsieärztin für die Stadt New York, stand über der Leiche eines Mannes, der in einem abgelegenen und finsteren Fleck im Central Park gefunden worden war. Der Körper wies zahlreiche Schußwunden im Kopf, im Gesicht und am ganzen Leib auf. Einige lebhaft spielende Pudel, die ihren Leinen entkommen waren, hatten ihn aufgespürt. Als ihr altes Frauchen, eine Dame mit blaugefärbten Haaren dazu gekommen war, hatten die Hunde bereits einen Arm ausgebuddelt und nagten an einem Finger. Der Tote hatte keine Papiere bei sich, aber er konnte noch nicht lange da liegen, einen Tag, höchstens zwei. Mit Hilfe der Fingerabdrücke konnte er als ein gewisser Arnold A. Cohen identifiziert werden, früherer Wall-Street-Finanzier, der seinen Kunden Millionen gekostet hatte, als der Ramschaktienmarkt zusammengebrochen war.

Er war angeklagt worden, hatte aber Kaution gestellt und war noch vor Prozeßbeginn untergetaucht.

Sechzehn Kugeln hatte Laurel Weaver bereits aus ihm herausgeholt. Und soweit sie es inzwischen feststellen konnte, stammten sie von vier verschiedenen Kalibern: .38er, 9 mm, .22er und .45er. Es mochte voreilig sein, aber Laurel Weaver neigte der Ansicht zu, daß ihn zumindest einige seiner Investoren aufgespürt haben mußten. Andernfalls blieb eigentlich nur die Vermutung, ein fanatischer Waffensammler habe sich an mehreren Stücken seiner Kollektion erfreuen wollen.

Sie legte die Stirn in Falten. Etwas ausgefallene Vermutungen, zweifellos. Blöd. Aber irgendwie war sie heute nicht so richtig in Form. Es war zwar ein ganz normaler Tag, nichts Außergewöhnliches, aber sie merkte, wie sie immer wieder die Konzentration verlor und vor sich hin träumte. Wie ihr plötzlich Dinge aus ihrer Kinderzeit einfielen. Als arbeitete ihr Gehirn nicht mehr ganz richtig. Es rotierte wie eine zerkratzte, alte, hängengebliebene Schallplatte immer wieder in der gleichen Rille.

Wahrscheinlich war sie einfach nur überarbeitet. Sie hatte in letzter Zeit ziemlich viel um die Ohren gehabt. Sie war urlaubsreif.

Sie richtete ihre Aufmerksamkeit wieder auf Mr. Cohen. Und fand noch ein weiteres Kaliber. .25er, diesmal.

War das denn wirklich denkbar, daß sie diesen Kerl mit fünf verschiedenen Waffen ums Leben gebracht hatten?

Teufel, das war ja wie in einem Krimi von Agatha Christie...

17

Edgar fand eine mechanische Signalvorrichtung auf der Theke des Leichenschauhauses. Er schlug mit der Hand auf den kleinen aus der metallenen Halbkugel hervorragenden Stab und wurde mit einem schrill klingelnden Ton belohnt. Er wiederholte den Vorgang mehrere Male.

Während dieses Läutens der Klingel fiel ihm auf, daß die Gliedmaßenendung seiner Edgar-Maske – die Hand – offenbar Abnutzungserscheinungen zeigte. Die Haut hatte eine schon leicht graue Farbe angenommen, und dünne Streifen des Integuments schälten sich allmählich vom darunterliegenden Fleisch.

Wenn er seinen Auftrag nicht rasch beendete, kam er nicht darum herum, sich doch noch einmal ein neues Kostüm zu verschaffen. Diese unangenehme Aussicht allein genügte schon, ihn zu größtmöglicher Eile anzutreiben.

Ein menschliches Gesicht erschien hinter der Scheibe eines kleinen Sicherheitskäfigs. Der Terraner trug einen kompakten papiergedruckten Leser bei sich – ein sogenanntes »Buch« –, auf dessen Umschlag die Wörter *Und Atlas zuckte nur* standen. Außerdem hatte er ein Gerät, dessen Funktion Edgar nicht gleich zu bestimmen vermochte. Es schien ein dünnes, flaches, handgroßes und rechteckiges flexibles Stück Kunststoff mit Schlitzen zu sein, das an einem dünnen, etwa menschenunterarmlangen Stab befestigt war. Eine Art Fächer vielleicht? Ein Signalgerät?

Auf der Brust trug der Humane ein Identifizierungsschild, auf welchem Tony stand. Der oder das Tony sagte: »Haben Sie vielen Dank für die Feststellung der Tatsache, daß unsere Klingel immer noch funktioniert.«

Eine kleine fliegende Kreatur summte um Edgar herum, zweifellos angezogen von der schon in Verwesung übergehenden Haut seines Kostüms. Das geflügelte Insekt ließ sich auf der Schaltertheke vor dem Humanen nieder. Edgar lächelte ihm zu.

Der Humane benutzte alsbald seine fächerartige Vorrichtung. Mit einer ruckartigen Bewegung versetzte er damit dem unglückseligen Insektoid einen Schlag.

Diese Tätigkeit versetzte das Insektoid in einen mehr oder minder plattgequetschten Zustand, und eine gewisse Menge seiner Körpermasse spritzte links und rechts daraus hervor.

»Treffer!« sagte der Humane. Er hob sein Klatschinstrument hoch und schabte mit dessen Vorderkante das tote Insektoid vom Tisch. Er schob noch etwas nach, bis die zerquetschte Kreatur über den Rand auf den Boden fiel. »Was kann ich für Sie tun, Farmer John?« fragte er dann Edgar. »Außer etwas Seife bringen, meine ich? Lieber Freund, Sie haben ein ganz schönes KG-Problem. Körpergeruch.« Er rümpfte die Nase. Zu jeder anderen Zeit hätte Edgar den oder das Tony auf der Stelle bestraft. Aber er war schließlich in großer Eile. »Hier ist vor kurzem ein Humane hereingekommen. Ein toter Mann.«

Die Kreatur rollte ihre häßlichen Augen in den knochigen Höhlen. »Was du nicht sagst, Mann! Ein Toter, hier im Leichenschauhaus! Na, so was aber auch! Und was, bitte, hat mir das zu sagen?«

Edgar brachte ein Lächeln zustande, wenn es auch keine leichte Aufgabe war. »Dieser Tote war ein Freund von mir. Er hatte ein Tier bei sich, ein Haustier... eine Katze. Die war ein Geschenk von mir, und nachdem er jetzt tot ist, hätte ich es, sie, gerne zurück.«

»Aha, ja, verstehe, kann ich verstehen. Das ist kein Problem. Nur, ich brauche einen Ausweis mit Bild, den schriftlichen Eigentümerbeleg der Katze oder einen notariell beglaubigten Nachweis für die Verwandschaft mit dem Verstorbenen …«

Human-Tony benutzte noch einmal seinen Zerquetscher und schlug damit ein weiteres geflügeltes Insektoid tot, welches das Pech gehabt hatte, sich auf der Schaltertheke ganz in der Nähe der Stelle niederzulassen, wo nur Augenblicke zuvor seine Bruderkreatur umgebracht worden war.

»Tun Sie das nicht«, sagte Edgar und bemühte sich, seine gutartige Miene beizubehalten.

»Was tun?« fragte Tony, ließ seinen Zerquetscher – »Fliegenklatsche«, sagte der Translator – herabsausen und ermordete einen dritten Bruder. »Sind Sie Vegetarier oder was?«

Edgar legte schwer seine Hand auf die Schalterplatte. Mehrere der größeren Insektoiden, die sich unter seiner Kleidung hatten mitnehmen lassen, wählten diesen Augenblick zum Aussteigen.

»Ja, was ist denn das, Sie haben ja Schaben, Mann!«

Der Leichenschauhaus-Wärter bückte sich und kam mit einem metallenen Zylinder wieder hoch. Auf dieser sogenannten *Sprühdose*, laut Translator, befand sich das Bild eines sterbenden Insektoids samt dem Wort »Ausrottung« in großen farbigen Buchstaben.

Edgar verzichtete auf weitere Lächelbemühungen und ersetzte sie durch eine gerunzelte Stirn.

Das Tony deutete mit seinem zylinderischen Behälter auf die kleinen Brüder und drückte auf den kleinen Plastikknopf ganz oben.

»Nein, das werden Sie nicht tun, denke ich«, sagte Edgar.

Kay fuhr rechts ran und hielt. Jay sagte: »Und wenn ich das jetzt mal mache? Sie können hier draußen warten.«

Kay sah ihn sprachlos an. »Wie bitte? Warum, zum Teufel, sollte ich das tun?«

»Weil wir lediglich die Katze brauchen. Ich kann da reingehen, sie holen, und in fünf Minuten bin ich wieder da. Wenn Sie reingehen, dann machen Sie mit der Doktorin wieder das ganze Zeugs, blitzen sie mit ihrem Hirnblockierer an und verpassen ihr womöglich noch Leukämie oder irgendeinen Quatsch. Die Frau ist Ärztin, die braucht ihr Wissen, der können Sie doch nicht einfach ihr halbes Medizinstudium wegbeamen!«

Kay grinste. »Die gefällt Ihnen wirklich, wie? Na gut, meinetwegen. Aber nur fünf Minuten.«

Edgar schnappte sich die feminine Humane und schleuderte sie quer durch den ganzen Raum. Sie schrammte an die Wand und rutschte total verblüfft daran hinunter. Er kam ihr nach und stand über ihr.

»Wo ist es? Das Tier?«

Das Humanweibchen schüttelte den Kopf. »Ich sagte Ihnen doch, ich weiß es nicht. Sie ist unter eine von den Bahren gelaufen oder sonstwohin, da drüben vielleicht.«

»Sehen Sie zu, daß Sie sie finden!« Er packte sie wieder, zerrte sie hoch und schleppte sie in die Richtung, in die sie gezeigt hatte.

Das Menschenweibchen rief: »Hier, Mieze! Komm her, Orion, komm, Baby!«

»Orion?«

»Das ist ihr Name auf dem Halsband«, sagte sie. »Komm, Miezmiez ...!«

Es sah aus wie ein verwischter Strich, als das Tier an ihnen vorbeisauste. Für eine Kreatur mit Fell war sie sehr schnell. Sie rannte quer durch den Raum, sprang auf ein Abstellkabinett, kletterte noch höher auf ein anderes und verschwand.

Edgar knurrte und machte sich an die Verfolgung.

Da klingelte diese Glocke am Eingang wieder.

»Hallo!« rief eine menschliche Stimme. »Jemand zu Hause?«

Edgar erkannte die Stimme. Das war einer von diesen Grenzpatrouillenhumanen. Der, der vor dem Tandladen auf ihn geschossen hatte! Zweifellos war er bewaffnet und suchte ihn. Aber hier drinnen gab es keinerlei Möglichkeit zum Manövrieren, hier saß er auf dem Präsentierteller.

Er funkelte das Menschenweibchen an. »Möchten Sie weiterleben?«

»Ja.«

»Dann tun Sie genau, was ich Ihnen sage.«

Laurel Weaver hatte gemeint, der Tote mit den achtzehn Kugeln fünf verschiedener Kaliber im Leib wäre das Ungewöhnlichste, was ihr begegnet war. Doch dieser Waldschrat hier schlug selbst das noch. Falls ihre Nase nicht plötzlich falsch funktionierte, roch er, als sei er tot. Und ein schneller Blick auf ihn – nun, man mußte nicht unbedingt promovierter Dermatologe sein, um zu sehen, daß der Mann eine ziemlich schwere Hautkrankheit hatte. Bleich, grau, voller Flekken, und sie schälte sich kaum weniger als bei jemandem, der am Strand mitten im August ohne Sonnenschutzfaktor eingeschlafen war. Und überhaupt sah sie schlaff und hängend aus wie bei einem alten Elefanten. Am Hals und an den Armen schlug sie Falten, wie Laurel Weaver noch nie an jemandem Hautfalten hängen gesehen hatte.

Nur, wer oder was er auch war, Kraft hatte der Kerl wie

ein Ochse, und gefährlich war er auch. Sie verspürte wenig Lust, selbst bei ihren Klienten auf dem Autopsietisch zu landen. Sie hoffte, daß, wer da zur Tür hereinkam, imstande war, sie hier herauszuholen, bevor dieser King Kong sie umgebracht hatte.

Und dann kam ein gutaussehender junger Mann in ihr Blickfeld. Er sah irgendwie bekannt aus, aber sie wußte absolut nicht, wo sie ihn einordnen sollte.

Jay hatte gesehen, daß die Tür hinter der Schaltertheke und dem Pförtnerhäuschen offen war, und ging einfach hinein.

Er fand den Autopsiesaal. Und da war auch die Ärztin. Sie stand neben dem Autopsietisch, auf dem allerdings keine Leiche lag. Nur ein Tuch war darüber gebreitet, es reichte bis zum Boden. Und sie stand einfach da, als habe sie vergessen, wer sie sei. Hatte dieser verdammte Gehirnverwirrer von Kay etwa Folgen hinterlassen?

Auf dem Tisch hinter ihr lag die Leiche eines Weißen mittleren Alters. Sah aus, als habe er als Zielscheibe gedient.

»Hi«, sagte er.

»Hallo«, sagte Laurel Weaver. Ihre Stimme klang entschieden seltsam. Er mußte wirklich ein Wörtchen mit Kay reden wegen dieser Geschichte, ihr das Gehirn zu vernebeln. Und daran denken, daß sie sich ja nicht an ihn erinnern konnte, er ihr also nichts davon sagen sollte.

Na gut. Als Polizist konnte er allemal auftreten. Vielleicht sogar seinen richtigen Namen verwenden. Allerdings hatte es wohl wenig Sinn, auf diese Weise Verwirrung zu stiften. Also sagte er: »Ich bin... Sergeant... Preston, vom 26. Revier. Da ist von uns zusammen mit einer Leiche eine Katze hierhergebracht worden. Könnte sein, daß auf ihrem Halsband der Name Orion stand.«

»Ja. Stimmt. Eine Katze. Eine allseits beliebte Katze.«

»Genau. Die Sache ist die, diese Katze ist... Zeugin in einer Mordsache. Ich muß sie mitnehmen.«

»Ja, schon... nur... also ich weiß nicht, wo sie ist, jetzt gerade im Moment«, sagte sie und machte eine hilflose Geste.

»Das wissen Sie nicht?«

»Nein.« Sie senkte ein wenig die Stimme. »Vielleicht könnten Sie mich statt dessen mitnehmen?«

»Wie bitte?«

»Ich sagte: Vielleicht könnten Sie mich statt dessen mitnehmen?«

Jay grinste. »Na, Sie gehen aber ran, was?«

Ihr Gesicht wurde ernst, und ihr Flüstern war fast ein Zischen: »Hören Sie zu, ich möchte wirklich gerne und jetzt sofort mit Ihnen gehen.«

Er grinste erneut. Wer sagte es denn? Anderer Name, andere Kleidung, na und. Er hatte es immer noch drauf. Der alte Charme schlug nach wie vor durch. Ganz klar.

Gott im Himmel, dachte Laurel Weaver, der Schafskopf kapiert nichts und denkt nur, ich mache ihn an! Wenn er Polizist ist, muß er eine Pistole unter seinem häßlichen schwarzen Anzug haben, und ich muß mir etwas ausdenken, daß er es kapiert. Aber ohne daß er ahnt, worauf ich aus bin. Subtil. Ganz subtil bleiben.

Kay stieg aus dem Wagen, schaltete die Alarmanlage ein und ging zum Gebäude. Der Junge versuchte es ja gut zu machen, aber den ganzen Tag konnte er wirklich nicht auf ihn warten. Wenn das Schicksal der Erde, von der ganzen Galaxis gar nicht zu reden, auf dem Spiel stand, war keine Zeit, Frauen anzubaggern.

Er fand den Weg zum Schalter. Es war kein Pförtner zu sehen. Wahrscheinlich war er gerade am Telefon oder sonstwas. Na, also gut, sollte der Junge noch ein paar Minuten haben. Außerdem brauchte er jetzt dringend eine Kippe.

Er holte ein Zigarettenpäckchen heraus, lehnte sich an die Schaltertheke und suchte nach Feuer. Den Teufel auch, wenn die Welt ohnehin kaputtging, machte eine Lulle mehr oder weniger auch keinen Unteschied mehr. Irgendwo mußte er doch noch Streichhölzer haben...

»Ich möchte wirklich mit Ihnen mitgehen, jetzt gleich«, sagte Laurel Weaver noch einmal.

»So?« grinste Jay. »Und warum?«

Aber sie erwiderte seine Anmache nicht. »Können wir gehen?« drängte sie. Sie sah an sich hinab. »Da ist etwas, das ich Ihnen zeigen möchte.«

Sie beugte sich zu ihm vor und senkte ihre Stimme noch stärker. Ihr Gesicht war äußerst angespannt.

War das etwa die nackte Begierde?

»Sie verstehen nicht«, sagte sie. »Sie müssen das wirklich unbedingt sehen.«

Er nickte. »Verstehe. Und bin auch sehr erfreut darüber, glauben Sie mir. Aber wir wollen eines klarstellen, ja? Ich bin hier nicht auf einem Macho-Trip oder so, aber ich möchte schon selbst am Steuer bleiben und fahren, verstehen Sie?«

Wie konnte sie nur gedacht haben, der Junge sei clever? Ein solcher Trottel! Was mußte sie noch tun? Ihm ein Bild malen? Ihm ans Schienbein treten? Männer! Alle dachten sie, sie seien Gottes großes Geschenk an die Frauen. Aber ein jeder!

Sie mußte das jetzt durchkriegen, und zwar schnell. Keine Zeit mehr für Subtiltitäten. Los jetzt, Mädchen! Wenn er ein Cop war, mußte er ja wohl wissen, wie man mit bösen Buben fertig wurde, oder?

Kay strich sich ein Zündholz für seine Zigarette an. Es zischte und ging aus. Er zog die Stirn in Falten, ließ es fallen und griff nach einem anderen…

Laurel sah ihn mit einem Ausdruck an, der alles andere als freundlich war. »Jetzt hören Sie mal zu, Sie Dummkopf, ich sehe ja, daß Ihr Gehirn nicht richtig funktioniert, aber da ist etwas, wobei Sie mir hel-fen müs-sen!« Und sie deutete auf den Autopsietisch.

Aber Jay grinste wieder nur. Auf dem Tisch, jetzt gleich? Mann!

Ein solcher Idiot! dachte Laurel. Kretin! Volltrottel! Gipskopf! Ignorant! Hornochse! Am liebsten hätte sie ihm eine geklebt. Und dennoch, bei alldem wurde sie einfach das Gefühl nicht los, ihn von irgendwoher zu kennen. Und daß er wirklich süß und niedlich war. Vielleicht besaß er ja verborgene Talente? So mußte es sein.

»Un-ter dem Ti-isch«, flüsterte sie.

Unter dem Tisch?

O Gott!

Endlich fiel der Groschen. Mann, sie machte ihn überhaupt nicht an! Sie warnte in vielmehr!

Er zog die Minipistole, die er als Dienstwaffe bekommen hatte –

Na endlich hatte er es kapiert!

Aber was für ein winziges Ding hatte er da in der Hand? Sie kniff die Brauen zu einer Falte über der Nasenwurzel zusammen. Seit wann trugen New Yorker Polizisten solche Dinger?

Auch sein zweites Streichholz ging Kay aus. Er wunderte sich nun doch und merkte, daß etwas Glibbriges an dem Streichholz klebte. Wo kam das denn her?

Er blickte nach oben.

Wie ein Klumpen klebriger Masse hing ein Toter an der Decke, und von ihm tropfte das Zeug herunter. Er hatte eine Dose Fliegenspray in einer Hand und einen echt verblüfften Gesichtsausdruck.

Ach du Scheiße! Man brauchte kein Meteorologe zu ein, um sofort zu sehen, woher der Wind wehte! Verdammt! Edgar war ihnen zuvorgekommen!

Er zog seine Waffe und rannte zu der Tür hinter der Schaltertheke.

Der Autopsietisch flog hoch, als sei eine Bombe unter ihm losgegangen. Und da stand Edgar. Jay riß seine Grille herum, aber da hatte Edgar sich bereits Laurel Weaver gegriffen und ihr den Lauf einer Pistole unter das Kinn gepreßt. In diesem Augenblick kam Kay mit seinem Deatomisator hereingerannt.

»Keine Bewegung, Wanze!« schrie er und zielte auf Edgar, beidhändig und regungslos.

»Nicht schießen!« brüllte Jay. »Nicht schießen!« Er zielte seinerseits auf Edgar, wußte aber, daß der selbst aus dieser Nähe kein sicheres Ziel war. Zumal er keine Ahnung hatte, wie zielgenau die kleine Grille überhaupt schoß.

»Großer Gott, sind Sie ein Schnellspanner!« sagte Laurel zu ihm.

»Tut mir leid. Wie sollte ich das ahnen?«

»Was mußte ich denn noch tun? Es Ihnen vorsingen? Höret, hört, da ist ein Psy-cho-path unter dem Ti-hisch?«

»Na, vielleicht hätten Sie ja auch was anderes versuchen können als diese Art... als wären Sie eine Nutte.«

»Das ist ja wieder mal typisch Mann! Sobald eine Frau mal das kleinste Zeichen von Unabhängigkeit und Selbständigkeit von sich gibt, wissen sie nicht mehr, was sie machen sollen. Ich muß geistesverwirrt gewesen sein, Sie einen Augenblick lang für nett gehalten zu haben.«

»Sie dachten, ich sei nett?«

»Ich unterbreche euer Paarungsritual ungern«, ließ sich Edgar vernehmen, »aber nehmt eure Waffen runter!«

»Nichts zu machen, Insekt!« erklärte Kay. »Du nimmst vielmehr *deine* runter.«

Edgar begann zurückzuweichen und zerrte Laurel Weaver mit sich.

»Laß sie los!« rief Kay.

»Damit Sie mich deatomisieren können? Nicht doch. Ohne auch sie zu töten, könnt ihr mich nicht treffen.«

Er ging weiter rückwärts, hinaus auf den Gang. Es gab ein kleines Guckfenster dort, aber es war zugemalt.

Kay und Jay folgten den beiden.

»Bleibt zurück!« sagte Edgar. »Oder ich töte sie.«

»Wenn du das tust, ist es mit Sicherheit auch dein Ende, Freundchen«, sagte Kay. »Du weißt doch ganz genau, daß wir dich nicht entkommen lassen können, auch um den Preis des Verlusts einer unschuldigen Zivilistin.«

»Verlust einer Zivilistin?« sagte Laurel Weaver. »Sprechen wir da zufällig von mir?«

»Schon gut, Laurel«, sagte Jay.

»Ach ja, wirklich? Und wie wirst du das anstellen, Grünschnabel?« Sie warf einen hastigen Blick auf Edgar und seine Waffe.

»Ich meinte, es wird schon alles gut«, korrigierte sich Jay. »Wir lassen uns was einfallen.«

»Darauf würde ich keine Wetten abschließen, Fleischsack«, sagte Edgar.

»Zum letztenmal«, unterbrach Kay das Geplauder. »Laß sie los, du Scheißefresser.« Er zielte mitten in Edgars Gesicht.

»Das heißt Dung, mein Lieber, nicht Scheiße. Und hören Sie mir jetzt genau zu. Es mag sein, daß ich bis ans Ende meiner Galaxis muß, aber im Vergleich zu euch bin ich ganz oben auf der evolutionären Leiter, also laßt dieses schwachsinnige Geschwätz.«

In ebendiesem Augenblick beschloß die Katze Orion, ihre zwei Cent Kaufwert in die Waagschale zu werfen, kam von irgendwoher angeschlichen und sprang als geballte Ladung von Fauchen, Krallen und Zähnen auf Edgar, landete auf dessen Kopf und verbiß und verkrallte sich darin. Edgar ließ Laurel los, schlug mit seiner freien Hand nach oben und packte den Kater. Er sah das kleine Glöcklein an seinem Halsband und grinste.

Kay hatte recht gehabt, beschränkt war er nicht.

Edgar griff sich das Glöckchen, riß es ab und schleuderte die Katze weg, alles mit seiner einen freien und erstaunlich flinken Hand, ohne die Pistole in der anderen von Laurel Weavers Kinn zu nehmen. Er schob sich das Glöckchen in den Mund, verschluckte es und grinste tückisch.

»Verdammt noch mal«, murmelte Kay. »Entschuldigung, Lady, aber jetzt habe ich keine andere Wahl mehr.«

Er streckte seine Waffe vor.

»Nicht!« schrie Jay. »Nicht, Kay!«

Aber da flogen Edgar und Laurel bereits gegen das Fenster und brachen durch, als Kay schoß und damit die ganze Abschlußmauer des Gangs in einem gewaltigen Donner atomisierte und buchstäblich verschwinden ließ.

Als sich der Staub verzogen hatte, rannte Jay auf das Loch zu, wo eben noch eine Mauer gewesen war. Dahinter befand sich ein von unten bis ganz oben durchgehender Luftschacht. Jay blickte suchend in beide Richtungen, abwärts und aufwärts, aber weit und breit war nichts von den beiden zu sehen.

Er starrte Kay an und dann dessen Waffe. »Haben Sie das damit… war das… sind sie…?«

Kay beugte sich in den Luftschacht hinein. »Nein, ich habe sie nicht getroffen. Kommen Sie!«

Sie eilten zum Ausgang.

Das war schlecht. Sehr schlecht.

18

Das verlief alles gar nicht, wie Edgar es sich vorgestellt hatte. Von den fleischigen Kerlen mit brauchbaren Waffen angeschossen zu werden bedeutete im allgemeinen nichts Gutes.

Sein Schiff war gekapert, die Außenweltler hatten inzwischen zweifellos damit begonnen, sich mit ihren Planetenzerschießern auf die Schlacht vorzubereiten. Grenzpatrouillen fahndeten nach ihm und hatten immerhin einen kleinen Vorsprung vor jeglicher Technologie, die von anderen Welten auf diesen Planeten gebracht wurde.

Nein, das waren alles keine guten Konstellationen.

Andererseits war er es, der den Preis hatte. Und dazu hatte er noch eine Geisel, die einigen Wert zu haben schien – aber doch nicht so viel, angesichts des Deatomisators, den einer der Fleischsäcke erfolglos auf ihn abgefeuert hatte. Und er hatte einen Vorsprung.

Zugegeben, sein Schiff war ihm unzugänglich, aber es war ja sowieso nur noch eine schrottreife Kiste, die ihm womöglich unter dem Sitz weggebrochen wäre. Also, so ein großer Verlust war es auch wieder nicht. Es gab noch andere Möglichkeiten, von dieser Dreckskugel wieder abzuheben. Und eine davon hatte er bereits im Sinn.

»Wo wollen wir hin?« schrie das Menschenweibchen.

»Halten Sie den Mund«, befahl ihr Edgar. Er hatte sie unter dem Arm wie ein Paket. Sie war zwar nicht sehr schwer, aber es war doch ein wenig umständlich, sie so zu tragen. Wohin sie sich, was ihre Frage betraf, jetzt gleich begeben würden, war für ihn allerdings weniger das Problem, als wie sie dorthin kommen sollten. Dies mit besonderer Berücksichtigung der Tatsache, daß Edgar weder wußte, wo der Ort war, den er benötigte, noch, auf welche Weise er dorthin gelangen sollte, falls er es denn gewußt hätte. Ganz schön verzwickt. Doch hatte er sich nicht diesen örtlichen Stadtführer verschafft? Der sollte zumindest den Teil des Problems lösen können.

Waren sie erst einmal aus dem Gebäude und auf der Straße, dann würde sich auch das Transportproblem lösen lassen.

Sie gelangten hinaus auf den geteerten Gehsteig. Edgar trat auf die Fahrbahn und stellte sich vor ein Mietvehikel, das man hier *cab* nannte, anderswo auch *Taxi.*

Das Vehikel kam mit quietschenden Reifen nur um Haaresbreite vor ihm und seinem Menschenweibchen zum Stehen. Der Pilot des Fahrzeugs beugte sich natürlich sofort aus dem Seitenfenster und machte die universelle Grußgeste. Dazu fing er an zu schreien.

Edgars Translator war zwar ein Modell auf dem letzten technischen Stand mit der Erkennungsfähigkeit von über zweihundert Humandialekten, die ihm einprogrammiert waren, aber der herausgespuckten Sprache dieses Piloten war er nicht gewachsen. Wie gelang es diesen Humanen überhaupt, auch nur untereinander zu kommunizieren, unter solchen Umständen?

Er bewegte sich auf den Piloten zu, immer noch mit dem Weibchen unter dem Arm, das er mit sich schleppte.

Der Pilot brüllte etwas, das klang wie: »Bong-ong-fong-gong, spong dein momma!«

Keine Zeit, keine Zeit! Die Fleischsäcke hinter ihm mußten jeden Augenblick zur Tür herauskommen und ihn ein weiteres Mal aufs Korn nehmen. Er griff in das Vehikel, packte den Piloten am Kragen und zerrte ihn durch das offene Fenster heraus. Er schleuderte ihn weg und erinnerte sich dann gerade noch daran, daß er ja die Tür aufmachen mußte. Das tat er, sprang in das Vehikel, zerrte das Weibchen mit sich und sagte: »Ich bin mit den lokalen Verkehrswegen nicht vertraut. Sie werden das Vehikel bedienen. Transportieren Sie uns zu dieser Örtlichkeit hier!«

»Wie, was?«

»Sie sollen uns zu dieser Örtlichkeit hier transportieren!«

»Was?«

Keine Zeit, keine Zeit! Er fletschte ihr aus seiner Edgar-Maske heraus seine drei Reihen Fangzähne entgegen. Dabei mußte er notgedrungen das Gesicht etwas in die Länge verzerren.

Laurel Weaver schrie entsetzt auf.

Verdammt! Edgar betätigte den Getriebemechanismus des Fahrzeugs und trat gleichzeitig auf das Beschleunigungspedal. Das Vehikel machte einen Satz vorwärts, das Weibchen griff unwillkürlich in das Richtungssteuerungsrad.

»Schon gut, schon gut, verstanden, verstanden!« sagte sie.

»Die Örtlichkeit, welche aufzusuchen es mich drängt, ist Ihnen bekannt?«

»Ja doch. Ja.«

»Gut. Dann respektieren Sie die örtlichen Straßenverkehrs- und Fahrzeugsreglementierungen, und bewegen Sie sich dorthin mit der gesetzlich höchstzulässigen Geschwindigkeit.«

Der bisherige Insasse des Vehikels rannte hinter ihnen her und fuchtelte mit den Armen in der Luft herum. Was er äußerte, mochten wohl Flüche sein, welche Sprache es auch immer war, in der er sich fließend auszudrücken gewohnt war. Edgar drehte sich um und grüßte ihn mit der Universalgeste. Dieses Fingersignal bedeutete offensichtlich vielerlei. Hallo, Zustimmung und Verstehen, Bestätigung und Irritation. Eines der wenigen Dinge auf diesem Planeten, die er wirklich nützlich und sinnnvoll fand.

Gut. Bisher lief das alles gar nicht so schlecht. Er lebte noch, er hatte die Galaxis, und er war fürs erste seinen Verfolgern entkommen.

Es hätte bedeutend schlechter sein können.

Er lehnte sich zurück und betrachtete das Weibchen. Eine häßliche Kreatur. Wie konnten die Männchen der hiesigen Spezies diese – *Monster* wie die da sexuell attraktiv finden? Gut, möglicherweise hatte sie einige ansprechende Charakteristika, irgendwelche verborgenen olfaktorischen Komponenten, Geruchsanziehung vielleicht oder sonst ein männchenherbeirufendes Signal. Man mußte wohl Terraner sein, um das zu erkennen, denn er jedenfalls vermochte es nicht. Schwer genug, die Weibchen von den Männchen zu unterscheiden, geschweige die hier von anderen ihrer gleichen geschlechtsspezifischen Ausformung.

Für ihn sahen sie alle gleich aus.

Sicher, die hier war die Verwahrerin der Toten. Das war dort, woher er kam, eine vergleichsweise gehobene Position. Die Fähigkeit, Leichennahrung zu verdauen, brachte immerhin eine gewisse Machtstellung mit sich.

Laurel wußte von dem Moment an, als der Psychopath hier mit ihr unter dem Arm durch das Fenster ihres Büros gesprungen war, aber sicher landete, um dann so leichtfüßig wie ein auf dem Mond herumhüpfender Astronaut auf die Straße hinauszurennen, daß sie in ernsten Schwierigkeiten war.

Denn der Mann war, dies wurde ihr rasch klar, alles andere als ein gewöhnlicher Psychopath.

Wie er – nein, doch besser: *es* – den Taxifahrer mit einer Hand aus seinem Wagen zerrte und wegschleuderte, als sei er eine leere Coladose, war ein weiteres Indiz dafür. Schön, bis dahin konnte man vielleicht immer noch argumentieren, der Bursche sei lediglich bis in die Haarspitzen mit irgendeiner irren Ausflippdroge vollgepumpt. Steroide, Speed, Engelsstaub und wie das Zeug alles hieß. Unwahrscheinlich, zugegeben, aber immerhin denkbar und möglich.

Aber als er dann das Maul fletschte, in dem tatsächlich drei Reihen Zähne wie bei einem Hai zu sitzen schienen, was nun einmal bei einem Menschen unmöglich war – klipp und klar unmöglich –, da war ihr endlich unter Ausschluß jeden Zweifels klar, daß sie es bei dem Ding, das da neben ihr saß und ihr zu fahren befahl, auf keinen Fall mit einem menschlichen Wesen zu tun hatte.

Und dieser Polizist – falls er wirklich einer war – und der andere Mann mit seiner Riesenkanone hatten es ebenfalls gewußt. Von einer *Wanze* hatte der Weiße gesprochen.

Nun sah das Ding ganz und gar nicht wie die Wanzen oder Käfer aus, die sie bisher in ihrem Leben gesehen hatte. In was war sie da eigentlich hineingeraten? Das war alles derart unglaublich, daß sie sich immer noch nicht den geringsten Reim darauf machen konnte.

»Bewegen wir uns in der korrekten Richtung voran?« fragte das Ding.

»Ja doch«, sagte sie.

»Fahren Sie damit fort«, wies es sie an.

Laurel Weaver mochte nicht die allerintelligenteste Frau der Welt sein, das räumte sie ein. Aber beschränkt war sie nicht. Sie rechnete zwei und zwei zusammen und kam zu dem logischen Schluß, daß dieses Monster da neben ihr nicht von dieser Welt sein konnte. Sah nicht so aus, benahm sich nicht so, redete merkwürdig. Konnte nicht menschlich sein. Nicht mit dieser Physiognomie. Und sie war nicht davon überzeugt, daß es auf der Erde andere intelligente Lebewesen außer den Menschen gab. Yeti hin, Sasquatch Bigfoot her.

Ergo, dieses Wesen war nicht von hier.

Ein Alien, ein Außerirdischer.

Ein kleines grünes Männchen! Allerdings gar nicht *so* klein. Und außerdem … also, Großmutter, warum hast du so große Zähne?

Sie war von einem Außerirdischen gekidnappt und gezwungen worden zu fahren, nach, nach –

Ein plötzlicher unbändiger Lachreiz überkam sie, aber es

gelang ihr, ihn im Zaum zu halten. Wenn sie dem erst einmal freien Lauf ließ, wer weiß, wo das endete. Sie wußte schließlich alles über hysterische Anfälle und daß sie augenblicklich selbst nicht weit von einem solchen entfernt war.

Gekidnappt von einem Alien!

Das war doch höchstens eine Schlagzeile aus einem dieser Revolverblätter, die sich die irrsten Dinge aus den Fingern sogen!

Kein Mensch glaubte ihr das, die Kollegen sowieso nicht. Immer vorausgesetzt, sie überlebte dies hier überhaupt, um es erzählen zu können.

Aber wenn er sie töten wollte, hätte er das doch schon längst tun können?

Natürlich nicht, wenn er mich als Fahrerin braucht, zirpte ihre innere Stimme leise. *Und vielleicht hat er ja auch andere Pläne mit mir. Denk nur mal an diese Schlagzeile damals:* ALIEN ZEUGTE MEIN KIND! *Und diese ganzen Tests und Substanzproben, die da angeblich immer gemacht werden, was ist damit?*

Ganz toll. Alles, was mir gerade noch gefehlt hat.

Sie warf einen Blick auf den Außerirdischen. Dessen Haut schälte sich und war fleckig, schien nicht ganz in Ordnung zu sein. Irgend etwas stimmte da ganz entschieden nicht. Hätte sie das alles schon früher bemerkt, wäre sie vielleicht ungeschoren davongekommen.

Aber es hatte keinen Sinn, darüber zu sinnieren, was anders gewesen wäre, wenn. Oder hätte sein können.

Und was wollte das Wesen eigentlich mit der Katze? Sie hatte gesehen, wie es ihr das Halsband abgerissen hatte, oder zumindest das kleine Glöckchen daran. Das aber kaputt sein mußte. Sie jedenfalls hatte es nie klingeln gehört. Worum ging es bei alledem eigentlich?

Na, war ja auch egal. Bring die Kreatur hin, wo sie hinwill, und fertig. Sobald er, sie, es dann aussteigt, in der nächsten Sekunde aufs Gaspedal und ab durch die Mitte!

Ein großartiger Plan war das nicht gerade, aber ein besserer fiel ihr im Augenblick nicht ein.

»Sie sind in einem Taxi!« schrie Jay.

»Wie kommen Sie darauf?«

Jay wies auf den in der Mitte der Fahrbahn stehenden Mann, der wild gestikulierte und in einer unbekannten Sprache schimpfte und brüllte. »Das kann nur ein Taxifahrer sein.«

Er rannte zum nächsten einiger an der Kreuzung im Stau stehender Taxis, schlug an die Scheiben und schrie: »Laurel! Laurel!«

Die Szene fuhr einer Anzahl erschreckter Leute ringsum in die Glieder. Vermutlich also Touristen. Einheimische reagierten nicht auf derlei, so auch jetzt nicht; sie lasen weiter ungerührt ihre Zeitung. Oder was die Leute sonst so tun auf den Rücksitzen von Taxis.

Er hatte sich fünfzehn weitere Taxis nach vorne gekämpft, als es hinter ihm hupte. Er sah nicht einmal auf.

»Sie verschwenden nur unsere Zeit«, rief Kay.

Jay drehte ich um. Kay kam mit dem LTD angefahren.

»Steigen Sie ein. Im Taxi reist er nicht von unserem Planeten ab.«

»Was?«

»Wir haben doch sein Schiff. Steigen Sie endlich ein.«

Im MiB-Gebäude ging es bedeutend ruhiger zu, als Jay bisher erlebt hatte. Eine Menge Außerirdischer waren nicht mehr da. Die Zwillinge allerdings gab es treu und brav noch immer.

Zed winkte Kay und Jay zu sich, als er sie kommen sah.

»Die beiden Kriegsschiffe da oben sind immer noch da«, erläuterte er ihnen und deutete auf die große Projektionswand. »Beide glauben sie, die anderen hätten ihren eigenen Mann auf dem Gewissen, und ebenso, die anderen seien im Besitz der Galaxie. Soweit wir das erkennen können.«

»Und beide denken sie, wir seien im Bund mit den jeweils anderen.«

»Hervorragend!« bemerkte Jay. »Und Edgar, die Wanze, hat sie in Wirklichkeit.«

»Wir hatten ihn schon«, berichtete Kay, »aber er ist uns wieder entkommen. Und jetzt hat er nicht nur die Galaxie, sondern auch noch eine Geisel, die Autopsieärztin.« Er seufzte. »Wir werden alt, Zed. Ich hätte ihn kriegen müssen.«

»Wir werden alle nicht jünger«, tröstete ihn Zed. »Mit Ausnahme unseres Speedy Gonzales' hier, natürlich.« Er nickte zu Jay hinüber. »Sie glauben doch nicht wirklich, daß er hierherkommt?«

Kay sagte: »Sein Schiff haben wir auf dem großen Abstellplatz hinter dem Gebäude. Inzwischen, denke ich, weiß jeder Pilot eines jeden Schiffs da draußen mit Sternsprungkapazität über zehn Lichtjahre, daß wir hier eine Wanze sitzen haben, auf unserer Erde. Und daß sie deshalb jeden von der Erde abreisenden Passagier genauestens unter die Lupe nehmen.«

»Das dürfte wohl zutreffen«, nickte Zed.

»Stehen denn Wachen an dem Schiff hinterm Haus?« fragte Jay.

»Selbstverständlich. Ich kann mir nicht denken, daß er, die Wanze, so dämlich ist und hier antanzt und glaubt, er bräuchte sich seine Kiste einfach nur zu schnappen und abzudüsen.«

»Ja, aber er hat immerhin eine Geisel«, gab Jay zu bedenken. Der alte Mann musterte ihn. »Wenn diese Wanze mit dem, was sowohl die A wie die B haben wollen, ins All abreist, Sohn, dann ist die Wahrscheinlichkeit ziemlich groß, daß dieser ganze Planet hier zerplatzt und in Rauch und Flammen aufgeht. Kleine Stichflammen vielleicht, wie bei einem Feueranzünder an der Grillkohle. Und das war es dann. Wenn wir aber alle antreten, um die Wanze zu schnappen, damit ebendies verhindert wird, dann werden wir tun, was dazu nötig ist. Und wenn seine Geisel Mutter Teresa persönlich wäre.«

»Das würden Sie tun? Auch wenn Laurel dazwischen stehen würde?«

Kay und Zed wechselten einen Blick.

Und Kay faßte ihn fest ins Auge. »Das würden wir tun, ja. Und Sie ebenfalls, Jay.«

Jay dachte kurz nach. Mit Terroristen, wußte er, verhandelte man natürlich nicht, und selbst wenn bei ihm persönliche Gefühle für Laurel Weaver im Spiel waren, so konnte er natürlich nicht in Erwägung ziehen, ihretwegen jedes lebende Wesen auf dem ganzen Planeten auszulöschen. Das war denn doch eine zu ungleiche Rechnung.

Tja. Er kam wohl nicht darum herum, im Zweifelsfall eben doch zu schießen.

»Aber, was machen wir denn jetzt?« fragte er.

»Kommen Sie«, sagte Kay.

Er ging voraus zur Kommandozentrale. »Wir werfen ein Bionetz über sämtliche Tunnels, Brücken und Mautstellen«, wies er den diensthabenden Techniker an. »Die Fähren auch. Und sämtliches Flughafen- und Zugpersonal wird zusammengetrommelt und instruiert. Was nicht menschlich ist, verläßt die Insel Manhattan nicht.«

»Falls es nicht schon zu spät ist«, meinte Jay.

»Falls es nicht schon zu spät ist«, nickte Kay bestätigend.

»Können wir denn den Burschen in den Kriegsschiffen nicht doch irgend etwas mitteilen?«

Kay winkte ab. »Das hat Zed mit Sicherheit längst versucht. Aber sie vertrauen uns doch nicht, und mögen tun sie uns auch nicht besonders. Uns den Planeten unter dem Hintern wegzuschießen, haben die nicht den leisesten Skrupel, warum auch, für die sind wir doch kein schützenswertes Reservat. Weg damit, sagen sie sich nur, die hätten wir auch los. Sobald sie jedenfalls der Meinung sind, einen ausreichenden Grund dafür zu haben. Wir haben nur die Chance davonzukommen, wenn wir möglichst rasch die Galaxie auftreiben und die Wanze festsetzen, die ihre Leute umgebracht hat. Und dann müssen wir außerdem noch verdammt schnell angetanzt kommen bei denen. Dann kommen wir vielleicht davon. Andernfalls ...«

Jay sah lebhaft und deutlich das Bild aus seiner Kindheit vor sich, wie sein Vater mit einem Grillanzünder an die Holzkohle ging. Eine der Stichflammen, die plötzlich hochschossen, versenkten ihm die Brauen und ein tüchtiges Büschel Haare auf dem Kopf. Oje.

»Ich kann das gar nicht glauben«, sagte er, »daß die wirklich einfach so einen ganzen Planeten zerstören würden.«

»Tja, mein Lieber«, entgegnete Kay sachlich, »fortgeschrittene Wissenschaft bedeutet nicht immer auch zugleich fortgeschrittenes Erbarmen. Außerdem denken die nicht so wie wir. Oder vielleicht gerade. Nämlich so wie unsere Psychopathen und Soziopathen.«

»Na wunderbar!«

»Tut mir ja auch leid, Junge, aber dafür sind sie nun mal Aliens, nicht?«

Eine Alarmsirene ging laut und durchdringend los, das ganze Gebäude vibrierte davon.

»Was ist los?«

»Die Arquillianer haben eben einen geladenen Partikelbeamer abgeschossen!« schrie Zed.

»Auf wen?« fragte Jay.

»Dreimal dürfen Sie raten! Auf uns natürlich! Ziel Nordsee. Wir haben die Spur.«

Kay und Jay rannten zu Zed vor die große Projektionswand. Deren Bild wechselte soeben.

»Satellitenspionbild hier!« meldete jemand, Jay sah nicht, wer und wo.

Es erschien das Bild eines hellen laserartigen Strahls, der auf den kalten Ozean traf. Jay erkannte eine Masse, die offenbar ein Eisberg war. Im nächsten Augenblick war davon nur noch eine vom Wasser aufsteigende Wolke übrig.

»Supererhitzter Dampf«, erläuterte Kay.

»Zeigt mir das mit Weitwinkel«, befahl Zed, »und legt einen Meßstabraster darüber!«

Das Bild wurde unscharf. Die Wolke hatte fast die Form eines Atompilzes angenommen. Der Meßstabraster blinkte auf.

»Neunhundert Meter hoch«, kam eine Meldung.

»Gar nicht schlecht, oder?« vermutete Jay. »Wieviel ist das in wirklichen Zahlen? Mit diesen metrischen Maßen kenne ich mich nicht so aus.«

»Etwas über eine halbe Meile«, gab Kay Nachhilfeunterricht.

»Ach du Scheiße.«

»Sie sagen es, junger Mann. Und es kann leicht noch zwanzigmal so hoch werden. Was wir da vor uns sehen, ist eine Großexplosion. Die wollten damit nicht nur ein paar

Robben und Wale grillen. Aller Vermutung nach schwappt demnächst eine Flutwelle von Springflutausmaßen den Küsten entgegen und spült von England bis Nordwestafrika die Städte weg.«

Die Alarmsirene heulte immer noch. Ein Techniker brüllte: »Und jetzt die Baltianer!«

»Holt den Einschlag aufs Bild!« schrie Zed.

Das Bild blendete über. Ein weiterer Beobachtungssatellit zeigte eine endlose Sandlandschaft.

»Die Wüste Gobi!« rief Kay, als bereits eine riesige Sand- und Staubwolke in den Himmel schoß, fast so hoch wie zuvor die Eisbergwolke.

»Da wird gleich eine Menge Glas herumliegen«, vermutete jemand.

»Aber vielleicht nicht mehr lange«, kommentierte Kay düster. »Wenn es Geschichte werden soll, ist freilich nötig, daß jemand übrigbleibt, der sich daran erinnert.«

»Was stellt das denn eigentlich dar?« wollte Jay wissen.

»Es geht nach der Andromeda-Konvention«, sagte Zed. »Jeder hat erst mal eine Salve frei, dann setzen sie sich zusammen und versuchen sich zu einigen.«

Beide Schiffe feuerten noch weitere Strahlenschüsse ab.

»Und wieso schießen sie auf uns herunter statt aufeinander?«

»Das gehört auch zu den Regeln.«

»Und wie lange setzen sie sich zusammen?«

»Ungefähr eine Stunde, mehr oder minder«, sagte Kay.

»Und dann?«

»Wenn sie sich nicht einigen können, ballern sie weiter. Aufeinander, auf uns, worauf sie gerade Lust haben.«

»Wieso können die ihren Krieg nicht bei sich zu Hause führen?«

»Der Vertrag erfordert, daß die Feindseligkeiten zwischen zwei Flotten nur in einem Teil des Universums ausgetragen werden, welcher bar jeden intelligenten Lebens ist.«

»Bar jeden intelligenten Lebens? Und was sind dann wir, Schnecken?«

»Von deren Standpunkt aus so ungefähr. Bei denen rangiert, auf einer Skala von eins bis hundert, unsere Zivilisation bei ungefähr zwei. Wenn wir ausgerottet werden, wachsen darüber weit und breit niemandem graue Haare.«

»Die machen es wirklich«, sagte Zed.

Und Kay sagte: »Haben wir die Positionen aller landstationierten und im Orbit geparkten interstellaren Schiffe?«

»Ja. Den Listen nach hat unser Freund Frank, der Boxerhund, tatsächlich noch den letzten Zug aus der Stadt hinaus gekriegt. Ich kann mir aber nicht denken, daß irgendwer dumm genug ist, jetzt, nach den beiden Eröffnungsschüssen, von oben noch ein Raumschiff zu uns runterzuschicken. Die Wanze sitzt bei uns in der Falle.«

»Ja, aber das will nichts heißen«, belehrte ihn Jay. »Außer, daß er mit uns allen hier geröstet wird. Sehr tröstet mich das nicht, wenn Sie es genau wissen wollen.«

»Schadensmeldungen laufen ein«, wurde von den Konsolen gemeldet. »Her damit«, sagte Zed.

»Atlantic City ist weg.«

»Ein großer Verlust«, brummte Kay.

»Miami Beach, weg.«

»Zu blöd. Dort war mein kubanisches Lieblingsrestaurant.«

»Epcot Center zerstört.«

»Karma«, kommentierte Kay.

Jay fiel etwas ein. »Wir haben doch noch eine Stunde, sagten Sie?«

»Direkter Einschlag auf Hartford.«

»Jammerschade«, meinte Zed.

»Hört doch mal zu! Wenn wir wissen, wo die Wanze hin ist, könnten wir sie doch immer noch fangen!«

»Halb Paris brennt!«

»Na hoffentlich die Hälfte, die der Meinung ist, Hamburger oder irgendein amerikanisches Wort seien ihrer nicht würdig. Diese hochnäsigen Snobs!«

»Hey, ihr!« sagte Jay noch einmal. »Ihr alten Typen!«

Zed und Kay wandten sich wie ein Mann zu ihm um und funkelten ihn an.

»Funktionieren die Dinger immer noch?«

Er deutete darauf.

Zed und Kay folgten mit den Blicken seinem Finger. An der Wand ganz hinten befand sich das Fresko von der Weltausstellung 1964. Besonders hervorgehoben im Vordergrund waren die beiden Türme mit den gefundenen fliegenden Untertassen darauf.

Zed und Kay sahen einander an.

»Hol mich der Teufel«, sagte Zed. »Aus dem Mund eines Babys.«

»Amen«, sagte Kay.

19

Edgar sah auf die Postkarte, dann durch die Windschutzscheibe des Fahrzeugs nach vorne. Ja, ja, richtig, das war die Örtlichkeit, die er suchte. Perfekt!

Der Text auf der Karte lautete:

Flushing Meadows,
Ort der Weltausstellung 1964

Und da waren, genau vor ihnen, zwei alte fliegende Untertassen der Permarianer, jede auf einem hohen Pfosten. Was man auch über diese bösartigen kleinen Kreaturen sagen mochte, blitzsaubere Schiffe bauten sie trotzdem. Das Gute war, daß die parmarianischen Triebwerke und Schiffshüllen subintegrierte, n-dimensionale Einpaßteile verwendeten. Wenn also die Hülle brauchbar war, ließ sich fast sicher auch das Triebwerk noch aktivieren. Und die Außenhüllen sahen tatsächlich tadellos aus.

Also, wer brauchte den alten Schrotthaufen, mit dem er sich hatte plagen müssen? Bitte sehr, behaltet es! Und wenn sie vielleicht meinten, er kam, um es sich zu holen, konnten sie lange warten. Inzwischen hatte er sich längt eines dieser permarianischen Schiffe ausgeborgt und war weg, endgültig.

Gut, so »längst« nun vielleicht auch wieder nicht, alles in Rechnung gestellt. Der Unterhaltungssprecher im Taxiradio hatte etwas von einer Art Meteoreinschlag auf dem Planeten berichtet, wodurch Teile von diesem zerstört wurden und ein paar hunderttausend Bewohner ums Leben kamen.

Das konnten nur die Muskelspiele der Arquillianer und Baltianer sein. Das wußte er. Das waren keine Meteoreinschläge.

Aber damit war es entschieden höchste Zeit, sich aus dieser Welt zu verabschieden.

»Wir sind da«, sagte das Weibchen. Sie brachte das Vehikel zum Stehen. »Steigen Sie aus. Ich schließe nur noch ab und komme dann nach.«

Edgar stellte den Motor ab und zog den Zündschlüssel heraus. Dann erst stieg er aus.

Das Weibchen kurbelte die Seitenscheibe hoch und sperrte die Tür des Fahrzeugs ab.

Edgar grinste. Er kam herum auf die andere Seite zu dem Weibchen, griff sich die Tür und riß sie einfach ab. Dann packte er die Humanin am Arm und führte sie mit sich. »Erfreuen Sie sich denn meiner Gesellschaft nicht?«

»Ach, kommen Sie, wer immer oder was immer Sie sind, Sie brauchen mich doch überhaupt nicht. Warum lassen Sie mich nicht einfach gehen?«

»Würde ich durchaus, aber ich habe eine lange Reise vor mir und keine Zeit mehr, noch meinen Proviant abzuholen.«

»Was habe ich damit zu tun?«

»Na ja, könnte sein, daß ich einen kleinen Imbiß unterwegs brauche.« Das Menschenweibchen wurde blaß. Gut. Besser, sie war hilflos und hatte Angst. Er könnte sie natürlich jetzt töten und sie, sobald sie im tiefen Weltraum waren, hinaushängen und schnellfrieren, bevor er dann in den Hyperraum eintauchte. Aber er hatte, wenn es möglich war, frisches Fleisch lieber. Sie konnte wahrscheinlich noch zwei Tage leben, bevor sie verdurstete und verhungerte oder sonst etwas, und schmeckte dann immer noch erheblich besser als tiefgekühlt.

Wenn man unterwegs Campen war, mußte man das Beste aus seinem Proviant machen.

»Na los, kommen Sie.« Er zerrte sie weiter bis zu dem Zaun, der um das Gelände herumführte.

»Das ist Kidnapping, was Sie da machen!« rief Laurel Weaver. »Das ist strafbar! Dafür könnten Sie die Todesstrafe bekommen!«

»Aber nur«, sagte Edgar, »wenn die Polizei mich kriegt. Und nach dem, was ich bisher erlebt habe, finden die ja nicht mal mit beiden Händen ihren eigenen Sarg.«

Als sie zu ihrem LTD zurückkamen, war es bereits dunkel geworden. Kay setzte sich ans Steuer und startete den Motor. Jay schnallte sich brav an. »Na, dann wollen wir mal«, sagte Kay. »Wanzen ausräuchern.«

Er trat aufs Gas und ließ etwas Abriebgummi am Straßenrand zurück.

Jay sah auf die Uhr und las dann eine Nachrichtenlaufschrift an einem Gebäude.

METS ERJAGEN SIEGESWIMPEL. Gefolgt von: VORHERSAGE: WAHRSCHEINLICH REGEN. TEMPERATUREN FÜR DIE JAHRESZEIT ZU KÜHL. Und dann noch eine kleine Meldung, sozusagen als Ergänzung: WELTWEITE KATASTROPHE DURCH TÖDLICHEN METEORITENSCHAUER.

Schön, daß die Prioritätenliste immer noch funktionierte. Und die Sache mit dem Meteoritenschauer war offenbar eine Sprachregelung von Zed und seinen Leuten.

Nein, Jay: *unseren* Leuten. Gewöhn dich endlich daran. Du bist einer von ihnen, weißt du noch?

Kay fuhr auf seine übliche Wahnsinnsweise. Er benutzte das Gaspedal als Bremse und tutete ununterbrochen. Ein abruptes scharfes Abbiegen ließ Jays Kopf an die Seitentür krachen.

»Hey!«

»Sorry.«

Er blickte auf und sah vor sich ein Schild. »Wo wollen Sie denn hin? Sie fahren doch nicht etwa durch den Midtown Tunnel?«

»Wissen Sie einen schnelleren Weg hinaus nach Queens?«

»Kommen Sie, Mann, der ist doch um diese Tageszeit ein einziger Stau! In dem sitzen wir immer noch, wenn uns die Raumstrahlen zu rösten anfangen!«

»Wissen Sie, für einen jungen Mann machen Sie sich wirklich zu viele Sorgen!«

Sie fuhren in den Tunnel hinein. Kay schlängelte sich spurein, spuraus durch, wie es gerade ging, und ließ Autos und Lastwagen reihenweise hinter sich.

Aber vor ihnen war der Tunnelstau, Stoßstange an Stoßstange, und nichts ging mehr. Und der Stau wurde nach hinten immer länger.

»Sehen Sie, verdammt, ich hab es Ihnen doch gesagt! Können Sie nicht rückwärts ausscheren?«

Kay lächelte. »Sehen Sie den Knopf da? Den zu berühren ich Ihnen strikt verboten habe?«

»Ja, und?«

»Jetzt dürfen Sie ihn drücken.«

Jay sah auf den abgedeckten Knopf. Er schüttelte den Kopf und klappte mit dem Daumen die Abdeckung auf. »Nützt uns wenig, wenn wir jetzt die Sirene loslassen und das Blaulicht. Kann doch überhaupt keiner ausweichen, ist ja kein Platz da. Ich war lange genug im Streifendienst, daß ich das weiß.«

»Drücken Sie einfach, okay?«

»Bitte.« Er drückte den Daumen heftig auf den Knopf. »Und das war das Ende der Vorstellung. Geröstet von einem Alien-Phaser in einer alten Kiste von LTD, neben einem alten Kämpfer im schwarzen Anzug.« Er schüttelte erneut den Kopf. »Wäre meine Mutter stolz!«

Das Auto aber... blubberte.

Dröhnte los, als wäre eine Riesenkatze aufgewacht und hätte zu schnurren begonnen.

»Was ist das nun wieder?«

»Ich würde lieber nachprüfen, ob der Anschnallgurt auch gut sitzt.«

Jay traute seinen Augen nicht, als der LTD sich zu verwandeln begann. Die Seiten fuhren aus, das Heck wurde länger, die glatte Metalloberfläche bekam Rillen. Es dauerte ein wenig, bis Jay begriff. Es war, als hätte der Wagen Muskeln, als würden die Stahlteile durch kabelartige Sehnen zusammengehalten und als hätte alles pulsierendes und aufblitzendes Leben.

Als hätte der LTD auf einmal eine morphologische Veränderung erfahren und würde zu einer Art... metallischem *Tier*.

Jay stellten sich die Nackenhaare auf, und er bekam eine Gänsehaut. Das war ganz entschieden kein Serienmodell.

Aber er hatte keine Zeit zu staunen.

Vor ihnen stand ein Laster mit Aufbau. Kay beschleunigte trotzdem bis auf hundert und mußte im nächsten Moment in ihn hineinkrachen, so daß beide Fahrzeuge sich drehten und dann in dem Abgaswolken ausstoßenden Stauakkordeon wahrscheinlich noch weitere Wagen in Mitleidenschaft ziehen würden. Er sah das entstehende gigantische Verkehrschaos bereits vor seinem geistigen Auge –

»Oh, Scheiße!« rief er und trat unwillkürlich mit dem Fuß hart auf eine imaginäre Bremse, um den Wagen zu stoppen. »So bremsen Sie doch, verdammt, Sie bringen uns ja um!«

Kay aber schlug das Steuer nach rechts ein, und der LTD kurvte sauber um den Lkw herum.

Das konnte doch gar nicht gutgehen! War doch nirgends Platz zum Vorbeikommen! Sie waren schließlich in diesem dämlichen Tunnel! Was konnte passieren? Sie konnten an die Tunnelwand schrammen und wie ein Querschläger davon abprallen und über die Stauschlange hereinbrechen wie ein echter LTD-Todesengel...

... wenn sie Glück hatten.

Da hörte er unter dem Auto eine Art saugendes Geräusch. Er hatte noch niemals etwas dergleichen gehört. Er war stark in Versuchung, einfach die Augen zuzupressen, damit er es wenigstens nicht mitansehen mußte, wie sie an die Tunnelwand prallten und er durch die Windschutzscheibe flog.

Doch er konnte nicht einmal mehr blinzeln, so gelähmt und starr war er. Seine Augen waren groß und unbeweglich, wie aus Stein gemeißelt.

Also, dann ging es nun wohl ans Sterben ...

Da fuhr der Wagen die Tunnelwand hinauf.

Schräg seitlich auf die Tunnelwand.

Sie waren praktisch im rechten Winkel zur Fahrbahn.

Unten war jetzt direkt an seiner linken Seite, und oben war rechts, und so fuhren sie entlang, wie eine Fliege an der senkrechten Wand entlangläuft, ohne herunterzufallen. Und sie waren eine ziemlich schnelle Fliege. Der Wagen wurde noch ein wenig weiter nach oben an die Tunnelwand getrieben, bis sie an der Decke waren, Kopf nach unten! Und noch immer ziemlich schnell.

O Mann. Der Wahnsinn.

»Macht es Ihnen etwas aus, wenn ich rauche?« fragte Kay.

Jay hing in seinem Gurt, und sein Kopf war kräftig durchblutet. Er fuhr kopfunter an der Decke des Midtown Tunnel entlang, als wäre das die normalste Sache der Welt, und der Mann hatte den Nerv und redete von Zigaretten! »Was?«

»Rauchen. Hier. Im Auto.«

»Es ist mir *egal*, ob Sie rauchen!«

»Deswegen brauchen Sie sich doch nicht gleich aufzuregen, Junge!« sagte Kay. »Es ist einfach höflich, wenn man fragt. Heutzutage gibt es Leute, die es überhaupt nicht mögen, wenn man im Auto raucht.«

Er machte eine kleine Ausweichbewegung mit dem Wagen, weil etwas in der Decke steckte, irgendeine elektrische Installation. Dann zündete er sich eine Zigarette an und öffnete das Seitenfenster einen Spalt, damit der Rauch abziehen konnte. »Also, früher konnte man ja paffen, wie und wo man wollte. Als ich anfing, rauchte praktisch noch jeder. Jetzt braucht man bald eine Genehmigung, wenn man nur in seinen Hinterhof gehen und qualmen will. Und schier für jede einzelne Kippe muß man eine ganze Umweltschutzerklärung unterschreiben. Von Zigarren oder Pfeife gar nicht zu reden. Dafür legen sie einem heute fast schon Daumenschrauben an.«

Jay starrte ihn sprachlos an. Sein ganzer Körper pulsierte, seine Augen traten aus den Höhlen.

»Natürlich sollte ich besser aufhören damit, ist ja schlecht für die Gesundheit.« Er zog tief ein und blies blauen Rauch aus der Nase. »Sie kennen ja den alten Witz: Rauchen aufhören ist kinderleicht, ich habe es mindestens schon fünf- oder sechsmal probiert. Das ist das Problem. Es hat nie angehalten. Ich habe einen Tag lang aufgehört, eine Woche, sogar schon einen Monat, aber dann war immer etwas, ein schwerer Fall, oder eine Retob-Neutral brannte mit einem Retob-Positiven durch, ein Gregnog trieb es versehentlich mit einer Fligparg, und schon hatte ich wegen dem ganzen Streß wieder einen Glimmstengel im Maul.«

Jay zwinkerte. Er bekam allmählich Kopfschmerzen von der langen Fahrt mit dem Kopf nach unten.

»Da fragt man sich dann manchmal selbst, ob man eigentlich ausreichend Selbstbeherrschung besitzt. Nicht genug Selbstdiziplin.«

Das Ende des Tunnels kam in Sicht. Und was passierte nun, wenn auf einmal keine Decke mehr da war?

Runterfallen. Zerquetscht. Tot.

»Kay?« sagte Jay.

»Ja?«

»Kay!«

Aber da flog der LTD schon aus dem Tunnel hinaus, drehte sich, bis er wieder normal über dem Verkehr war und landete auf einem leeren Fahrstreifen. Das Aufsetzen auf dem Boden war nicht härter als ein Schlagloch.

Kay kurbelte das Seitenfenster herunter, schnippte die Zigarette mit Daumen und Zeigefinger hinaus, sie zog eine orangefarbene Glutspur in der Luft, und sagte: »Wirklich, ich muß endlich damit aufhören.«

Die Mautstation kam in Sicht. Es war nur eine einzige Bahn offen, dafür aber neun andere in der Gegenrichtung.

Der LTD schoß voran, mit kaum mehr als gerade der drei- oder vierfachen Geschwindigkeitsbegrenzung. Na gut, vielleicht fünffach.

Kay schnippte eine Mautmünze durch das noch immer offene Seitenfenster in den Münzenkorb an der Mautsperre und raste durch. Er lächelte über Jays Reaktion. »Timing, mein Lieber, das ist im Grunde alles. Gut, ein klein wenig Aktivität kommt auch noch dazu. Aber fast immer bestimmt das Tempo des Autos das meiste, oder?«

»Sie haben sie doch nicht alle! Sie sind verrückt. Absolut verrückt.«

»Ja, ist schon gut«, sagte Kay. »Aber jetzt muß ich ein wenig auf die Tube drücken. Halten Sie sich fest.«

»Auf die Tube drücken? Was haben Sie denn bisher getan? Wir haben doch sowieso hundertsechzig drauf!«

»Nicht genau«, lächelte Kay, »hundertneunzig. Aber was wollen Sie, Sohn, ich habe das Gas doch nur halb durchgedrückt. Der Schlitten hier fährt glatte dreihundert, wenn es sein muß, mit dem Superzusatz. Bei Rückenwind vielleicht sogar dreihundertzwanzig, dreihundertdreißig. Das kommt zwar praktisch kaum jemals vor, aber wenn die Zeit drängt... oder?«

»O Scheiße!«

»Denken Sie an das hier, bevor Sie einem alten Mann wieder seinen Schlitten madig machen.«

Jay nickte, halb benommen. Ja doch. Gewiß doch. Falls er lange genug lebte, um noch eine Gelegenheit dazu zu haben.

Draußen raste die Landschaft vorbei. Der LTD, dieses Teufelsding, fuhr in etwa so gemächlich, wie sich ein Hurrikan der oberen Kategorie fortbewegt.

»Das macht Spaß, was, Junge?« rief Kay.

Jay kämpfte um sein seelisches Gleichgewicht, vom körperlichen gar nicht zu reden. Es mußte irgendwie dort hinten im Tunnel hängengeblieben sein. Brauchte vermutlich ein Weilchen, bis er sich wieder fing. Aber er gab sich Mühe. »O ja, Riesenspaß. Meinen Sie, daß nächstens ich mal fahren könnte? Sie kriechen hier doch herum wie eine alte Frau!«

Kay lächelte. »Sie sind gut, Jay. Für einen Neuen.«

20

Als kleines Mädchen hatte Laurel Weaver eine Barbiepuppe besessen. Und einen Ken und ein Malibu-Strandhaus und noch allerlei ihren Eltern abgebetteltes Barbie-Zubehör im Wert von mindestens einigen hundert Dollar.

Ihr ein Jahr älterer Blödmann von einem Bruder, William Daniel, von seinen noch blöderen, geistig zurückgebliebenen Freunden BD genannt, hatte es mit Science-fiction gehabt. Eines Tages, als sie im Baumhaus mit ihrer Freundin Elizabeth spielte, war BD in ihr Zimmer geschlichen und hatte Barbie und Ken gekidnappt. Als sie es herausfand, war BD bereits im Sommersonnenschein und unterzog die Beute den »Alien-Todesstrahlen«, mit seinem Brennglas. Er sengte Barbie ihre schönen Haare an, schmolz ein Loch in sie hinein und brannte sie schließlich in zwei Teile auseinander. Das mußte selbst mit seinem starken Brennglas ziemlich lange gedauert haben.

Barbie war jedenfalls eine rauchende, stinkende Puppenleiche, als BD der Meinung war, die außerirdischen Invasoren hätten nun genug Werk an ihr getan, und er sich über Ken hermachte.

Als sie es entdeckte, war sie derart wütend, daß sie ihren Bruder wirklich und wahrhaftig töten wollte. Die einzige Waffe, die sie zur Hand hatte, war der Gartenschlauch. Den griff sie sich, schwang ihn wie einen Stock und schlug ihn BD mit dem Düsenende so heftig an den Kopf, daß ihr Bruder mit zwölf Stichen genäht werden mußte.

Es war der Tag nach dem Nationalfeiertag, dem vierten Juli, und deshalb war der Ambulanzwarteraum voller Patienten mit Verbrennungen an den Händen vom unvorsichtigen Umgang mit Feuerwerkskörpern, sonstigen Unfällen mit Krachern, abgesehen von einem Bus mit Leuten von einem Kirchenpicknick, bei dem der Kartoffelsalat einen Stich gehabt hatte. Die Leute spuckten noch pausenlos, die Kinder schrien, und ihr Bruder machte kaum weniger Lärm als alle anderen.

Ihre Eltern waren wenig entzückt gewesen.

Das war aber auch der Tag, an dem Laurel beschlossen hatte, Ärztin zu werden. Nicht wegen ihrem idiotischen Bruder. Sondern wegen Barbie. Um sie zusammenzuflicken.

Unglücklicherweise war an Barbie nichts mehr zu retten. Diese Aufgabe hätte selbst die erfahrensten Puppendoktoren überfordert. Ken war in etwas besserem Zustand, aber auch er hatte nur noch geschmolzene schwarze Löcher, wo zuvor die Augen waren. Sie setzte ihm zwar eine dunkle Sonnenbrille auf und versah ihn mit einem weißen Gehstock, bekam auch eine neue Barbie, die BD von seinem Taschengeld abstottern mußte, aber es war nie mehr wie zuvor. Sie hatte an diesem Tag auf die ungewöhnlichste Weise erstmals mit dem Tod Bekanntschaft gemacht. Barbie war für sie eine lebendige Realität gewesen, und jetzt war sie tot. Die neue Barbie war nicht mehr dieselbe Person.

Jetzt, als sie neben dem Wesen von einem anderen Planeten stand, spürte sie wieder den kalten und übelriechenden Atem des Todes, und es war doch ganz anders als in ihrem Beruf, wo sie jeden Tag mit Tod und Toten zu tun hatte.

Das hier betraf sie ganz persönlich. Wie das sein würde, die Erde zu verlassen, konnte sie sich nicht vorstellen. Und warum es ausgerechnet hier vom Weltausstellungsgelände aus sein mußte, war ihr auch nicht klar und ergab keinen Sinn. Aber sie waren nun einmal hier.

Sie war nicht bereit, als Reiseproviant eines Außerirdischen zu dienen. Sie mußte etwas unternehmen, aber was nur, zum Teufel?

Edgar stand unter dem Turm des permarianischen Raumschiffs. Neben ihm das Menschenweibchen. Er fand, es sei ein bemerkenswert cleverer Einfall gewesen – für Terraner jedenfalls –, die beiden Schiffe eben dadurch zu verstecken, daß man sie hier in aller Öffentlichkeit zur Schau stellte. Aber natürlich erkannte sie jeder auf Anhieb, der schon irgendwann einmal von diesem üblen Felsbrocken von Welt weggewesen war. Permarianisches Design. Galt in manchen Kreisen als klassisch. Speziell das 55er-Modell. Solche Feinheiten aber erkannte diese niedrige Rasse von Fleischsäcken natürlich nicht. Wenn man schon auf die Idee kam, sie auf einen Pfosten zu stellen, damit alle Welt sie angaffen konnte! Und nicht nur eines, sondern gleich zwei!

Erstaunlich.

Das Weibchen sagte: »Hören Sie mal, Sie wollen mich doch gar nicht verzehren. Ich schmecke bestimmt nicht gut. Außerdem bin ich hier in meiner Welt eine ziemlich bedeutende Person. So eine Art... Königin, verstehen Sie. Ja, eine Art Göttin. Es gibt Menschen, die den Boden verehren, über den ich schreite! Ich sage Ihnen das nicht, verstehen Sie mich recht, um mich damit zu brüsten, sondern als Warnung. Wenn Sie mich verzehren, könnte das Krieg bedeuten. Ziemlich sicher sogar.«

»Gut«, sagte Edgar. »Krieg bedeutet Nahrung und Wohlstand für meine Familie. Die ganzen achtundsiebzig Millionen. Das sind eine Menge Mäuler, die gefüttert sein wollen, Euer Hoheit.«

»Achtundsiebzig Millionen? Lieber Himmel, da mußten Sie wohl ganz schön Vitamine schlucken, wie? Aber ich bin sicher, Sie sind ein wunderbarer Vater«, sagte sie. »Könnten wir nicht irgendwas aushandeln? Wenn wir vielleicht eine Hilfslieferung Nahrungsmittel abwerfen würden? Oder wie wäre es mit einem langfristigen, zinsgünstigen Kredit?«

»Rauf!« sagte er. »Klettern.«

»Warum?«

»Weil ich Sie totmache, wenn Sie es nicht tun.«

»Na gut, schön. In Ordnung. Wenn Sie es so ausdrücken...«

Das Menschenweibchen ging ihm voran den Turm hinauf.

Beim Treppensteigen sprach sie unvermindert weiter. »Nichts für ungut, aber Sie fangen an den Enden bereits zu verrotten an.«

»Die Maske«, sagte Edgar, während sie weiterstiegen, »hat ihren Zweck erfüllt.«

»Maske?«

»Sie glauben doch wohl nicht im Ernst, daß ich normalerweise so aussehe? Es übersteigt mein Fassungsvermögen, daß ihr hier einander überhaupt ertragen könnt. Skelett innen, Fleisch außen! Wenn ihr nur den Schimmer einer Ahnung hättet, wie total unmöglich ihr in Wirklichkeit gebaut seid, würdet ihr euch alle selbst umbringen.«

»Ach, wissen Sie«, meinte Laurel, »man gewöhnt sich daran. Oh, übrigens, haben Sie das gesehen?«

Edgar blieb stehen und sah hoch. Er war direkt unter dem Menschenweibchen. Sie hob gerade ein Bein, zog es zurück...

...und versetzte ihm damit einen Tritt mitten ins Gesicht.

Die Wucht des Tritts war unbedeutend, aber der Überraschungseffekt bewirkte doch, daß er für einen Moment seine Konzentration einbüßte. Er mußte sich darum kümmern, die Balance und die Standfestigkeit zu bewahren, aber während er noch damit beschäftigt war, nutzte das Weibchen die Gelegenheit, um vom Turm zu springen.

Er versuchte zwar noch hastig sie zu fassen, aber es gelang ihm nicht.

Verdammter Dung!

Es trat nicht ein, was er erwartete, nämlich, daß die feminine Fleischkreatur beim Aufprall am Boden zerplatzte. Statt dessen fiel sie in die Zweige einer dieser hohen holzigen Pflanzen. Eine Anzahl Zweige dieses sogenannten Baums bog sich zwar und brach unter ihrem Gewicht, aber er trug genug Laub, um ihren Sturz zu mildern, so daß sie im Fallen nach unten einen anderen Zweig fassen und ihren Absturz damit stoppen konnte.

Aber noch hing sie ein Mehrfaches ihrer Körpergröße über dem Boden. Sie zog sich auf den Ast hoch, stützte sich auf ihn. Blickte zu Edgar hinauf. Lächelte.

Na ja, schließlich hatten diese Kreaturen in ihren Anfängen auf den Bäumen gelebt, oder? Da war es nicht so verwunderlich, daß sie immer noch darin herumzuklettern wußten.

Er überlegte, ob er den Turm wieder hinuntersteigen sollte, um das Menschenweibchen zurückzuholen. Es war wirklich ein langer Flug bis zum nächsten zivilisierten Ort im All. Andererseits war er nicht eigentlich hungrig und hielt es ohne weiteres noch ein paar Wochen oder Monate ohne Nahrung aus. Und vielleicht konnte der permarianische Nahrungsprozessor ja Zucker machen. Wenn er ihn richtig programmierte. Und wenn wirklich alle Stricke rissen, hatte er schließlich immer noch seine Verkleidungsmaske. Gut, sie war inzwischen etwas überreif, aber zur Not war sie schon noch konsumierbar. Und außerdem mußte er jetzt wirklich schnellstmöglich von diesem Planeten hier herunter. Der nächste »Meteor« ließ bestimmt nicht mehr sehr lange auf sich warten, und er hatte kein Verlangen danach, noch hier zu sein, wenn er kam.

Er seufzte auf. Na gut, laß die Humanin sausen. Es fiel ihm ihretwegen kein Chitin vom Knie. Er hatte eine Familie, zu der er zurück mußte, und keine Zeit, sich hier noch länger herumzutreiben.

Er setzte also seinen Aufstieg auf den Turm fort, und jetzt, da ihn die Humanin nicht mehr behinderte, ging es wesentlich schneller.

Laurel konnte kaum glauben, daß sie etwas so Dummes hatte tun können. Einfach so von einem Turm herunterzuspringen! Sicher, sie hatte den Baum gesehen und, gut, es war ihr Plan gewesen, den Sprung von den Ästen und dem Laub des Baums abbremsen zu lassen. Aber eine Schnapsidee war es dennoch gewesen. Jederzeit hätte sie auf diese Weise auf einem ihrer eigenen Autopsietische landen können, und ihre Kollegen hätten zu tun gehabt, sie aufzuschneiden und festzustellen, was da passiert war, und wäre das nicht ein wenig peinlich gewesen?

Aber immerhin, es hatte funktioniert. Sie lebte noch, das Alien-Monster machte keine Anstalten zu kommen, um sie sich wiederzuholen. Und überhaupt wäre es ihr immer noch lieber gewesen, sich hier das Genick zu brechen, als von einer Kreatur aus dem Weltall zum Picknick verspeist zu werden. Von allen Arten zu sterben, wäre dies wohl mit Abstand die ausgefallenste gewesen. Wer hatte von so etwas je gehört?

Sie mußte nachdenken. Was eigentlich hatte Mr. Monstrum vor, daß er hinauf zu diesem Ausstellungsstück stieg? War da oben etwa eine Art Mutterschiff, das ihn wegbeamte? Glaubte er – oder es oder als was auch immer man dieses Wesen begreifen mußte – etwa im Ernst, diese Schaustücke da oben seien echt? Das konnte doch wohl nicht wahr sein…

Doch letztlich, wen interessierte es eigentlich, was er oder es dachte? Sie jedenfalls lebte, wenn sie auch vorerst noch in dieser Baumkrone saß; aber das wanzenäugige Monster hatte sich in die andere Richtung entfernt. Alles hätte sehr viel schlimmer kommen können. Sie mußte sich jetzt erst einmal sammeln und von dem Baum herunterklettern und machen, daß sie fortkam. Auf der Stelle.

Kay brachte den inzwischen längst wieder normal fahrenden LTD auf dem leeren Parkplatz vor dem Weltausstellungsgelände zum Stehen. Er sprang heraus und lief nach hinten zum Kofferraum. Jay war dicht hinter ihm.

Es war ein großer Kofferraum. In dem konnte man ausgestreckt liegen, dachte Jay. Wenn er nicht voll mit allem möglichen Kram gewesen wäre.

Kay griff sich eine lange schwarze Box, ließ eine Reihe Schlösser daran aufschnappen, klappte den Deckel hoch –

Mann, sieh dir das an! Das mußte ja das vertrackteste Ding von Schußwaffe sein, das er je gesehen hatte. Hatte drei Läufe übereinander, gut einen knappen Meter lang, mit Drucknachlader und einem Magazin, das aussah, als enthielte es ein Dutzend Schuß extra. Und die Munition sah aus, als seien die Patronen aus rostfreiem Stahl. Es waren große, böse aussehende Patronen, wie sie da im Kofferraumlicht blitzten und blinkten.

Jay fragte sich, was wohl passierte, wenn man mit diesem Ungetüm schoß. Mit Sicherheit jedenfalls nichts Gutes für den, auf den geschossen wurde.

Kay lud das Magazin.

»Wissen Sie denn, wie man damit umgeht?«

Kay schob eine Patrone in das Magazin, ließ es klicken und sagte: »Keine Ahnung. Ich werde es schon sehen. Nehmen Sie sich dieses Pulsargewehr.«

Jay nahm die Waffe heraus, auf die Kay deutete, und sie sah nur unwesentlich weniger böse aus. »Das da?«

»Ja.«

Er fühlte sich kurzzeitig besser. Mit einem Ding wie dem mußte man einen Panzer knacken können. Hatte ihn doch schon die kleine Lärmende Grille einigermaßen überrascht mit ihrer Wirkung.

»Machen Sie den Kofferraum zu. Die Uhr läuft.«

Jay schlug den Kofferraumdeckel zu. Als er aufblickte, sah er die Türme mit den fliegenden Untertassen. Und hörte etwas, das absolut fremdartig klang. Es war ein höher werdendes Summen.

»Was ist das?«

»Mist!« rief Kay. »Da!«

Eine der fliegenden Untertassen begann sich zu drehen wie ein auf einem Bleistift balancierender Kreisel. Und eine Art Lichterkranz darum herum leuchtete auf.

»O verflucht, wir kommen zu spät!«

»Los, kommen Sie!«

Sie rannten los.

21

Edgar fuhr mit den Händen über die Instrumententafel des Raumschiffs. Er stellte mit Befriedigung fest, daß sämtliche Systeme noch aktivierbar waren. Eine automatische Ansage auf permarianisch ertönte:

»Die Passagiere werden gebeten, alle Rauchgenußmittel zu löschen und ihre Stasiskokonliegensteuerungen für den Start einzuschalten.«

Es folgte permarianische Musik, aber das war eine schlimme Kakophonie, bei der selbst einem Spugor das Würgen gekommen wäre. Edgar schaltete hastig ab. Er konnte später immer noch nachsehen, ob es annehmbare Musik im Speicher gab, etwas, das auch dezenteren Arten zusagte. Er hatte zwar keine übermäßige Hoffnung, weil allgemein bekannt war, daß der permarianische Geschmack eher zum Verderbten hin tendierte und deshalb auch ihre Musik die schlimmste aller bekannten Rassen war. Nun, ausgenommen vielleicht diese neuere terranische Musik, die er auf der Suche nach der Galaxie da und dort gehört hatte. Wie hieß das gleich, das Zeug? Rock and Roll? Reggae? Rap? Lauter Magenumdreher, das...

Genug davon. Er hatte noch Zeit genug, sich den Unterhaltungssystemen hier an Bord zu widmen, wenn er erst einmal von diesem Planeten weg war. Er war praktisch startbereit, und es war eigentlich keine Zeit mehr zu vergeuden. In ein paar Minuten war diese Welt hier nur noch eine böse Erinnerung, die über einem weiteren Waffengang in dem Konflikt der Arquillianer und Baltianer gleich in Rauch aufgehen würde. Bis er zu Hause war, sollte dieser Krieg voll entbrannt sein, und damit bekamen alle seiner Familie gut und ausreichend zu essen. Auch andere Familien profitierten davon. Nicht, daß irgend jemand ihm dafür ein Verdienst zubilligen würde. Das nicht gerade. So war das eben, es ging doch immer nur darum, wirtschaftlich zu profitieren. Es machte ihm nichts aus, wenn auch die anderen ihren Teil abbekamen, solange seine eigene Familie zu essen hatte.

Er setzte den Auftrieb der Untertasse in Gang. Ein ansteigendes Summen zeigte ihm, daß die Triebwerke in Schwung kamen und sich warmliefen. Achtundneunzig Prozent betriebsbereit! Und wie lange standen die beiden Schiffe hier schon geparkt? Ach, diese Permarianer! Das eine mußte man ihnen lassen, anständige Verkehrsmittel zu bauen verstanden sie.

Einer seiner Maskenfinger fiel ab. Kein Problem. Er konnte es ohnehin kaum erwarten, aus dieser unbequemen Hülle wieder herauszukommen. Sobald er die Schwerkraft hinter sich hatte, schüttelte er diesen Edgar von sich ab und kehrte in sein schönes Selbst zurück. Man hielt einfach nur ein gewisses Maß an Häßlichkeit aus.

Was man nicht alles tat für seine Familie!

Was das betraf, hatte das Menschenweibchen durchaus recht gehabt. Die Verantwortlichkeiten als Vater verlangten einem viel ab, und er war in der Tat ein guter Vater, wenn er das einmal ganz ohne falsche Bescheidenheit sagen durfte. Jedenfalls besser als die meisten. Er würde gerne einmal sehen, wie sich Merg oder Barl oder selbst Revo lediglich zehn Herzschläge lang in eine dieser Humanen-Masken hineinzwängten! Die würden das doch gar nicht aushalten und sofort auf alles einprügeln, an das sie Zange anlegen konnten. Dessen war er sich sicher. Und ihre Familien den Dämonen ausliefern.

Aber er nicht. Er wußte, was für Pflichten er hatte. Er tat, was notwenig war, so mühsam es zuweilen auch sein mochte. Vielleicht hatte er schon einmal Schlimmeres als dies hier erledigen müssen, aber erinnern konnte er sich im Augenblick an nichts dergleichen.

Wie auch immer. Es war jetzt so gut wie vorbei.

Das Raumschiff hob von seiner Plattform auf dem Turm ab. Es löste sich mit einem befriedigenden Knarzen aus der Halteform, in die es eingebettet gewesen war.

Bis dann, Fleischsäcke.

Kay hielt inne und fluchte ohne Punkt und Komma, was ihm den Neid eines ganzen Schiffs voller Matrosen hätte eintragen können. »Er hat abgehoben!«

»Was machen wir jetzt?«

Er ging mit seiner dreiläufigen Riesenwaffe in Stellung und sah kurz zu Jay. »Es ist nur ein Versuch, aber wir müssen ihn riskieren. Stellen Sie Ihr Gewehr auf Pulsar fünf ein, unterschallschneller Implosionsfaktor vier –«

»Wie denn?«

»Der grüne Knopf da. Drücken Sie darauf. Zielen Sie auf die Untertasse, und auf drei drücken wir beide ab, okay?«

Jay nickte. Das schaffte er. Er zielte auf die Untertasse. Seine Waffe hatte vorne ein Ringvisier. In dieses nahm er das Raumfahrzeug. Und entsicherte.

»Fertig.«

»Also gut. Eins... zwei... drei.«

Jay drückte ab.

Einen Moment lang schien es, als hätten sie beide danebengeschossen. Nichts passierte. Doch dann gab es ein dumpfes Donnergrollen, als fließe eine Menge Luft schlagartig in ein Vakuum ein. Er spürte zuerst und sah gleich darauf, wie eine gewaltige Druckwelle durch die ganze Umgebung lief. Es war wie eine Art Unruhe und Verzerrung der Luft, die sich wellenartig auf die fliegende Untertasse zubewegte. Der Rückstoß warf sie beide zu Boden. Jay versuchte sich zu erheben, aber es ging nicht. Es drückte ihn mit Macht an und in den Boden. Gerade das Gesicht vermochte er eine Spur zu heben, genug, um zu sehen, wie die Druckwelle die Untertasse erreichte –

– und herabzog. Direkt in ihre Richtung.

»O nein, nicht doch!«

Er versuchte die Augen zu schließen, aber sie machten nicht mit.

Gleich würden sie zerquetscht werden wie Wanzen...!

Edgar spürte, wie das Pulsieren sein Raumschiff erreichte, merkte, wie der Auftrieb anhielt, und wußte im nächsten Moment genau, was geschehen war.

Er fluchte laut und anhaltend. Dieses tragvilianische Wupergeschmeiß hatte doch tatsächlich Kontrabandewaffen geliefert! Was war denn das für ein ruynanesischer qirtküssender und binjuleckender Volldupper, der den Terranern solche Ausrüstung verschaffte? Wo es obendrein Gesetze dagegen gab! Hatte denn heutzutage niemand mehr einen Funken Anstand?

Er stürzte ab.

War denn nichts mehr heilig?

Offensichtlich nicht.

Laurel wollte den beiden Männern unten gerade zurufen, daß sie hier oben saß, aber im selben Moment kam diese ungeheure Druckwelle, nachdem die zwei mit ihren seltsamen Waffen auf die abfliegende Untertasse geschossen hatten.

Wie konnte das eine reine Attrappe überhaupt? Einfach losfliegen?

Doch das war im Augenblick nun wirklich ihr geringstes Problem. Jedenfalls flog irgendein Rest von dem, was sie da schossen, in ihren Baum, und es war, als greife eine unsichtbare Riesenhand an den Stamm, um sie aus der Krone herauszuschütteln. Sie mußte beide Arme um den Stamm pressen, um sich festzuhalten, und sich mit den Beinen und Füßen dazu einstemmen.

Aber auch so war es eine knappe Sache. Weitere Zweige und Äste brachen ab, Laub wirbelte in alle Richtungen davon, und ihre Zähne klapperten heftig, wie sie sich so mit aller verbliebenen Kraft an den Baum klammerte.

Als sich der Sturm der Druckwelle allmählich legte, konnte sie nach unten sehen. Beide Männer lagen bäuchlings am Boden. Doch der niedliche, wenn auch nicht allzu intelligente der beiden war schon wieder mit dem Kopf hoch und brüllte. Sie verstand nicht, was er schrie, aber er deutete nach oben zu der Untertasse, und sie folgte seinem Zeichen.

Die Untertasse kam herabgestürzt! Genau auf sie zu.

Sie hätte schon geschrien, aber die Stimme versagte ihr. Es kam nur noch ein heiseres Quäken heraus, das war alles.

Das stimmte nicht. Das konnte überhaupt nicht sein. Das war vermutlich alles nur ein Alptraum. Wahrscheinlich lag sie ja zu Hause im Bett und schlief, und nichts von alldem passierte in Wirklichkeit.

Vielleicht. Aber so recht glaubte sie selbst nicht daran. Die rauhe Baumrinde unter ihren Händen, die Gerüche und Geräusche, das war alles viel zu real, um ein Traum zu sein. Das war reines Wunschdenken.

Und die Untertasse kam heruntergesaust.

Kay sah zu, wie die Untertasse zu schwanken begann und abwärts fiel. Es sah aus, als komme sie direkt auf sie herab. Doch das mußte Einbildung sein – vorausgesetzt, der Junge hatte sein Gewehr richtig eingestellt.

Und offenbar hatte er das. Denn die Untertasse fiel zwar herab und schlug auf dem Boden auf, aber doch ein Stück entfernt. In die *Unisphere* hinein, diesen großen alten Stahlglobus von der Ausstellung damals. Metall verbog sich und knirschte, Stücke aus dem Betonfundament flogen hoch, ebenso wie Erde. Vielleicht hatte ja wenigstens die Stasiskokonliege nicht funktioniert. Das würde ihnen allen einen langen und unangenehmen Gerichtsprozeß ersparen.

Ja, von wegen. Während er und Jay sich aufrappelten und hinrannten, ging die Gleitluke auf, und der Mann, der zum Vorschein kam, sah mehr denn je aus wie Frankensteins Monster.

Kay hatte im Nu seine Waffe wieder im Anschlag.

»Idiotische Fleischsäcke! Es spielt doch alles keine Rolle mehr. Ich habe doch schon gewonnen!«

Er sprang mit einem Satz aus dem Raumschiff und kam auf sie zu.

Ein kleines Stück seines Gesichts fiel ab. Nur ein kleines Stückchen.

»Bleiben Sie stehen, wo Sie sind, Wanze! Sie sind festgenommen wegen Verletzung von Abschnitt zwei, Artikel vier Strich eins, Strich fünf-drei der Tycho-Vereinbarung. Übergeben Sie uns bitte jegliche Galaxis, die Sie eventuell mit sich führen.«

»Ihr milchsaugenden Fleischgesichter! Ihr spielt doch überhaupt keine Rolle, die ganze Materie ist erledigt. Und in ein paar Minuten seid ihr nicht einmal mehr Materie! Und das könnt ihr nicht mehr stoppen. Ich weiß doch, daß die Kriegsschiffe da oben sind.«

»Ja, schon gut«, sagte Kay und kommandierte: »Geben Sie mir nur eine Ausrede, Sie vorzeitig ein klein bißchen zu rösten, Wanze! So, und jetzt kommen Sie von dem Schiff da weg und legen Ihre Hände auf den Kopf.« Er bedeutete es ihm mit fuchtelnder Waffe.

»Ich soll meine Hände auf meinen Kopf legen?«

Er lächelte süffisant.

Kay faßte seine Waffe fester. Eine grinsende Wanze war ein ganz schlechtes Zeichen. Er war wirklich scharf darauf, den Kerl zu grillen, jetzt auf der Stelle. Aber auf diese kurze Entfernung würde er buchstäblich verdampft werden. Und irgendwo hatte er ja die Galaxis bei sich. Es würde ihrer Sache höchstwahrscheinlich wenig nützen, wenn sie ebenfalls in ihre Bestandteile aufgelöst würde. Nein, auf ihn zu schießen war keine gute Idee.

Er konnte nur hoffen, daß die Wanze sich dessen nicht so klar bewußt war.

Na endlich, dachte Edgar. Endlich wurde er diese häßlich und unbequeme Verkleidung los!

Er holte tief Luft...

... sehr tief...

Jay wußte nicht, ob die Einstellung des grünen Knopfs die richtige war. Er war angesichts der Tatsache, wie er ihn sich bewegen sah und alles, nicht im mindesten daran interessiert, den Wanzenkerl zu sich herzusaugen. Aber er wußte nicht, was er sonst einstellen sollte. Also hielt er seine Waffe auf Edgar, als wisse er genau, was er da tat.

Aber wie Edgar sie angrinste, gefielt ihm ganz und gar nicht. Was gab es für eine Wanze in einer Situation wie dieser zu grinsen? Überhaupt nichts.

Die Wanze hatte den Arm angewinkelt. Die ganze Haut platzte auf, und darunter kam so etwas wie dünne Käferbeine zum Vorschein.

Großer Gott, diese Tentakel mußten ja fast sieben Meter Reichweite haben!

Nun platzten auch die Kleider und dann die Beine Edgars auf, und daraus kamen zwei weitere häßliche Paar Insektenbeine hervor. Sie falteten sich aus, und die Wanze richtete sich zu voller Größe auf. Zu einer sehr beachtlichen Größe.

Und während das Ding sich noch immer weiter ausdehnte, riß der Torso oben auf, der Kopf explodierte, und nach kaum zwei Herzschlägen war der ganze Edgar... verschwunden. Weg. Nicht mehr vorhanden.

Allenfalls kleine Fetzen wie von einem zerplatzten Luftballon lagen da und dort noch herum. Aber nichts davon war mehr als einmal menschliche Form zu erkennen.

Statt dessen – statt »Edgar« – stand jetzt an seiner Stelle eine riesige, haarige Käfergestalt mit langem Schuppenunterleib, an dessen Ende ein gefährlich aussehender, scharfer, spitzer Stachel saß. Sein Kopf glich eher dem einer Kobra, mit elliptischen Augen und einer winzigen Nase, und seine Füße waren dreizehig und ähnelten denen eines Kamels.

Häßlich? Lieber Gott, die Kreatur war häßlicher als selbst ein Basketballprofi der NBA im hautengen rosa Trikot!

Der Geruch des vom Stachel der Kreatur tropfenden Gifts drang ihm in die Nase. Es roch wie zerquetschte Ameisen. Mehrere hundertausend zerquetschte Ameisen, genauer gesagt.

»Verdammte Scheiße!«

Der Käfer oder die Wanze legte einige seiner Käfertentakel auf den Kopf und fragte scheinheilig: »Meine Arme auf meinen Kopf, sagten Sie? So?«

Jay sah Kay an.

»Und jetzt?« fragte er.

»Bei der kleinsten Bewegung pusten Sie ihn weg, klar?«

»Ach, wirklich?« sagte die Wanze. »Wegpusten? Mich? Ihr? Ich denke nicht.«

»Doch, Wanze«, sagte Kay. »Dreh dich nur einen Hauch, und du bist supererhitzter Dampf! Es wird nicht mal eine Teetasse voll von dir übrigbleiben.«

»Du bluffst doch, Terraner! Wenn nur ich allein hier stünde, würde ich wetten, daß du es in einer cemonianischen Sekunde tun würdest. Aber du tust es nicht. Das weiß ich. Willst du auch wissen, warum ich es weiß? Weil ungezählte Milliarden von Risiken damit verbunden sind, nicht wahr, Affenmensch? Du verstehst sehr gut, wovon ich rede, oder?«

Jay sah Kay an. »Er redet von der Galaxie.«

»Ich *weiß*, wovon er spricht«, erwiderte Kay. Und zu der Wanze: »Jetzt paß mal auf, Bruder Schabenatem. Es mag sein, daß ich dich nicht einfach wegpusten kann, leider. Aber ganz sicher kann ich dich an deinen Knien von den Beinen holen. Und das tut verdammt weh.«

Die Wanze lachte. »Weh tun? Was für eine Drohung soll das denn sein? Wen kümmert es, daß du mich nicht töten kannst? Mir wachsen sofort neue Beine nach. Und übrigens, woher weißt du denn, ob ich nicht die Galaxis in einer von den Kniescheiben verwahre? Was dann, Schlaumeier? Kannst du dieses Risiko eingehen?«

Kay antwortete nicht.

»Wunderschönes Patt, das wir da haben, was, Fleischsack?«

22

Gott, war der Bursche riesig! Jay hatte das Gefühl, einem gigantischen Weißen Hai gegenüberzustehen. Er war sich nicht sicher, was er mit seiner Waffe wirklich ausrichten konnte, aber falls der Insektenbeinige da drüben einen seiner langen Fühler ausstreckte, fanden sie es zweifellos bald heraus, Galaxie hin, Galaxis her.

Aber dann tat die Wanze etwas ganz anderes.

Sie *spuckte* sie an.

Das ging so schnell, daß Jay es gar nicht richtig mitbekam. Auf einmal schoß eine schleimige, klebrige Kugel von Basketballgröße aus ihm heraus und landete auf Jays Armen und seiner Waffe, hing aber noch immer an einem langen, tropfenden seilartigen Tentakel. Jay versuchte noch abzudrücken, aber bevor er dazu kam, hatte die Wanze eingeatmet und das Glibberzeug zurück in sein Maul gezogen.

Und nahm dabei außer Jays auch Kays Waffe mit, nicht zu reden von einigen Hautfetzen ihrer Hände. Und von Jays Roleximitation.

»Oh, oh«, sagte Kay.

Jay begriff, daß es überall besser war als hier, und begann mit dem Versuch, sich zu entfernen. Doch die Wanze wollte dies nicht zulassen. Sie war äußerst flink für ein so großes Alien. Wie eine Peitsche schoß einer ihrer Insektenarme vor und holte beide Männer von den Füßen. Sie flogen gut fünf Meter durch die Luft, bevor sie wieder auf dem Boden landeten.

»Ich befolge nur euer ›Hand auf den Kopf‹, ihr Fleischsäcke«, höhnte die Wanze.

Und klappte die großen klauenartigen Zangen zusammen. Das klang wie das lautsprecherverstärkte Auseinanderbrechen eines Telefonmasts.

»Und jetzt?« fragte Jay, während er sich hochrappelte. »Das läuft ja nun wohl nicht ganz so wie geplant, was?«

»Der Bursche regt mich langsam auf«, sagte Kay und putzte sich den Staub vom Anzug.

»Können Sie nicht den Neuralizer benutzen? Damit er vergißt, wer er ist?«

»Funktioniert bei denen nicht.«

»Und sonst haben Sie nichts mehr in Ihrer Trickkiste?«

»Die kleine Lärmende Grille haben Sie wohl nicht mehr?«

Jay rief: »Na klar, natürlich!« Er klopfte bestätigend auf seine Jackentasche.

Doch die war leer.

»Verdammt!« knurrte er. »Die muß mir irgendwo rausgefallen sein.«

»Aber wir haben jetzt keine Zeit, sie zu suchen.« Kay fixierte das Vieh, das nur dastand und ihnen zusah. Jay war sich nicht sicher, aber er hatte den Eindruck, daß der Kerl grinste. Freute sich wahrscheinlich wie ein kleines Kind. Doch dann drehte er sich abrupt um und ging zurück zu seiner Untertasse. Kay begann ihm nachzulaufen.

»Hey! Wo wollen Sie hin?«

»Ich muß meine Kanone zurück haben.«

»Wie denn? Wollen Sie ihm den Finger ins Maul stecken, daß er ihn wieder rausreihert? Der Kerl hat unsere verdammten Waffen *gefressen*, Kay!«

»Ganz gleich, laß ihn nicht in sein Schiff kommen, Junge.«

Jay starrte ihn ungläubig an. »Und wie stellen Sie sich das vor? Daß ich es vernünftig mit ihm ausdiskutiere?«

»Warum nicht? Möglicherweise lacht er sich dabei tot.«

Er setzte die Verfolgung fort.

Jay sah sich um, suchte nach seiner Pistole oder wenigstens nach einem Stein oder Stock, irgendeinem Werkzeug, das er benutzen könnte.

Kay schrie: »Hey, Wanze! Wo willst du hin?«

Aber die Wanze blieb nicht stehen.

»Hey, du, ich rede mit dir! Hast du eine Ahnung, wie viele von deiner Art ich schon mit der Zeitung totgeschlagen habe?«

Die Wanze blieb stehen. Drehte sich um. Stand drohend über Kay wie die Insektenversion eines Tyrannosaurus Rex.

»Mann«, sagte Kay, »du ergibst doch nichts als einen Schmierfleck auf der Sportseite. Ein schleimiger, dungfressender Eingeweideschmarotzer bist du.« Er griff sich ans Gemächt wie ein Ballspieler, der seine Eier zurechtrückt. »Friß mich doch!«

Die Wanze zischte. Für Jay hörte es sich an wie ein ganzer Werkshof voller Dampfloks. Sie riß das Maul auf – um Gotteswillen, die war ja wie eine Schlange, sie konnte den Kiefer aushängen! – und beugte sich herunter und tat genau dies: Sie fraß Kay auf!

Jay sah Kay als Ganzes im Maul des Monsters verschwinden und den Hals hinabgewürgt werden, wie eine Schlange eine Ratte in sich hineinwürgt. Kay strampelte zwar noch mit Beinen und Armen und stieß an die Schlundwände des Aliens. Jay hörte die gedämpften Schreie Kays, während er verschwand. Heilige Scheiße.

Der Wanzenkäfer richtete sich wieder zu seiner vollen Größe auf, wirklich, ein Monstrum, und brüllte. Und das klang wie ein Tornado, der gerade durch einen Campingplatz wütet.

Game over, dachte Jay. Höchste Zeit, sich zu verabschieden. Er hatte keinerlei Absicht, dem Burschen als Dessert zu dienen.

Aber der Magen der Wanze lag nicht unter einem Exo-Skelett, sondern war eher wie steifes Leder. Und an der Außenseite erkannte Jay die Umrisse eines der Gewehre, die der Kerl eingesogen hatte. Und –

– etwas, das wie eine danach greifende Hand aussah.

Verdammt!

Der Wanzenkerl drehte sich wieder um und setzte seinen Weg zurück zum Raumschiff fort.

Jay war klar, daß er nun schnell handeln mußte. Er rannte los, vorbei an dem Kerl und zu dem Schutt, den das herabstürzende Raumschiff verursacht hatte. Er griff sich einen Betonbrocken von der halben Größe einer Bowlingkugel, wog ihn in der Hand, nahm Anlauf, damit er mehr Schwung bekam, und warf ihn.

Der Brocken traf die Wanze an der Panzerschale über der Hüfte und prallte einfach davon ab.

Verdammt.

Er sah sich um und entdeckte ein verbogenes Metallstück. Es war ein Pfosten, von halber Körpergröße und armgelenkdick. Er hob ihn auf und lief im Kreis hinter der Wanze herum, die bereits kurz vor dem Raumschiff war.

»Bleib stehen, Wanze, aber sofort!« schrie er. »Oder ich ramm dir das da in deinen Wachshintern!«

Das Insekt beachtete ihn gar nicht, ließ nur ein furchterregendes Rülpsen hören und machte sich dann an seiner fliegenden Untertasse zu schaffen, indem es Schutt davon wegräumte.

Jay schlug ihm den Metallpfosten auf den Rücken, so heftig er konnte. Er schlug wieder und wieder. Es klang, als wenn man auf ein volles Benzinfaß schlagen würde.

Laurel konnte kaum glauben, was sich da vor ihren Augen abspielte. Es wurde immer noch verrückter. Da platzte das Alien zuerst aus seiner Menschenverkleidung heraus und dehnte sich zu einer Riesenkakerlake, fünfmal so groß wie bisher, vielleicht noch mehr, einfach so! Dann spuckte er eine Art Rotz auf die beiden Männer und schlürfte alles zusammen mit den Waffen der beiden wieder ein.

Und dann fraß es einen der beiden auch noch auf!

Sie mußte schleunigst von diesem Baum herunter und so schnell und weit weg wie nur irgend möglich. Nicht einmal nachts in Queens war es derart unheimlich! Die einheimischen Rowdys mochten einem ja alles mögliche Böse antun und einen zuweilen sogar umbringen, aber wenigstens fraßen sie einen anschließend nicht auch noch auf.

Steig runter, Mädchen, steig runter!

Sie hangelte sich den Baum abwärts und riß sich Hände, Beine und Gesicht auf, aber das spielte jetzt keine Rolle. Die Schrammen heilten wieder, sofern man nur vermeiden konnte, im Bauch eines Käfers verdaut zu werden, der größer war als ein Elefant.

Los doch, schnell.

Kerb pausierte in der Bodenvertiefung bei seiner Untertasse. Allen Göttern sei Dank, er mußte seine Identität nicht länger als Edgar definieren. Er war wieder Kerb. Er überlegte, ob er nicht lieber auf den anderen Turm klettern und sich des zweiten Schiffs bedienen sollte.

Nein, doch besser bei diesem bleiben. Es war näher, nämlich schon da, er war in großer Eile, und der kleine Absturz sollte nicht übermäßig viel Schaden angerichtet haben.

Er bemerkte ein rhythmisches gongartiges Geräusch und wandte sich danach um.

Da stand, weit unten, dieser dunkelhäutige Humane und schlug mit einem metallenen Gegenstand auf seinen Rückenpanzer ein. Kerb war leicht amüsiert. Also, Mut hatte der Kleine ja, wenn auch vielleicht nicht besonders viel Hirn. Er griff hinunter, schnappte sich den Metallpfosten und zog daran.

Der Humane ließ los. Sein Glück, sonst hätte Kerb ihn so weit weggeschleudert, wie es ihm nur möglich war. Und das wäre in seiner gegenwärtigen Erscheinungsform eine ganz beachtliche Strecke gewesen.

Er schlug mit der Metallstange nach dem Humanen, verfehlte ihn aber. Er warf den Pfosten wieder weg und fuhr eine seiner Zangen aus. Aber der Humane rollte sich rasch zur Seite, und er bekam nur einen Betonbrocken zu fassen. Bah!

Jay rollte sich unter die Wanze. Wenn das Vieh jetzt auf die Idee kam, sich hinzusetzen, war er hinüber. Er sah ein Stück Stahl, abgerissen von irgendwo, ein kurzer, spitzer Stachel. Er griff danach. Der Unterleib des Monsters war weich. Ein schneller Stoß, und vielleicht hatte er Glück, und die Luft pfiff aus dem Kerl wie aus einem defekten Autoreifen.

Die Wanze wiegte sich auf ihren riesigen Insektenbeinen und beugte sich so eckig vor wie eines dieser Trinkspielzeuge, die auf- und abwippen und Wasser aus einer Tasse trinken. Aber dann sah Jay plötzlich die Augen des Monsters, das sich ganz nach unten gebeugt hatte, verkehrt herum, kopfunter, direkt vor sich.

»Was machst du denn da, Fleischsack?«

Jay wich eiligst zurück, als die Wanze mit diesen unglaublichen Aushängekiefern nach ihm schnappte. Er rollte unter ihrem Körperende hervor, kam hoch und rannte, was die Beine hergaben.

Na, endlich, dachte Kerb, ist die kleine lästige Pest zur Vernunft gekommen.

Er kehrte zurück zu seiner Arbeit am Schiff und räumte eine Menge zu Schrott zerschlagenes Baumaterial beiseite.

Oje. Ein Riß in der Rumpfhülle des Schiffs! Verdammt. So etwas durfte doch mit einem permarianischen Schiff nicht passieren! Wirklich, überall wurde heutzutage Mist fabriziert!

Na gut, es war ja zum Glück noch ein anderes Schiff da. Das holte er sich jetzt doch am besten sofort.

Und er ließ das Wrack liegen.

Jay war klar, daß nicht mehr viele Möglichkeiten übrigblieben. Kay war zwar im Magen des Monsters immer noch am Leben, und wenn er rechtzeitig an die Waffe kam, bevor ihn die Gallensäfte des Monsters zersetzt hatten, mochten sie noch eine Chance haben.

Aber er mußte Zeit gewinnen, irgendwie.

Er rannte los, sammelte alle Kräfte und Konzentration und begann eine erneute Attacke gegen die Wanze.

Er sprang eines der Beine an und umklammerte es, um den Kerl zu Fall zu bringen. Nur leider hatte dies nicht mehr Wirkung, als wenn eine Fliege am Bein eines großen Hundes zerrte.

»Vielleicht bist du eine große Nummer bei dir zu Hause, du Wichser«, keuchte Jay, »aber hier sind wir in New York, und du bist nichts weiter als einer von zahllosen Touristen. Stop!«

Er konnte sich nicht mehr festhalten, als Kerb sich schneller bewegte. Er bekam noch das Körperende zu fassen, zum Glück oberhalb des Stachels.

»Stop, habe ich gesagt! Sonst wird es dir noch leid tun.«

Laurel war weit genug abwärts geklettert und gerutscht, um den Sprung auf den Boden riskieren zu können. Aber so eilig hatte sie es auch wieder nicht. Was hatte sie davon, wenn sie sich den Knöchel verknackste und dann nicht mehr schnell laufen konnte. O nein, das mußte nicht sein.

Als sie tiefer in die dichten Äste kam, konnte sie nicht mehr sehen, was unten bei dem Kampf zwischen dem jungen Kerl und dem Monster vor sich ging. Wenn man das einen Kampf nennen konnte, unter diesen Umständen. Sie erhaschte lediglich noch ab und zu einen kurzen Blick durch das Laubwerk. Der junge Typ brüllte das Monster an und drosch darauf ein, mit irgend etwas, aber für die ganze Mühe erntete er nur einen Schlag. Und zwar einen heftigen.

Entweder war der Bursche der mutigste Kerl, den sie je erlebt hatte, oder noch ein ganzes Stück dümmer, als sie ohnehin vermutete, was schwer zu glauben war.

Sie wäre auf dieses Ding auch dann nicht losgegangen, wenn es menschlich ausgesehen hätte. Kam überhaupt nicht in Frage, daß sie sich jetzt an der Jagd darauf beteiligte.

Kerb sah sich um. Da war er schon wieder, der kleine Fleischsack, an sein unteres Ende geklammert. Hatten die nicht wenigstens die Intelligenz eines Steins, diese Humanen?

Offensichtlich nicht.

Er warf sein unteres Ende kurz heftig zur Seite. Das Menschlein flog durch die Luft davon. Er wandte sich bereits wieder ab, noch ehe Jay auf dem Boden gelandet war. Keine Zeit mehr für Spielchen, Terry. Ich habe zu tun und muß dringend weg.

Jay landete mitten auf einem Abfallberg. Der verrottende Müll war weich genug, seinen Sturz abzumildern und ihm nicht das Genick zu brechen. Er rappelte sich wieder hoch, so gut es ging, schüttelte Bananenschalen von seinem Kopf und wischte sich Zeug aus dem Gesicht, das roch wie wochenaltes Erbrochenes.

Das war es dann wohl. Keine weiteren Optionen mehr.

Er sah an sich herab. Auf seinem Arm krabbelte eine Kakerlake. Auch das noch, bäh! Er schüttelte sie angewidert ab. Aber am Boden zu seinen Füßen krabbelten noch ein Dutzend weitere Kakerlaken herum, manche groß wie ein Daumen, alle aufgestört durch seine unvermutete unsanfte Ankunft. Wanzen, Käfer, Schaben, überall dieses Ungeziefer!

Lieber Jay, zwang er sich selbst zur Ruhe, sonst haben wir wohl keine Sorgen, wie? Was spielen ein paar normale Kakerlaken für eine Rolle, wenn man es mit einer Heimsuchung wie Edgar zu tun hat! Oder jedenfalls dem früheren Edgar.

Da kam ihm eine Idee.

Er sah nach unten und trat gegen die verrostete Außenwand des Müllsammelhaufens. Das Metall war dünn und gab nach. Abfall rutschte heraus und mit ihm eine ganze Kolonie Kakerlaken, wie ein dunkelbrauner Strom. Er sprang über die Wand nach draußen und landete mitten im Kakerlakengewimmel.

Yep!

Nichts macht so ein widerliches Geräusch wie eine Kakerlake, die zertreten wird. Das knackt und knirscht auf eine ganz eigene Weise. Wenn man es einmal gehört hat, vergißt man es nie wieder. Jay hatte es schon oft gehört, er war damit aufgewachsen. Seine Eltern hatten in ihrem Haus Insektenpulver streuen können, so viel sie wollten, immer blieben ein paar von den *cucarachas* übrig. Seiner Mutter war es immer fürchterlich peinlich gewesen, daß sie Ungeziefer im Haus hatte. Sein Vater hatte stets gesagt, die Viecher seien aus Mississippi eingeschleppt worden, in den alten Zedernholzkisten seiner Großmutter, und daß er nicht begreife, wie das Krabbelzeug in Pennsylvania überleben konnte. Aber woher sie nun auch stammten, sie wurden sie nicht los. In einigen Monaten fing seine Mutter höchstens ein paar in einer Falle oder sah die eine oder andere zum Verenden aus der Mauer herauskriechen, aber vollständig befreit von der Plage wurden sie nie mehr.

In seiner vorigen Wohnung waren Kakerlaken selbst durch die Kakerlakenfallen gebrochen und hatten sie weggeschleppt, den Giftstaub gefressen und noch die Platte blankgeleckt. Nein, wirklich, die einzig sichere Methode, sich Kakerlaken zu entledigen, war, sie zu zertreten, bis das typische widerliche Knacken zu hören war.

Der enteilende Außerirdische, der schon dabei war, auf den anderen Turm zu klettern, hielt inne. Mit seinen Ohren war offensichtlich alles in bester Ordnung.

»Hey, hast du das gehört, Wanze? War das nicht dein Vetter, den ich da gerade zertreten habe?«

Kerb drehte sich um. Er sah nicht gerade heiter aus.

»Was hast du gesagt?«

Na also, Jay. Seine Aufmerksamkeit hast du erregt. Und was jetzt?

23

Entscheidend war jetzt, hatte Jay begriffen, weiter die Aufmerksamkeit des Wanzenkäfers zu erregen. Und deshalb war es gut, daß er es sichtlich nicht mochte, mitanzusehen, wie Jay seine Verwandtschaft zertrat.

Jay bewegte sich ein wenig, hob den Fuß und zertrat demonstrativ eine weitere ziemlich große Kakerlake.

Das Geräusch war – vielleicht ähnlich wie das, wenn man auf einen frisch gerösteten Kartoffelchip trat? Nein, nein. Viel lauter. Auf eine Fritte? Kam der Sache schon näher. Nicht genau natürlich, aber doch ziemlich ähnlich. Deutlich erkennbar, jedenfalls.

Er sagte: »Ups! Glaubst du an Reinkarnation? Vielleicht kommt der kleine Teufel ja nächstes Mal als dein Neffe wieder? Oder war er schon mal dein Neffe?«

Der Außerirdische sah finster zu ihm herab. »Tu das

nicht!« sagte er. Aber er blieb auf dem Turm und machte keine Anstalten herunterzukommen.

Jay tänzelte nach links, steppte mit Stiefelspitze und Absatz und *knack, knack* war es zwei weiteren Kakerlaken an den Kragen gegangen.

»Das«, sagte er höhnisch, »waren jetzt Onkel John und Tante Sally! Was? Wie meinen? Also, paß mal auf, du häßlicher Vogel, hörst du denn nicht, wie deine kleinen Verwandten hier *knack, knack* machen? Und wie sie jammern und flehen: Hilfe, Hilfe, hilf mir?«

»Laß das«, sagte Kerb.

Jay grinste. Bewegte sich noch eine Spur, sah hinab auf die Kakerlaken. »Bedaure, Sundance, Butch kann dir nicht helfen. Deine Nummer ist aufgerufen. O Gott, schau dir die an, eine wirkliche kleine Schönheit, und soll so früh ins Gras beißen? Sieht irgendwie bekannt aus, meinst du nicht auch? Hey, ja, ich weiß, wer sie ist!«

Kerb kam vom Turm herunter und auf Jay zumarschiert. Nun, wie ein Alien eben zu marschieren imstande ist.

Na endlich.

»Ja, doch, richtig, ich erkenne sie!« hetzte Jay weiter. »Die Familienähnlichkeit ist ganz erstaunlich!«

»Falls ihr Götter habt hier bei euch«, knurrte Kerb, »dann ruf sie jetzt lieber an, Fleischboy. Weil dein letztes Stündlein geschlagen hat.«

Aber Jay trat noch einmal mit dem Fuß heftig auf. *Knack.* »Sag *adios*! Das war deine Mama, Wanzengesicht!«

»Nimm den Namen meiner Mutter nicht in den Mund, Schwanzgesicht!«

Kerb bewegte sich vorwärts und schickte sich an, Jay auf die gleiche Weise zu inhalieren wie zuvor Kay. Nur, daß er diesmal dazu eine Menge Zähne zeigte. Vielleicht hatte er vor, ihn zuerst zu zerkauen, bevor er ihn hinunterschluckte? Das wäre natürlich schlecht. Schon am Stück verschluckt zu werden wie Kay wäre schlecht.

Das alles hier war überhaupt ganz schlecht.

Doch er hielt seine Position und wankte nicht. Vor allem, weil gar nichts anderes möglich war.

»Also dann, stirb, Menschenabschaum!«

Jay ballte die Fäuste. Wenn er schon gefressen werden sollten, dann nicht ohne Widerstand mit kräftigen Schwingern.

In diesem Moment explodierte Kerb.

Nicht komplett, um genau zu sein. Nur in der Mitte. Es reichte aber, ihn in zwei Teile zu zerreißen, in ein Oberteil und ein Unterteil. Das Innereienzeug aus dem Lederbauch und was es sonst noch sein mochte, platschte über Jay wie eine warme und faulige Dusche. Die obere Hälfte von Kerb flog ein paar Meter davon und fiel auf die Erde, die untere Hälfte überschlug sich ein paarmal und kollerte unter einen Baum.

»Igitt!« schrie Jay und wischte sich die Augen aus. Es war ein Gefühl, als hätte er eine glitschig-cremige Sahnetorte ins Gesicht bekommen, nur daß sie nicht so roch.

Kay kam aus dem Unterteil der explodierten Riesenkakerlake herausgekrochen, nachdem diese ausgekollert war. Er sah seinerseits leicht ramponiert aus, er selbst und seine Garderobe. Als sei er in einem Schleimbottich gewesen. Er ließ seine Dreiläufige fallen und taumelte auf Jay zu. Auch er wischte sich grüne Grütze ab.

»Haben Sie mich sehr vermißt?« sagte er.

»Haben Sie auf mein Gewehr aufgepaßt, während Sie da drin waren?«

»Ja, du mich auch«, knurrte Kay.

»Kann ich gar nicht glauben, daß Sie das getan haben«,

meinte Jay. »War das wirklich Ihr Plan? Sich fressen zu lassen?«

»Na, hat doch funktioniert, oder?«

»Sie Mistkerl!«

Kay legte einen Finger auf den Mund und gebot Jay zu schweigen. Er holte sein Handy aus der Innentasche seiner Jacke und schüttelte noch ein wenig Glibber davon ab. In der anderen Hand hielt er ein kleines Ding. Damit winkte er Jay zu, während er eine Nummer in sein Telefon eintippte.

»Zed? Kay hier. Also, wir haben die Wanze. Und die Galaxis. Das können Sie doch vielleicht gleich den A und B mitteilen und ihnen sagen, sie sollen aufhören. Ja. Ja. Mhm. Natürlich, ist gut.« Er beendete das Gespräch.

»Was hat er gesagt?«

»Daß er die Kampfwagen an der Strippe hat. Sie sind bereit, so lange auszusetzen, bis sie jemanden geschickt haben, der die Sache nachprüft.« Er hielt die Galaxis hoch. »Und daß wir ihm auf dem Heimweg ein paar frische weiche Brezeln mitbringen sollen. Auf die ist er ganz scharf.«

Was als nächstes geschah, spürte Jay eher, als daß er es sah. Daß ihn eine Art drohende Wolke einzuhüllen begann. Und wirbelte...

... und da war die obere Hälfte von Kerb, nur auf die Arme gestützt, über ihnen und brach mit aufgerissenem Maul über sie herein.

»O Scheiße!«

Kerb hatte seine obere Hälfte zu den Humanen hingeschleppt. Dies zu überstehen, belastete seine Regenerationsfähigkeiten aufs äußerste. Vielleicht schaffte er es nicht einmal. Tatsache war, er kannte keinen einzigen Fall, wo jemand seiner Spezies die ganze untere Hälfte verloren hatte und sich doch noch einmal regenerieren konnte. Aber er war zäh. Für alles gab es ein erstes Mal.

Auf jeden Fall mußte er zuerst diese beiden verdammten Humanen erledigen. Zumindest ging er nicht, wenn es denn schon sein mußte, über die Brücke auf die andere Seite, ohne die zwei mitzunehmen, die ihn überhaupt erst dorthin geschickt hatten.

Er richtete sich auf und riß das Maul auf. Jetzt!

Jay schrie, irgend etwas ohne Worte, und bereitete sich auf den Tod vor.

Zu früh. *Bumm!* Kerbs Kopf zerplatzte, flog auseinander. Chitin und Gehirnmasse spritzten herum, und Kreislaufflüssigkeit platschte zu Boden und ergoß sich auf Jay und Kay. Eine Art organisches Schrapnell.

»Gottverdammt!« fluchte Jay. »Das habe ich jetzt aber allmählich satt, dieses Gespritze! Das Zeug kriegt man doch nie mehr runter!« Er wischte Schleim und Glibber von seinen Händen.

Dann drehten sie sich beide gleichzeitig um. Und sahen Laurel Weaver vor sich. Sie hatte den anderen Atomisator in der Hand, den sie jetzt fallen ließ und sich anschließend etwas Verdauungssaft von der Bluse wischte.

»Wo kommen Sie denn her?« fragte Jay entgeistert.

»Aus White Plains, ursprünglich«, sagte sie und grinste. »Allerdings, letztens habe ich einige Zeit auf diesem Baum da verbracht und euch bei eurem Tanz mit Groß-Widerling zugesehen. Wirklich hochinteressanter Beruf, den ihr Jungs da ausübt. Sagt ihr mir auch, worum das Ganze eigentlich geht?«

Jay und Kay sahen einander an. »Also, das«, sagte Jay, »ist eine lange Geschichte. Wie man so zu sagen pflegt.«

»Macht nichts«, meinte sie, »ich habe viel Zeit. Fangen Sie ruhig an. Ich bin schon sehr gespannt, wie es ausgeht.«

Sie stand vor den beiden, noch immer ungläubig über all das, was sich vor ihren Augen abgespielt hatte. Ihre ursprüngliche Absicht war ja gewesen, schnellstmöglich Fersengeld zu geben, sobald sie von dem Baum herunter war. Aber dann fiel aus der halbierten Kreatur diese Waffe heraus, direkt unter ihren Baum. Und bevor sie herunterspringen konnte, hatte das halbe Ding sich wieder bewegt, war nicht die Spur tot, und ging erneut auf die beiden los. Die Waffe lag direkt vor ihr, als sie herunterkam, und da konnte sie schließlich nicht einfach abhauen und die beiden ihrem Schicksal überlassen. Nicht wahr?

Sie hatte mit keiner Waffe mehr hantiert, seit ihr Ex-Freund ihr beigebracht hatte, Hausmäuse in ihrem Loft im Village mit einem Luftgewehr und Bolzen abzuschießen, und dies hier war alles andere als ein kleines Bolzengewehr. Und wenn sie danebenschoß, war alles verloren.

Aber sie hatte nicht danebengeschossen. Es war allerding ein reiner Glückstreffer gewesen. Doch das brauchten die beiden ja nicht zu wissen.

Der Junge grinste sie an. »Hi!« sagte er. »Ich heiße Jay.«

24

Die Fahrt zurück nach Manhattan verlief ereignislos. Mehr oder weniger. Ein Blödmann versuchte Kay in einer Kurve zu überholen, und den schob Kay in den Graben. Er war nicht besonders in Stimmung, sagte er.

Sie hatten Laurel zwar versprochen, sie über alles aufzuklären, aber sie mußten zuerst von ihrem Boß Zed die Aussagegenehmigung einholen. Das schien sie zu akzeptieren. Solange wollte sie warten.

Vor ihrer Rückkehr ins MiB-Gebäude aber begann Jay sich etwas verlegen zu fühlen. Er wußte, was Kay im Sinn hatte, und das gefiel ihm gar nicht.

»Warten Sie doch hier einen Augenblick, ja?« sagte er zu Laurel. »Wir müssen schnell noch eine kurze Konferenz abhalten.«

Sie nickte. »Mich kriegt ihr hier nicht weg.«

Und so standen Jay und Kay auf dem Gehsteig, dreißig Meter von ihrem vor dem MiB-Gebäude geparkten LTD entfernt, und redeten aufeinander ein, während Laurel sich an den Wagen lehnte und sie mit verschränkten Armen beobachtete.

Jay sagte: »Na gut, ich weiß, wir haben Regeln und Vorschriften und alles, und auch die ganze Situation ist mir durchaus klar. Aber schließlich hat sie für uns die Kastanien aus dem Feuer geholt, da draußen. Und außerdem traue ich diesem Neuralizer sowieso nicht. Ich meine, wie oft kann man jemanden damit anzappen, bis derjenige dann den eigenen Zip-Code nicht mehr geregelt kriegt?«

»Kennen Sie Ihren eigenen Zip-Code?«

»Nein, aber darum geht es nicht.«

Kay seufzte. »Ja, das ist schon ein Problem.«

Er holte den Neuralizer aus der Tasche und betrachtete ihn eingehend. »Ich glaube nicht, daß die Verdauungssäfte der Wanze ihm etwas anhaben konnten. Soll stoßsicher und wasserdicht sein und all das. Hat tausend Jahre Garantie oder Geld zurück.«

»Nun kommen Sie schon, Kay. Sie hat doch ohnehein die

ganze Zeit ausschließlich mit Toten zu tun. Wem soll sie da etwas ausplaudern? Wir können sie ja, wenn es denn sein muß, zum absoluten Schweigen verpflichten, wegen nationaler Sicherheit, oder irgend so was. Schauen Sie, ich mag sie wirklich.«

Kay blickte zum Himmel hinauf.

»Was?«

»Die Sterne. Von hier aus natürlich nur schwer zu sehen. Mit dem ganzen Lichtwiderschein der Stadt.«

»Wie bitte?«

»Es ist noch gar nicht lange her, da hat mich jemand darauf hingewiesen, wie selten wir zu den Sternen hinaufsehen. Und ich finde, der Mann, der das zu mir sagte, hatte recht. Wenn man erst einmal in der Branche tätig ist wie wir, sieht man diese Sterne mit ganz anderen Augen an. Bevor man das alles wußte, meine ich, von Aliens und Schlachtschiffen da oben und das ganze Zeug.«

Er sah, wie sich Laurel Weaver vom LTD aufrichtete und auf sie zukam.

»Na Jungs, was gibt's?« rief sie herüber.

Kay klopfte mit dem Neuralizer in seine Handfläche.

»Keine Chance, sie ein bißchen einzuweihen? Muß sie schon wieder mit dem Ding bestrahlt werden?«

Kay senkte den Blick wieder zur Erde und sah Jay an. »Nein, ich blinke sie nicht an. Sie blinken damit. Auf mich.«

»Wie war das?«

»Sie hatten ja recht, als Sie Zed und mich alte Knaben nannten. Ich habe den Job lange genug gemacht. Ich gehe in Pension.«

»Na, kommen Sie, Mann, so hab ich das doch nicht gemeint.«

»Sie sind ein guter Junge, Jay. Zed wird noch lange genug

bleiben, bis Sie fertig ausgebildet sind. Und das ist ganz in meinem Sinne. Es ist Zeit abzutreten.«

Laurel Weaver war inzwischen bei ihnen angekommen. »Also Jungs, was ist los? Gibt es etwas, was ich nicht wissen darf?«

Kay holte seine Sonnenbrille heraus und reichte sie ihr. »Da, setzen Sie die auf.«

»Wieso?«

»Vertrauen Sie mir!« Er hob den Neuralizer und erläuterte Jay die Funktionen des Geräts. »Das hier sind die Sekunden, das die Minuten, die Stunden, die Tage, die Wochen, die Monate, die Jahre. Alle kodiert mit den ersten beiden Buchstaben, damit man auch wirklich nichts durcheinanderbring.«

»Ja?«

»Und man zielt immer mit diesem Ende auf das Objekt.«

»Jungs?« forschte Laurel.

»War angenehm, mit Ihnen zu arbeiten, Jay. Sie schaffen es, ganz bestimmt.«

»Und was – was ist mit ihr?«

»Das ist Ihre Entscheidung, Junge. Aber ziehen Sie das in Betracht.« Kay streckte die Hand aus und bedeckte mit ihr Laurels Namensschild, so daß alles außer dem ersten Buchstaben ihres Vornamens abgedeckt war.

Jay sah hin und verstand. »Meinen Sie?«

»Sie bringt alle Voraussetzungen dafür mit. Und es sollte für sie auch interessanter sein, als immer nur Leichen zu zersäbeln.«

»Ja, ja«, nickte Jay. »Das ist richtig.«

»Okay, dann wollen wir es hinter uns bringen.«

»Kay ...«

»Ich habe einen Teil des heutigen Abends im Magen einer interstellaren Kakerlake zugebracht. Glauben Sie vielleicht im Ernst, ich möchte mich daran erinnern? Los, machen Sie schon. Ist bereits auf dreißig Jahre eingestellt.«

Und er reichte Jay den Neuralizer. Lächelnd.

Laurel Weaver sagte noch einmal: »Also will mir jetzt endlich jemand erzählen, was hier eigentlich vorgeht?«

»Augenblick noch«, sagte Jay. Er setzte seine Sonnenbrille auf.

Zielte auf Kay.

Und drückte ab.

25

Jay stand im Presseladen und studierte die Schlagzeilen der Revolverblätter. Der Sommer ging schon zur Neige, er hatte von Zed inzwischen in kurzer Zeit eine Menge gelernt, und alles sah schon sehr viel besser aus. Zumindest keine Wanzen mehr. Und die A und B hatte ihre Galaxis genommen und waren heimgefahren. Auf jeden Fall hing das Schicksal der Welt nicht mehr von dem ab, was er als nächstes tat. Jedenfalls nicht heute.

Er unternahm gerade nur eine kleine Informationstour:

Centerfielder der Mets sagt:
UFO verdarb mir Homerun!»

Eine andere Schlagzeile lautete:

Detroit besitzt Auto,
das Schwerkraft ignoriert!
Heimliche Tests in New Yorker Tunnel enthüllt

Und eine dritte:

Mann erwacht aus dreißig Jahren Koma
Kehrt zu seinem damaligen Mädchen zurück.

Dieses Blatt erstand Jay.

Die Schlagzeile war von einem Foto Kays begleitet, der eine Frau anlächelte, die, wie Jay inzwischen wußte, Elizabeth Reston hieß. Er hielt ihr gerade einen Blumenstrauß hin. Genau denselben, den er ihr vor dreißig Jahren hatte bringen wollen, als er »ins Koma fiel«.

Jay lächelte. Ein Happy-End war doch immer etwas Schönes!

Er nahm auch noch die anderen Blätter mit, bezahlte und ging hinaus zum LTD.

Darin saß Elle (einst Laurel) auf dem Beifahrersitz, streng im maßgeschneiderten schwarzen Kostüm, mit kurzen Haaren und festen Lederschuhen. An ihr sahen die Kleider noch besser aus als an Jay, und das wollte ja durchaus etwas heißen.

Er stieg ein und reichte ihr die Zeitungen hinüber.

»Was denn, *dafür* haben wir angehalten? Na komm!«

»Sind die besten Enthüllungsreporter der Welt«, sagte Jay. »Kannst mir glauben.«

»Ja, ja. So klassisch wie die Kiste hier, wie?«

»Mach mein Auto nicht schlecht. Das hat verborgene Qualitäten, sage ich dir. Siehst du den Knopf da?«

»Was ist damit?«

»Rühr ihn niemals an, ohne daß ich es dir ausdrücklich sage.«

Er startete den Motor und grinste sie an.

Elle sagte: »Zed hat sich gemeldet. Das Hochkonsultat

von Regent-Neun nervt ihn. Sie wollen Logenplätze für das Spiel der Knicks gegen die Bulls.«

»Ja doch, wer nicht«, sagte Jay. »Gut, dann reden wir halt mit Dennis Rodman. Ist schließlich sein verdammter Planet.«

Er legte den Gang ein und fädelte sich in den Verkehr ein.

Elle sagte: »Ich habe da eine philosophische Frage.«

»Nämlich?«

»Wie lange soll das noch dauern? Ich meine, bevor wir das Geheimnis lüften.«

»Solange der Neuralizer wirkt, nehme ich an.«

»Ach komm, Jay. Du weißt genau, was ich meine.«

Er nickte. Natürlich wußte er, was sie meinte. Er schüttelte den Kopf. »Ich weiß auch nicht. Kay und ich waren nicht übermäßig lange zusammen und hatten mit Politik kaum was zu tun, da waren wir viel zu sehr mit anderen Dingen beschäftigt. Wir sind schließlich nur Straßencops, letztlich. Da müssen wir wohl oder übel noch weiter bohren, bis jemand weiter oben entscheidet, daß die Welt reif ist zu erfahren, daß Außerirdische mitten unter uns leben.«

Sie nickte.

»Na hör mal, es ist doch allemal besser, als immer nur Leichen aufzuschneiden, oder vielleicht nicht?«

»Bis jetzt schon.«

Sie lächelten einander an.

EPILOG

Aus hundert Metern Entfernung sah der LTD kein bißchen anders aus als alle anderen Personenautos und Lastwagen, die sich auf der vollgestopften Straße in Manhattan Stoßstange an Stoßstange drängten.

Aus ein paar tausend Meter Höhe in den dünnen Wolken war auch Manhattan nur ein Teil einer sich hinziehenden urbanen und suburbanen Landschaft.

Aus vielen Kilometern Höhe weit oben in der Stratosphäre war die ganze Ostküste der USA nur ein Teil einer sehr viel größeren Landmasse.

Aus tausend Kilometern Höhe in der Eosphäre war ganz Nordamerika nur ein Teil des Planeten Erde.

Aus hunderttausenden Kilometern Höhe, schon jenseits des Mondes, war die Erde lediglich eine kleine blaue und weiße Kugel zwischen den Sternen.

Aus ein paar Lichtmonaten Entfernung war das Sonnensystem nur eine Ansammlung von Lichtern.

Aus vielen Lichtjahren Entfernung war die Milchstraße nur eine von Millionen milchiger Spiralgalaxien, -globen und -haufen.

Vom Rand des Universums aus war die Kurve eines tiefblauen Globus zu sehen.

Und von einem Ort jenseits von Raum und Zeit, einer Entfernung, die bei weitem jedes Maß überschritt, war selbst das Universum nur eine tiefblaue Murmel auf einer Strecke roten Grundes, nach der eine gewaltige Riesenhand jenseits aller beschreibbaren Größe griff, die Murmel aufhob und über den Boden warf, wo sie dahinrollte, dann langsamer wurde und immer langsammer... bis sie stehen- oder liegenblieb... zusammen mit einer Unzahl anderer Murmeln in allen Farben...